HAY QUIENES ELIGEN LA OSCURIDAD

MOTUS
THRILLER

Nos gusta la adrenalina y la tensión que vivimos al leer un thriller. Ese hilito de sangre, ese tictac que hará detonar lo imposible, no saber quién es el culpable y también intentar deducir el final.

Nos intriga saber que la muerte pudo ser solo una coartada, la vuelta de tuerca, el reto que nos ponen al contarnos cada historia.

En el cine, la ansiedad nos lleva al borde de la butaca, y con los libros nos hundimos en el sofá, sudamos en la cama, devoramos cada párrafo a la velocidad de nuestras emociones.

Sentir que falta el aliento cuando la trama nos recuerda que la vida es un suspiro le da sentido a varios de nuestros días.

Nuestro compromiso es poner ante tus ojos solo autores que te provoquen todo eso que los buenos thrillers y novelas negras tienen.

Queremos que te sumes a esta comunidad a la que guía una gran sed de buen entretenimiento. Porque lo tendrás en cada uno de nuestros libros.

¡Te damos la bienvenida!

Únete al grupo escaneando el código QR:

Donlea, Charlie
    Hay quienes eligen la oscuridad / Charlie Donlea. - 1a ed. - Ciudad
Autónoma de Buenos Aires : Trini Vergara Ediciones, 2022.
    334 p. ; 23 x 15 cm.

    TraducciÛn de: Constanza Fantin Bellocq.
    ISBN 978-987-8474-11-3

    1. Narrativa Estadounidense. 2. Novelas de Suspenso. 3. CrÎmenes. I. Fantin Bellocq,
Constanza, trad. II. TÎtulo.
    CDD 813

Título original: *Some Choose Darkness*
Edición original: Kensington Publishing Corp.
Derechos de traducción gestionados por Sandra Bruna Agencia Literaria SL

Traducción: Constanza Fantin Bellocq
Diseño de cubierta: Raquel Cané
Diseño interior: Florencia Couto

© 2019 Charlie Donlea

© 2022 Trini Vergara Ediciones
www.trinivergaraediciones.com
España · México · Argentina

ISBN: 978-987-8474-11-3
Hecho el depósito que prevé la ley 11.723

Primera edición en México: Enero 2022
Impreso en Litográfica Ingramex S.A. de C.V.
Printed in Mexico · Impreso en México

HAY QUIENES ELIGEN LA OSCURIDAD

Charlie Donlea

Traducción: Constanza Fantin Bellocq

MOTUS

Para Cecilia A. Donat.
Tía abuela, anciana, amiga.

Temo estar escribiendo un réquiem para mí mismo.
W. A. Mozart

Personajes en
Hay quienes eligen la oscuridad

Rory Moore, policía investigadora forense, hija de Frank Moore

Lane Philips, novio de Rory, autor de la tesis *Hay quienes eligen la oscuridad.*

Ron Davinson, Jefe de policía, quien convoca a Rory

Frank Moore, abogado de un importante estudio y padre de Rory.

El ladrón, asesino en serie, encarcelado y a punto de salir en libertad.

Ángela Mitchell, ama de casa recientemente casada, obsesionada con los crímenes de El ladrón.

Thomas Mitchell, esposo de Ángela.

Catherine Blackwell, ama de casa y mejor amiga de Ángela.

Bill Blackwell, esposo de Catherine.

LA EUFORIA

Chicago, 9 de agosto de 1979

EL NUDO CORREDIZO SE LE ajustó alrededor del cuello y la falta de oxígeno lo sumió en una mezcla vertiginosa de excitación y pánico. Se dejó caer de la banqueta y permitió que la cuerda de nylon cargara con todo el peso de su cuerpo. Los que no entendían el shock de adrenalina que eso brindaba considerarían que el sistema de poleas era salvaje, pero él conocía el poder que tenía. La Euforia era una sensación más formidable que cualquier narcótico. No existía otro vector de la vida que brindara una experiencia semejante. En pocas palabras, vivía solo para experimentarla.

Cuando se alejó de la banqueta, la cuerda a la que estaba atado el nudo corredizo crujió con el peso de su cuerpo y se deslizó por la polea a medida que él se acercaba al suelo. La cuerda se curvaba por sobre el eje, bajaba a una segunda polea, luego volvía a subir y girar alrededor de la palanca final, formando una M.

Atado al otro extremo de la cuerda había otro lazo de nylon que rodeaba el cuello de la víctima. Cada vez que él se despegaba de la banqueta, el lazo que rodeaba su cuello cargaba el peso de ella y la hacía levitar a un metro y medio del suelo.

Ya no había pánico en ella, ni se le agitaban las piernas y los brazos. Cuando se elevó esta vez, fue como en sueños.

La Euforia le saturó el alma y la imagen de ella en el aire le cautivó la mente. Cargó con el peso de ella todo lo que pudo, hasta quedar casi inconsciente y al borde del éxtasis absoluto. Cerró los ojos por un instante. La tentación de seguir en busca del máximo de placer era intensa, pero conocía los peligros de adentrarse demasiado por ese sendero espeluznante. Si se excedía, no podría regresar. Aun así, no pudo resistirse.

Con la cuerda ajustada alrededor de la garganta, enfocó los ojos entrecerrados en la víctima que tenía enfrente. La cuerda se ajustó aún más, oprimiéndole la carótida y enturbiándole la visión. Cerró los ojos y se dejó ir momentáneamente hacia la oscuridad. Solo un instante más. Un segundo más.

LAS CONSECUENCIAS

Chicago, 9 de agosto de 1979

VOLVIÓ AL PRESENTE, BOQUEANDO, PERO el aire no entraba en sus pulmones. Presa de pánico, buscó con el pie el borde de la banqueta hasta que pudo apoyar los dedos sobre la superficie plana de madera. Se afirmó sobre ella, alivió la presión alrededor de su cuello y aspiró grandes bocanadas de aire mientras su víctima caía frente a él. Las piernas ya no la sostenían. Se desmoronó en el suelo y el peso de su cuerpo jaló del extremo de la cuerda del lado de él, hasta que el grueso nudo de seguridad se atascó en la polea de ese lado, manteniendo el lazo flojo alrededor de su cuello.

Se quitó el lazo y esperó unos minutos a que el enrojecimiento de la piel se aplacara. Se dio cuenta de que había ido demasiado lejos esta vez. A pesar del protector de goma espuma que llevaba puesto alrededor del cuello, tendría que buscar la forma de ocultar las marcas violáceas que se le habían hecho. Debía ser más cuidadoso que nunca. El público había comenzado a entender la situación. Habían aparecido artículos en los periódicos. Las autoridades habían emitido advertencias y el miedo comenzaba a permear el aire de verano. Desde que la gente había comenzado a tomar conciencia de los hechos, él se había mostrado cuidadoso en la persecución y meticuloso en los planes; era preciso cubrirse y no dejar rastros. Había encontrado el lugar ideal para ocultar los cuerpos. Pero controlar La Euforia era más difícil y temía ser incapaz de disimular la adrenalina que lo embargaba en los días subsiguientes a las sesiones. Lo más inteligente sería suspender todo, mantener un perfil bajo y aguardar a que se calmaran las aguas. Pero le resultaba imposible suprimir la necesidad de esa Euforia: era el centro de su existencia.

Sentado en la banqueta, de espaldas a su víctima, se tomó un momento para recuperar el control de las emociones. Cuando estuvo listo, giró hacia el cuerpo de la mujer para comenzar con la limpieza y prepararlo para el transporte del día siguiente. Una vez que terminó todo, cerró con llave y subió al vehículo. El trayecto hasta su casa no logró aplacar los efectos residuales de La Euforia. Al estacionar frente a la entrada, vio que la casa estaba a oscuras, lo que le produjo alivio. Seguía temblando, y no hubiera podido desarrollar una conversación normal. Una vez dentro, dejó la ropa en la lavadora, se dio una rápida ducha y se acostó.

Ella se movió al sentir que él se cubría con la sábana.

—¿Qué hora es? —preguntó con los ojos cerrados y la cabeza hundida contra la almohada.

—Tarde. —La besó en la mejilla—. Sigue durmiendo.

Ella deslizó una pierna por encima del cuerpo de él y un brazo por sobre su pecho. Él permaneció de espaldas, contemplando el techo. Por lo general, cuando volvía a su casa, le tomaba horas tranquilizarse. Cerró los ojos y trató de controlar la adrenalina que le corría por las venas. Revivió las últimas horas en su mente. Nunca lograba recordar todo con claridad enseguida. En las semanas siguientes, los detalles irían volviendo a él. Pero hoy, detrás de los párpados cerrados, sus ojos se movían de un lado a otro agitados por los fogonazos que le enviaba el centro de la memoria. El rostro de su víctima. El terror en sus ojos. El lazo ajustado alrededor de su cuello.

Las imágenes y los sonidos se le arremolinaron en la mente; se dejó llevar por la fantasía y sintió que ella se despertaba, se movía y se le acercaba. Con La Euforia zumbándole en las venas y las endorfinas corriéndole por los vasos sanguíneos dilatados y atronando en sus oídos, permitió que ella le besara el cuello, luego el hombro. Dejó que le deslizara la mano por la cintura de los pantalones cortos. Presa de excitación, rodó sobre ella. Mantuvo los ojos cerrados y bloqueó de sus oídos los suaves gemidos de su esposa.

Pensó en su lugar de trabajo. En la oscuridad. En cómo podía ser él mismo cuando estaba allí. Se acomodó en un ritmo sexual cómodo y se concentró en la mujer a la que había llevado allí más temprano esa noche. La que había levitado como un fantasma frente a él.

EL DULCE PERFUME DE LAS ROSAS

LA MUJER INCLINÓ EL CUERPO, colocó las tijeras contra la base del tallo de la rosa y lo cortó. Repitió el proceso hasta tener seis rosas de tallo largo en la mano. Subió los escalones hasta la galería trasera, dejó las rosas sobre la mesa y se sentó en la mecedora a mirar el campo. Vio que la niña se acercaba y subía hacia ella.

Tenía una voz aguda e inocente, como todos los niños.

—¿Por qué siempre cortas rosas del jardín? —preguntó la niña.

—Porque son hermosas. Y si las dejas en la planta trepadora, con el tiempo se marchitan y se secan. Si las corto, puedo darles un mejor uso.

—¿Quieres que las ate? —preguntó la niña.

Tenía diez años y era lo más dulce que le había sucedido en la vida. Extrajo del delantal un alambre fino recubierto de plástico, se lo dio y observó cómo tomaba cuidadosamente las rosas. Evitando las espinas, la niña envolvió los tallos y retorció el alambre hasta tener un ramillete apretado.

—¿Qué haces con las flores? —quiso saber la niña.

La mujer tomó el ramo perfecto de manos de ella.

—Ve adentro y aséate para la cena.

—Te veo recogerlas todos los días y luego las ato. Pero después no las vuelvo a ver.

La mujer sonrió.

—Tenemos trabajo para después de cenar. Esta noche te

permitiré pintar, si piensas que tu pulso será suficientemente firme. —La mujer esperaba que el señuelo sirviera para cambiar el rumbo de la conversación.

La niña sonrió.

—¿Me dejarás pintar a mí sola?

—Sí. Ya es hora de que aprendas.

—¡Lo haré bien, te lo prometo! —le aseguró antes de entrar corriendo en la casa.

La mujer aguardó un instante, hasta que oyó tintinear los platos cuando la niña tendió la mesa. Entonces se puso de pie, ordenó prolijamente el ramillete de rosas, bajó los escalones y cruzó la pradera detrás de la casa. El sol se ponía y los abedules arrojaban sombras que se cruzaban en su camino.

Mientras caminaba, se llevó las flores a la nariz e inhaló el dulce perfume de las rosas.

PARTE I
EL LADRÓN

CAPÍTULO 1

Chicago, 30 de septiembre de 2019

Los dolores en el pecho habían comenzado el año anterior. En ningún momento hubo dudas sobre el origen: los provocaba el estrés, y los médicos le aseguraron que no le causarían la muerte. Pero el episodio de esta noche era particularmente angustiante; se había despertado bañado en sudor nocturno. Cuanto más se esforzaba por inhalar, más se sofocaba. Se sentó en la cama y luchó contra la sensación de ahogo. Por experiencia, sabía que el episodio pasaría. Buscó el envase de aspirinas que tenía en la gaveta de la mesa de noche y se colocó una debajo de la lengua, junto con una tableta de nitroglicerina. Diez minutos más tarde, los músculos del tórax se le relajaron y los pulmones pudieron expandirse.

No era casualidad que este último episodio de angina de pecho coincidiera con la llegada de la carta de la junta de libertad condicional que estaba sobre la mesa de noche. Había leído la carta antes de dormirse. Junto a la misiva, había una citación del juez para una reunión. Se levantó de la cama, tomó el documento y, con la camiseta empapada de sudor frío pegada contra la piel, bajó la escalera y se dirigió a su despacho. Giró la cerradura con combinación de la caja fuerte

23

que estaba debajo del escritorio y abrió la puerta. Dentro había un montón de cartas antiguas de la junta de libertad condicional, a la que agregó la nueva.

La primera carta le había llegado hacía una década. Dos veces al año, la junta se reunía con su cliente, le denegaba la libertad y explicaba su decisión en un ensayo cuidadosamente redactado, a prueba de apelaciones y reclamos. Pero el año pasado había llegado un documento diferente. Era una carta larga del presidente de la junta, que describía en gran detalle lo impactados que estaban por el progreso de su cliente a lo largo de los años y por cómo su cliente era la definición misma de la palabra "rehabilitación". Los dolores de pecho comenzaron después de leer la oración final de la carta, donde la junta manifestaba entusiasmo por la próxima reunión y daba a entender que a su cliente le aguardaban buenas noticias.

Esta última misiva marcaba para él la llegada de un tren pesado y lento, cargado con dolor y sufrimiento, secretos y mentiras. Ese tren siempre había sido un punto en el horizonte que nunca avanzaba. Pero ahora se agrandaba día a día y no había forma de detener su avance, a pesar de sus muchos intentos. Sentado detrás del escritorio, contempló el estante del medio de la caja fuerte. Había una carpeta llena con páginas de investigación: una exploración en la que, en momentos de angustia y dolor como los de esta noche, deseaba no haberse embarcado nunca. Sin embargo, las ramificaciones de sus descubrimientos eran tan profundas y le habían cambiado la vida de tal forma, que si no hubiese encarado esa investigación, hoy se sentiría vacío. Y la idea de que sus propias mentiras y engaños pronto podrían emerger de las sombras bajo las que habían estado escondidas durante años era suficiente para estrujarle —literalmente— el corazón.

Se secó el sudor de la frente y se concentró en llenar los pulmones de aire. Su peor temor era que su cliente quedara en libertad para continuar la búsqueda. La investigación, que no había dado resultados, se reactivaría una vez que su cliente saliera de prisión. Eso no podía suceder: tenía que hacer todo lo que estaba en su poder para impedirlo.

Solo en el despacho, sintió un nuevo escalofrío y la camiseta empapada se le pegó a los hombros. Cerró la caja fuerte y giró el dial. El dolor de pecho volvió, sintió que le oprimía los pulmones, y se echó hacia atrás en la silla para luchar contra el pánico provocado por la sensación de ahogo. Ya pasaría. Siempre pasaba.

CAPÍTULO 2

Chicago, 1 de octubre de 2019

Rory Moore se colocó los lentes de contacto, revoleó los ojos y parpadeó para enfocar la vista. Detestaba la visión que le brindaban las gafas comunes, gruesas como fondos de botella: un mundo curvo y distorsionado. Los lentes de contacto le daban una afilada claridad, pero no la sensación de protección que experimentaba detrás del grueso marco, por lo que había optado por un término medio. Cuando sintió que los lentes de contacto se le habían acomodado en los ojos, se colocó un par de gafas sin aumento y se ocultó detrás del plástico como un guerrero tras un escudo. Para Rory, cada día era una batalla.

Habían quedado en encontrarse en la biblioteca Harold Washington sobre la calle State; media hora después de enfundarse en su armadura protectora —gafas, gorro de lana bien calzado, abrigo abotonado hasta la barbilla con el cuello levantado—, Rory descendió del coche y entró en la biblioteca. Las reuniones iniciales con clientes siempre se llevaban a cabo en sitios públicos. Desde luego, la mayoría de los coleccionistas tenía inconvenientes con este arreglo porque les significaba sacar sus preciados trofeos a la luz. Pero si buscaban a Rory Moore y su talento para la restauración, tenían que seguir sus reglas.

La reunión de hoy requería más atención de lo normal, ya que era un favor que le hacía al detective Ron Davidson, que no solo era un buen amigo, sino también su jefe. Como este era un trabajo adicional que hacía, o como a muchos les gustaba decir (para fastidio de ella) un "pasatiempo", de algún modo la hacía sentirse honrada que Davidson se lo hubiera pedido. No todos comprendían la personalidad complicada de Rory Moore, pero con el paso de los años, Ron Davidson había penetrado la armadura y se había ganado su admiración. Si él le pedía un favor, Rory no lo pensaba dos veces.

Al atravesar las puertas de entrada, reconoció de inmediato la muñeca Kestner de porcelana que estaba dentro de una caja alargada en brazos del hombre que aguardaba en el vestíbulo. En un abrir y cerrar de ojos, la mente de Rory evaluó al caballero con la velocidad de un rayo: cincuenta y tantos años, rico, profesional (empresario, médico o abogado), bien afeitado, zapatos lustrados, chaqueta deportiva sin corbata. Descartó la opción de médico o abogado. Era un empresario pequeño. Seguros, o algo similar.

Respiró hondo, se acomodó las gafas sobre el rostro y se le acercó.

—¿Señor Byrd?

—Sí —respondió el hombre—. ¿Rory?

Desde su estatura de más de un metro ochenta, contempló el metro cincuenta y ocho de Rory, aguardando una confirmación. Ella no se la dio.

—Veamos qué es lo que tiene —dijo señalando la caja con la muñeca de porcelana antes de dirigirse al sector central de la biblioteca.

El señor Byrd la siguió hasta una mesa en un rincón. Había poca gente en la biblioteca a esa hora de la tarde. Rory palmeó la mesa y el señor Byrd apoyó la caja sobre la superficie.

—¿Cuál es el problema? —quiso saber Rory.

—Esta muñeca es de mi hija. Fue un regalo cuando cumplió cinco años y siempre estuvo impecable.

Rory se inclinó sobre la mesa para poder ver mejor la muñeca a través del plástico transparente de la parte superior de la caja. La cara de porcelana estaba rajada en el medio; la rajadura comenzaba a la altura del cabello, cruzaba el ojo izquierdo y bajaba por la mejilla.

—Se me cayó —se lamentó el señor Byrd—. No puedo creer que se me haya roto.

Rory asintió.

—¿Me permite verla?

Él empujó la caja hacia ella. Rory levantó la tapa. Inspeccionó la muñeca dañada como un cirujano examina al paciente anestesiado que tiene sobre la mesa del quirófano.

—¿Se rajó o se rompió? —preguntó.

El señor Byrd buscó en el bolsillo y extrajo una bolsita plástica que contenía pequeños trozos de porcelana. Rory notó que tragaba con esfuerzo para controlar sus emociones.

—Aquí está todo lo que encontré. El suelo era de madera, así que creo que recuperé todos los trocitos.

Rory tomó la bolsa y analizó las esquirlas. Volvió a la muñeca y pasó los dedos suavemente sobre la porcelana fracturada. La rajadura era pareja y sencilla de unir. La restauración de la mejilla y la frente podía quedar impecable. No así el hueco del ojo. Restaurarlo requeriría de todo su talento y era probable que necesitara ayuda de la única persona que era mejor que ella en restauración de muñecas. La parte quebrada seguramente estaría en la parte trasera de la cabeza. Esa reparación también sería difícil debido al cabello y el tamaño diminuto de las esquirlas que estaban en la bolsita plástica. Decidió no extraer la muñeca de la caja hasta estar en su taller, por temor a que se desprendieran más trozos de porcelana de la parte quebrada.

Asintió lentamente, con la mirada fija en la muñeca.

—La puedo reparar.

—¡Qué maravilla! —exclamó el señor Byrd, aliviado.

—Dos semanas. Un mes, quizá.

—El tiempo que necesite.

—Le informaré el costo una vez que empiece el trabajo.

—No me importa lo que cueste si la puede reparar.

Rory volvió a asentir. Colocó la bolsita plástica dentro de la caja, cerró la tapa y volvió a poner la traba.

—Voy a necesitar un teléfono donde ubicarlo —dijo.

El señor Byrd extrajo una tarjeta y se la entregó. Rory le dirigió una mirada antes de guardarla en el bolsillo: GRUPO ASEGURADOR BYRD. WALTER BYRD, PROPIETARIO.

Cuando Rory se disponía a levantar la caja para irse, el señor Byrd apoyó una mano sobre la de ella. Rory nunca había tolerado bien el contacto físico con desconocidos y estuvo a punto de dar un respingo.

—La muñeca pertenecía a mi hija —dijo él en voz baja.

El uso del tiempo pasado llamó la atención de Rory, que levantó la vista de la mano de él hacia sus ojos.

—Falleció el año pasado —reveló el señor Byrd.

Rory se sentó lentamente. Una respuesta normal podría haber sido *Lo siento mucho*. O, *Ahora comprendo por qué la muñeca significa tanto para usted*. Pero Rory Moore era cualquier cosa menos normal.

—¿Qué sucedió? —preguntó.

—La asesinaron —respondió el señor Byrd, retirando la mano y sentándose frente a ella—. Creen que fue estrangulada. Dejaron su cuerpo en Grant Park en enero pasado y cuando la encontraron estaba casi congelada.

Rory contempló la muñeca Kestner recostada en la caja, con el ojo derecho cerrado pacíficamente y el izquierdo abierto, con una profunda fisura en la órbita. Comprendió de pronto por qué estaba allí y por qué el detective Davidson había insistido tanto en que aceptara esta reunión. Era un anzuelo al que sabía que Rory no podría resistirse.

—¿Nunca encontraron al asesino? —preguntó.

El señor Byrd negó con la cabeza y bajó la mirada hacia la muñeca.

—Nunca tuvieron ni una pista para seguir. Los detectives ya no me devuelven los llamados. En cierto modo, abandonaron el caso.

La presencia de Rory en la biblioteca demostraba lo erróneo del razonamiento del señor Byrd, ya que Ron Davidson había sido el que la había convencido para que viniera.

El señor Byrd la miró.

—Mire, esto no es algo armado. El otro día tomé la muñeca de Camille porque extrañaba tremendamente a mi hija y sentí la necesidad de sujetar algo que me hiciera recordarla. Se me cayó y se rompió. No me atreví a contárselo a mi esposa porque me siento culpable y sé que a ella la deprimiría mucho. Esta muñeca fue la preferida de mi hija durante toda su infancia. Así que, por favor, créame que quiero que la restaure. Pero el detective Davidson me habló de lo reconocida que es usted en esta ciudad y en otras por su trabajo de reconstrucción forense. Estoy dispuesto a pagarle lo que sea necesario para que reconstruya el crimen y encuentre al asesino que le quitó la vida a mi hija.

La mirada del señor Byrd penetró la armadura protectora de Rory, lo que fue demasiado para ella. Se puso de pie, tomó la caja de la muñeca y se la colocó debajo del brazo.

—La muñeca me tomará un mes. Lo de su hija, mucho más tiempo. Haré unas llamadas y luego me pondré en contacto con usted.

Abandonó la biblioteca y salió a la tarde otoñal. En cuanto el padre de Camille Byrd utilizó el pasado para describir a su hija, Rory sintió ese cosquilleo tenue en la mente. Ese imperceptible pero siempre presente susurro en los oídos. Un murmullo que su jefe sabía perfectamente bien que no podría pasar por alto.

—Eres un verdadero hijo de puta, Ron —murmuró en la calle. Se había tomado un descanso de su trabajo como reconstructora forense, unas vacaciones programadas que se obligaba a tomarse de vez en cuando para evitar el agotamiento y la depresión. Esta última licencia había sido más larga que las demás y comenzaba a fastidiar a su jefe.

Mientras caminaba por la calle State en dirección al coche, con la muñeca rota de Camille Byrd bajo el brazo, comprendió que se le habían terminado las vacaciones.

CAPÍTULO 3

Chicago, 2 de octubre de 2019

El teléfono vibró por quinta vez esa mañana, pero volvió a ignorarlo. Rory se miró en el espejo mientras se echaba el pelo castaño hacia atrás y se lo ataba. No era una persona matinal y, por regla general, no respondía el teléfono antes del mediodía. Su jefe lo sabía, por lo cual Rory no se sintió mal por no responder.

—¿Quién es la persona que no para de llamarte? —preguntó una voz masculina desde el dormitorio.

—Tengo reunión con Davidson.

—No sabía que habías decidido volver a trabajar —comentó él.

Rory salió del baño y se colocó el reloj en la muñeca.

—¿Te veo esta noche? —preguntó.

—De acuerdo, no hablaremos de ese tema.

Rory se acercó y lo besó en la boca. Lane Philips era su... ¿qué? Rory no era lo suficientemente tradicional como para rotularlo "novio", y con más de treinta años le parecía adolescente describirlo así. En ningún momento había pensado en casarse con él, a pesar de que dormían juntos desde hacía casi una década. Pero era mucho más que su amante. Era el único hombre del planeta —además de su padre— que la comprendía. Lane era… era suyo. Esa era la mejor forma que encontraba su mente para describirlo y ambos estaban cómodos con esa etiqueta.

—Te lo contaré cuando tenga algo para contar. Ahora mismo no tengo idea de en qué me estoy metiendo.

—Me parece bien —respondió Lane, sentándose en la cama—. Me han pedido que aparezca como testigo experto en un juicio por homicidio. Voy a declarar en un par de semanas, así que hoy me reúno con el fiscal de distrito. Después tengo que dar clase hasta las nueve de la noche.

Cuando Rory intentó apartarse, la tomó de las caderas.

—¿Seguro que no quieres darme ninguna pista sobre cómo Davidson te convenció para que vuelvas?

—Si vienes hoy después de tu clase te pondré al día.

Rory le dio un último beso, apartó de su cuerpo las manos exploradoras de él con un movimiento juguetón y salió de la habitación. Instantes después, la puerta principal se abrió y se cerró.

El teléfono sonó dos veces más mientras conducía por el tránsito matutino de la autopista Kennedy. Tomó la salida de la calle Ohio y zigzagueó por la cuadrícula de las calles de Chicago. Al llegar a Grant Park, recorrió la zona durante quince minutos hasta que encontró un sitio para aparcar que parecía demasiado pequeño hasta para su Honda diminuto. Con dificultad, logró aparcar en paralelo aunque temió no poder volver a salir más tarde sin chocar los paragolpes ajenos.

Caminó por el túnel que cortaba debajo de Lake Shore Drive y tomó el sendero pintoresco que llevaba al centro del magnífico parque que separa los rascacielos de la costa del lago. El parque estaba siempre colmado de turistas y esa mañana no era ninguna excepción. Rory se abrió camino entre la gente hasta que divisó a Ron Davidson sentado en una banca cerca de la fuente Buckingham.

A pesar de que llevaba el abrigo abotonado hasta arriba, se lo ajustó, se levantó el cuello hasta la barbilla y se acomodó los lentes sobre el puente de la nariz. Era una mañana templada de octubre y había gente a su alrededor con pantalones cortos y sudaderas, disfrutando de la brisa y el sol. Rory estaba vestida como para un día frío de otoño: abrigo gris abotonado, cuello levantado, jeans grises y los borceguíes que usaba siempre, aun en verano. Al aproximarse al detective, se bajó la gorra de lana hasta que el borde tocó el marco de los lentes y se sintió protegida.

Sin introducción alguna, se sentó junto a él.

—¡Alabado sea el Señor, pero si es la mismísima dama de gris! —dijo Davidson.

Habían trabajado juntos en tantos casos, que Davidson ya conocía todas las mañas de Rory: no estrechaba la mano de nadie, cosa que él había aprendido después de varios intentos en que su propia mano había quedado flotando en el aire mientras Rory desviaba la mirada. Detestaba encontrarse con personal del Departamento, con excepción de Ron, y no tenía nada de tolerancia a la burocracia. Jamás aceptaba trabajos con límites de tiempo y siempre trabajaba sola. Devolvía los llamados cuando tenía ganas o directamente no lo hacía. Aborrecía la política y si algún funcionario público trataba de poner la atención sobre ella, desaparecía durante semanas. La única razón por la que Ron Davidson toleraba los dolores de cabeza que Rory le provocaba era que su capacidad como reconstructora forense era absolutamente extraordinaria.

—Has estado fuera del radar, Gris.

Rory sonrió apenas, con la mirada fija en la fuente Buckingham. Nadie excepto Davidson la llamaba "Gris" y, con el correr de los años, Rory se había encariñado con el apodo: una mezcla del color de sus atuendos con su personalidad distante.

—Estuve ocupada con la vida.

—¿Cómo está Lane?

—Bien.

—¿Es mejor jefe que yo?

—No es mi jefe.

—Sin embargo te lo pasas trabajando para él.

—Trabajando *con* él.

Ron Davidson hizo una pausa.

—Hace seis meses que no me devuelves un solo llamado.

—Te dije que estaba en pausa.

—Hubo varios casos en los que me hubiera venido bien tu ayuda.

—Estaba al borde del agotamiento. Necesitaba un corte. ¿Por qué crees que la mayoría de los detectives que trabajan para ti no sirven para una mierda?

—Ah, cómo echaba de menos tu sinceridad, Gris.

Permanecieron en amigable silencio durante unos minutos, observando a los turistas que paseaban por el parque.

—¿Vas a ayudarme? —preguntó Davidson por fin.

—Eres un cretino por haberme tendido una trampa así.

—No me devolviste un solo llamado en seis meses. Estabas completamente inmersa en Lane Phillips y su Proyecto de Responsabilidad de Asesinatos. Así que tuve que ponerme creativo. Pensé que lo apreciarías.

Silencio.

—¿Y bien? —volvió a preguntar Davidson después de unos minutos.

—Vine hasta aquí, ¿no? —Rory mantuvo la mirada en la fuente—. Cuéntame acerca de esta chica.

—Camille Byrd. Veintidós años, estrangulada. Arrojaron el cuerpo aquí, en el parque.

—¿Cuándo?

—El año pasado, en enero. Hace veintiún meses —respondió Davidson.

—¿Y tu gente no tiene nada?

—Hice algunas amenazas y bastante ruido, pero te aseguro que mis muchachos están atascados, Rory.

—Necesitaré todas las carpetas del caso —dijo ella. Sin apartar la mirada de la fuente, notó que el jefe de Homicidios de Chicago erguía levemente la barbilla y exhalaba con alivio.

—Gracias —dijo Ron.

—¿Quién es Walter Byrd?

—Empresario pudiente, amigo personal del alcalde, por lo que nos han puesto presión encima para resolver este caso.

—¿Porque es rico y tiene conexiones? —replicó Rory—. La presión debería ser la misma respecto de cualquier padre al que le matan la hija. ¿Dónde encontraron el cuerpo?

Davidson señaló con el brazo.

—En el sector este del parque. Te muestro.

Rory se puso de pie y siguió a Davidson hasta llegar a un montículo recubierto de césped junto a la senda peatonal. Una hilera de abedules flanqueaba la zona; de inmediato, Rory calculó mentalmente las formas en que alguien podría transportar un cadáver hasta allí.

—La encontraron aquí —dijo Davidson desde el césped.

—¿Estrangulada?

Davidson asintió.

—¿Violada, también?

—No.

Rory se adentró hasta el sitio donde habían encontrado el cadáver de Camille Byrd y giró lentamente en círculo, observando la costa del lago y los barcos que descansaban en el agua. Siguió girando y vio los rascacielos de Chicago. Unas nubes redondeadas y blancas flotaban como grandes globos en el cielo azul. Imaginó el cuerpo sin vida de la joven hallado en medio del invierno, hinchado y congelado. Imaginó los árboles invernales desnudos, sin hojas.

—¿Por qué dejarla aquí? —dijo—. Sin la protección de

los árboles, es muy riesgoso. El que lo hizo quería que la encontraran.

—A menos que la haya matado aquí mismo. Una discusión acalorada. La mata y huye.

—Pero eso es una pelea de amantes —replicó Rory—. ¿Supongo que tu gente investigó ese ángulo y hablaron con novios presentes y pasados, compañeros de trabajo, antiguos amantes?

Davidson asintió.

—Cubrimos a todos y estaban limpios.

—Entonces no fue alguien que conocía. La mataron en otra parte y la trajeron aquí. ¿Por qué?

—Mis hombres no lo pudieron descubrir.

—Voy a necesitar todo, Ron. Carpetas, la autopsia, entrevistas. Todo.

—Te lo puedo conseguir, pero para eso tengo que volver a ponerte en la planilla de personal del Departamento, oficializar el hecho de que has vuelto a trabajar. Después puedo conseguirte todo lo que necesites.

Rory quedó en silencio de nuevo mientras analizaba la escena. En su cabeza se encendían chispazos de todo tipo, pero se conocía lo suficientemente bien como para no intentar ordenar el caudal de información. Ni siquiera tenía plena conciencia de todo lo que estaba registrando. Sabía solamente que debía absorber todo y que luego, en los días y semanas siguientes, su mente ordenaría lo que había registrado y realizaría un inventario de las imágenes capturadas. Lentamente, Rory iría organizando todo. Estudiaría la carpeta del caso para llegar a conocer a Camille Byrd. Le pondría un nombre y una historia a esa pobre chica estrangulada. Vería las cosas que los detectives habían pasado por alto. La mente asombrosa y singular de Rory armaría las piezas de un rompecabezas que a todos les parecía imposible de resolver y terminaría por reconstruir el crimen por completo.

El teléfono sonó y trajo a Rory de regreso de las profundidades de su mente. Era su padre. Pensó en dejar que la llamada fuera a la casilla de mensajes, pero decidió responder.

—Papá, estoy ocupada, ¿te puedo llamar en un rato?

—¿Rory?

No reconoció la voz del otro lado; era una mujer que parecía presa de pánico.

—¿Sí? —Se alejó unos pasos de Davidson.

—Rory, soy Celia Banner, la asistente de tu padre.

—¿Qué sucede? Mi teléfono tomó la llamada como proveniente de la casa de mi padre.

—Estoy llamando desde su casa, Rory. Tuvo un infarto.

—¿Qué?

—Teníamos que encontrarnos para almorzar, pero no apareció. La situación es grave.

—¿Cuán grave?

El silencio produjo un vacío que succionó las palabras de su boca.

—¡Celia! ¿Cuán grave?

—Falleció, Rory.

CAPÍTULO 4

Chicago, 14 de octubre de 2019

No fue hasta una semana después del funeral que Rory encontró el tiempo y las fuerzas para entrar en el despacho de su padre. Técnicamente, también era el suyo, pero como hacía más de diez años que Rory no se involucraba formalmente en un caso, su participación en el Grupo Legal Moore no resultaba evidente. Su nombre figuraba en el membrete y llenaba el formulario anual de impuestos por el trabajo limitado que hacía para su padre —por lo general investigación y preparación para el juicio—, pero como su papel en el Departamento de Policía de Chicago y el Proyecto de Responsabilidad de Asesinatos de Lane le demandaban mucha más atención, su trabajo en la firma se había vuelto menos obvio.

Además del trabajo ocasional de Rory, el Grupo Legal Moore era una empresa unipersonal con dos empleados: un procurador legal y una asistente. Con tan poco personal y una cartera de clientes muy manejable, Rory supuso que disolver el bufete de su padre iba a requerir de un poco de tiempo y esfuerzo, pero que en última instancia, sería una cuestión de dos semanas. El título de abogada, que había obtenido hacía más de diez años pero nunca había utilizado realmente, la convertía en la única y perfecta candidata para ocuparse de los asuntos de su padre. Su madre había muerto hacía años y Rory era hija única.

Entró en el edificio de la calle North Clark y subió en el elevador hasta el tercer piso. Abrió la puerta con la llave y entró. La zona de recepción consistía en un escritorio delante de gabinetes de archivo de metal de los años setenta, flanqueado por dos despachos. El de la izquierda pertenecía a su padre; el otro, al procurador.

Dejó caer la pila de correspondencia de toda la semana sobre el escritorio y se dirigió a la oficina de su padre. Lo primero que haría sería traspasar los casos activos a otros bufetes de abogados. Luego, pagaría las cuentas y los sueldos de los dos empleados con los fondos que hubiera. Por último, terminaría con el contrato de alquiler y cerraría todo.

Celia, la asistente que había descubierto a su padre muerto en la casa, había accedido a encontrarse con Rory a mediodía para revisar los archivos y ayudar en la reasignación de casos. Rory dejó el bolso en el suelo, abrió una lata de Coca Diet y comenzó. El mediodía la encontró sentada en el escritorio de su padre, rodeada por una montaña de papeles. Había vaciado los archivos de la recepción y el contenido ya estaba organizado en tres pilas: pendientes, activos y cerrados.

Oyó que se abría la puerta principal. Celia, a la que había visto unas pocas veces en los últimos años, apareció en la puerta del despacho de su padre. Rory se puso de pie.

—Ay, Rory —exclamó Celia, y pasó corriendo junto a las pilas de carpetas para abrazarla con fuerza.

Rory mantuvo los brazos a los lados del cuerpo y parpadeó varias veces detrás de los gruesos lentes mientras la mujer invadía su espacio personal de una forma que nadie que conocía bien a Rory hubiera hecho.

—Siento tanto lo de tu padre —susurró.

Por supuesto, Celia había dicho exactamente lo mismo unos días antes en el funeral. Rory se había mantenido igual de impávida en la sala funeraria tenuemente iluminada, de pie junto al féretro que contenía esa escultura de cera que era su padre. Al sentir el aliento de Celia en la oreja e intuir que sus lágrimas le correrían por el cuello, Rory le apoyó las manos sobre los hombros y se separó de ella. Inspiró hondo y soltó el aire y la ansiedad que le subía por el esternón.

—Revisé los archivos —dijo por fin.

Confundida, Celia paseó la vista por la habitación y vio todo lo que había hecho. Se sacudió la parte delantera de la chaqueta para componerse y se secó las lágrimas.

—Pensé que... ¿Estuviste trabajando en esto toda la semana?

—No, solo esta mañana. Llegué hace un par de horas.

Hacía tiempo que Rory había dejado de explicar su habilidad para realizar trabajos como este en una fracción del tiempo que les tomaba a los demás. Uno de los motivos por los que nunca había ejercido como abogada era que se aburría a muerte. Recordaba cómo sus compañeros de clase pasaban horas estudiando de libros que ella memorizaba luego de una sola lectura. Y cómo otros tomaban cursos de repaso de un mes como preparación para el examen de habilitación para ejercer la abogacía. Ella había aprobado en el primer intento, sin abrir un solo libro de repaso. Otra razón por la que no ejercía como abogada era que la gente le provocaba una profunda aversión. La idea de discutir con otro abogado por la sentencia de un delincuente de poca monta le erizaba la piel, e imaginarse de pie ante un juez presentando su caso le daba cerrazón de pecho por la angustia. Trabajaba mucho mejor por su cuenta reconstruyendo escenas de crímenes y presentando informes escritos que terminaban sobre el escritorio de un detective.

El mundo de Rory Moore era un santuario protegido que

casi nadie comprendía y al que muy pocos tenían acceso, por lo cual los descubrimientos de esa mañana le habían resultado especialmente perturbadores. Se había enterado de que su padre tenía varios casos activos encaminados a juicios en los próximos meses, que necesitarían atención inmediata. Rory ya había pensado en la posibilidad de verse obligada a desempolvar su diploma, tragar bilis y aparecerse en el tribunal a explicarle al juez que el abogado principal había fallecido, por lo cual los juicios necesitarían prórroga en el mejor de los casos y declaración de nulidad en el peor. También se imaginaba pidiéndole a Su Señoría que la aconsejara un poco y le dijera qué diablos hacer.

—¿Un par de horas? —preguntó Celia, sacando a Rory de sus pensamientos—. ¿Cómo puede ser? Parecería que aquí están todos los casos que hemos tenido desde que comenzamos.

—Así es. Traje todo lo que encontré en los archivos. No pude revisar las computadoras.

Esto último no era cierto. Rory no había tenido problema alguno para entrar en la base de datos de su padre. Estaba protegida por una débil contraseña que pudo traspasar rápidamente para luego dedicarse a cruzar los casos de las carpetas con los que estaban en el disco duro. A pesar de que tenía todo el derecho de acceder a los archivos de la computadora, su poca presencia en el día a día de la firma la hacía sentir que estaba invadiendo.

—Si está en el archivo, está en la computadora —dijo Celia.

—Bien, entonces aquí está todo —respondió Rory, señalando la primera pila de carpetas—. Estos son los casos pendientes. No debería ser complicado llamar a los clientes y explicarles la situación. Nuestra firma dejará de representarlos y deberán buscarse otro bufete. Creo que sería profesional de nuestra parte hacer una lista de bufetes que puedan tomarlos, para que los clientes tengan un punto de partida.

—Desde luego —concordó Celia—. Tu padre hubiera querido que lo hiciéramos.

—La segunda pila son los casos cerrados. Debería alcanzar con enviar una carta para informar que Frank Moore falleció. ¿Te puedes encargar de estas dos pilas?

—No hay problema —dijo Celia—. Lo haré. ¿Qué me dices de estos?

Rory miró el tercer montón de documentos que había ordenado sobre el escritorio de su padre. El solo hecho de verlos la hacía hiperventilar. Sintió que las paredes de su existencia amurallada vibraban bajo la presión de invasores indeseados que acechaban del otro lado.

—Estos son todos los casos abiertos. Los separé en tres categorías. —Rory apoyó la mano sobre el primer grupo—. Peticiones que están actualmente en negociación: doce. —Comenzó a sudar al tocar la segunda pila de carpetas—. Estos son los que aguardan presentación en el tribunal: dieciséis. —Una gota le corrió por la espalda y le humedeció la cintura—. Y estos tres están en preparación para juicio —dijo, pasando la mano al último grupo. Se le cerró la garganta cuando dijo la palabra "tres" y tuvo que toser para ocultar su pavor. Esos tres casos requerirían participación inmediata.

Celia, preocupada, vio empalidecer a Rory y se preguntó si la enfermedad cardíaca que se había llevado al padre sería hereditaria y golpearía dos veces en el mismo mes.

—¿Te encuentras bien?

Rory volvió a toser y recuperó la compostura.

—Sí. Encontraré la forma de ocuparme de los casos activos si tú te encargas del resto.

Celia asintió y tomó la pila de carpetas de casos pendientes.

—Comenzaré a contactarme con estos clientes de inmediato. —Las llevó a su escritorio y se puso a trabajar.

Rory cerró la puerta del despacho de su padre, se dejó caer en su sillón y contempló las carpetas y las cuatro latas de

Coca Diet que le habían servido de combustible esa mañana. Encendió la computadora y se puso a buscar abogados penalistas de Chicago que pudieran tomar los casos.

CAPÍTULO 5

Centro Correccional de Stateville
15 de octubre de 2019

Dosiete era su alias. Llevaba respondiendo al apodo tantos años que ya no sabía si se daría por aludido cuando lo llamaran por su nombre real. El sobrenombre se originaba en el número que le asignaron la noche en que llegó y le estamparon en grandes números negros en la espalda de su overol: 12276592-7

Los guardias de la prisión, antes de conocer el nombre de un convicto o el delito por el cual había sido encarcelado, aprendían su número. Este había sido abreviado a los dos números finales "dos-siete" y mutado con los años a lo que la mayoría de los presos y algunos guardias uniformados creían que era su apellido: Dosiete.

Entró en la biblioteca de la prisión y encendió las luces. Este era su hogar dentro de la penitenciaría, y lo comandaba desde hacía décadas. Nunca le había interesado levantar pesas e inflar los músculos como globos, ni tampoco juntarse con las bestias en el patio de la prisión para colonizarse en bandas y sectas. En cambio, se refugió en la biblioteca, entabló amistad con el anciano condenado a cadena perpetua que la manejaba y aguardó su momento. Durante el verano de 1989 el anciano comenzó a respirar con dificultad y no llegó a terminar la última década del siglo veinte. Un guardia golpeó en los barrotes de la celda de Dosiete a la mañana siguiente para informarle que el anciano había partido en libertad condicional hacia los cielos. La biblioteca quedaba al mando de Dosiete. *No hagas cagadas.* No las haría.

Hacía ya treinta años que regenteaba la biblioteca. En total, había cumplido cuatro décadas en prisión sin un solo incidente. Su trayectoria estelar lo había vuelto casi invisible, como los superhéroes de los libros de historietas que leía todos los meses. Despreciaba las historietas y las novelas gráficas, pero las leía igual. Lo hacían parecer más humano y ayudaban a disimular los deseos que lo seguían acechando.

Antes de la cárcel, su vida había girado alrededor de La Euforia: la sensación que lo invadía después de pasar tiempo con sus víctimas. La Euforia le había controlado la mente y había dado forma a su existencia. Era algo de lo que no podía escapar. Cuando lo atraparon, sin embargo, no tuvo más remedio que acostumbrarse a la vida en prisión. El síndrome de abstinencia fue una agonía. Deseaba intensamente esa sensación de poder y dominio que le daba La Euforia, la plenitud de la que disfrutaba cuando se colocaba el lazo alrededor del cuello y se entregaba al placer que solamente las víctimas podían brindarle.

Cuando la angustiante abstinencia se aplacó y él se resignó a la larga sentencia que lo aguardaba, buscó algo con que llenar el vacío. Pronto se le tornó evidente qué sería. El secreto que le había destruido la vida estaba sepultado en alguna parte fuera de las paredes de la prisión, y decidió pasar el capítulo final de su vida desenterrándolo.

Se sentó ante su escritorio en la biblioteca. Solamente en los Estados Unidos un hombre que había cometido tantos asesinatos podía gozar de esa libertad: un escritorio y una biblioteca entera para comandar. Pero después de décadas en este sitio, solamente unos pocos conocían su historia. Y a casi nadie le importaba. El anonimato era otro de los motivos por los cuales nunca corregía a nadie cuando lo llamaban Dosiete. Contribuía a su fachada. El mundo le había apagado la luz hacía años y solo ahora la lámpara halógena del pasado había comenzado a cobrar vida de nuevo. A solas en la biblioteca, desdobló el periódico *Chicago Tribune* y buscó los titulares en la página dos: A CUARENTA AÑOS DEL VERANO DE 1979, LIBERARÁN A "EL LADRÓN".

Su mirada se posó sobre su antiguo apodo: "El Ladrón". No podía ignorar la adrenalina que esas palabras le provocaban. Pero, al mismo tiempo, comprendía bien las desventajas de ese apodo perfecto: atraería atención sobre él y reviviría recuerdos en mucha gente. Cuando comenzaran a hablar de él en los titulares y en los programas de noticias, tendría que encontrar la forma de esquivar a los críticos y huir de la persecución y tortura mediática. Una vez que lo liberaran, necesitaría una pequeña ventana de anonimato para completar el viaje final al cual había dedicado su vida en prisión. Era un viaje que esperaba desde hacía décadas y que, como un tonto, había creído que otros podrían hacer por él. Pero El Ladrón era el único que podía desenterrar aquello que lo acosaba, el secreto que lo había arruinado.

A tantos años de su reinado de terror, sus víctimas ya no tenían rostros ni nombres. Aun cuando visitaba los rincones más oscuros de su mente y trataba de revivir esa Euforia que había sido su combustible, casi no recordaba a ninguna de las mujeres. Habían desaparecido, tanto del mundo como de sus recuerdos, borradas por el tiempo y la indiferencia.

Solamente una permanecía, vibrante, en su mente; clara y presente como si cuarenta años fueran apenas un parpadeo, un único latido del corazón. Era la que sobresalía, la que no podía olvidar. La que se le cruzaba por la cabeza durante los apacibles días en la biblioteca, y estaba presente en sus sueños de noche. Era la única a quien recordaba, y su inminente liberación le brindaría la esperada oportunidad de atar cabos sueltos con ella.

CHICAGO

Agosto de 1979

Angela Mitchell miraba la televisión con su amiga Catherine Blackwell. En el programa de noticias, una periodista estaba de pie delante de un callejón oscuro, mientras caía la noche de verano. Contra las cercas de alambre se veían contenedores de residuos y entre las rajaduras desparejas de la acera crecían malezas.

—Se confirma el secuestro de otra mujer: Samantha Rodgers, de veintidós años, vecina de Lincoln Park. Su desaparición fue informada el martes, cuando no se presentó a trabajar. Las autoridades creen que podría ser la quinta víctima de una cadena de casos similares que comenzó la primera semana de mayo y para la cual todavía no se ha encontrado explicación.

La periodista caminaba por el bulevar. Detrás de ella pasaban algunos peatones y se quedaban mirando la cámara con sonrisas bobas, sin saber la gravedad de lo que se estaba informando.

—Las desapariciones comenzaron el 2 de mayo con el rapto de Clarissa Manning. Desde entonces, otras tres mujeres fueron secuestradas en las calles de Chicago. Ninguna ha sido encontrada y se sospecha que todos los casos están relacionados. Hoy, se teme que Samantha Rodgers sea la víctima más reciente de un depredador al que las autoridades llaman El Ladrón. El Departamento de Policía de Chicago advierte a las mujeres jóvenes que no vayan solas por la calle. Además, las autoridades buscan pistas sobre las desapariciones; a tal efecto, la policía ha habilitado una línea para llamadas telefónicas.

—Cinco mujeres en tres meses —comentó Catherine—. ¿Cómo puede ser que la policía no haya encontrado al asesino?

—Algo deben saber —respondió Angela, en voz baja y contenida—. Seguramente no quieren dar detalles para que el criminal no se entere de qué es lo que saben.

El esposo de Angela entró en la habitación, apagó el televisor y le dio un beso ligero en la frente.

—Vamos, la cena está lista.

—Qué cosa tan terrible —se lamentó Angela.

Su esposo le pasó una mano por el hombro y le dio un abrazo rápido. Hizo un ademán hacia la cocina con la cabeza, e intercambió una mirada con Catherine antes de salir de la habitación.

Angela seguía contemplando la pantalla apagada. La imagen de la periodista le había quedado grabada a fuego en la mente, lo que le permitía recordar su rostro, el callejón detrás, los letreros verdes con nombres de calles a sus espaldas y hasta las expresiones tontas de los transeúntes que miraban la cámara. Era un don, pero a la vez una maldición, recordar con tanta claridad todo lo que veía. Por fin, parpadeó para alejar la imagen de la periodista de su cabeza; Catherine la tomó suavemente del codo y la llevó hacia la mesa.

CHICAGO

Agosto de 1979

LOS CUATRO —ANGELA, CATHERINE Y sus esposos— se sentaron a la mesa. Thomas, el esposo de Angela, había terminado de grillar pollo y verduras; habían optado por el aire acondicionado del comedor en lugar de cenar fuera en la terraza trasera, como había sido la idea original. El húmedo calor estival era agobiante y los mosquitos arreciaban.

—Qué pena pasar otra noche dentro —comentó Thomas—. Todo el año esperando que se vaya el invierno, y terminamos metidos aquí de todas maneras.

—Últimamente he estado fuera todo el tiempo —dijo Bill Blackwell, el esposo de Catherine—. Uno de los capataces renunció hace un par de semanas. Tuve que hacerme cargo de sus equipos, así que no tengo ningún problema en tomarme un descanso del calor.

—¿Todavía no contratamos a nadie para que lo reemplace? —preguntó Thomas.

Thomas y Bill eran socios en la empresa: construían cimientos de casas nuevas y losas de hormigón para playas de aparcamiento industriales y garajes cubiertos. Habían comenzado a los veinte años y ahora tenían una empresa mediana, con empleados sindicalizados.

—Ya envié un pedido a la agencia de empleos local y se están ocupando, pero hasta que contratemos a alguien, estoy a cargo de los empleados, lo que significa que me paso el día entero al aire libre. Y con temperaturas de 34 grados, estoy feliz de cenar adentro esta noche.

—Si te hace sentir mejor —acotó Thomas—, tuve que conducir la Bobcat esta semana porque uno de los operarios se enfermó.

—No, no me hace sentir mejor —replicó Bill—. Es mucho peor estar a cargo de los equipos de gente que manejar la Bobcat. Me han picado tantos mosquitos que creo que tengo malaria.

—Angela, ¿no te dan pena nuestros esposos tan trabajadores? —bromeó Catherine.

Angela contemplaba su plato con aire distante.

—Angela —repitió Thomas.

Al ver que no respondía, extendió el brazo y le tocó el hombro, lo que la hizo sobresaltarse y levantar la vista. Parecía sorprendida por la presencia de los demás en la habitación.

—Bill estaba diciendo lo terribles que están los mosquitos —dijo Thomas con voz alentadora—. Y que está trabajando más que yo. Necesito que mi esposa me defienda.

Angela trató de sonreír, pero solo pudo asentir ante las palabras de Thomas.

—En fin —dijo Catherine, señalando el cuello de su esposo—, si te siguen picando los mosquitos de ese modo, vas a necesitar transfusiones. ¡Parece como si te hubiera atacado Drácula!

Bill se llevó la mano al cuello.

—El aerosol para los mosquitos me provocó una reacción alérgica —explicó.

Thomas mantuvo la mano sobre el hombro de Angela, en un intento por atraerla a la conversación. Ella cubrió la mano de él con la suya y esbozó una sonrisa forzada.

—No sé si los aerosoles sirven para ahuyentar vampiros —comentó.

Esto hizo reír al grupo. Angela trató de participar de la conversación, pero tenía la imagen de la periodista grabada en la mente y no podía concentrarse en otra cosa que no fueran las mujeres que habían desaparecido ese verano.

CHICAGO

Agosto de 1979

UNA VEZ QUE LOS INVITADOS se fueron, Angela cerró la bolsa de basura y la ató. Su esposo se secó la frente con el antebrazo mientras lavaba los platos en el fregadero. Recibir gente era una experiencia nueva para ella, algo a lo que todavía se estaba adaptando. Antes de conocer a Thomas, nunca había tenido amigos cercanos ni de ninguna otra clase. Había pasado la vida excluida de las normas sociales. Los recuerdos vívidos de la niñez le recordaban por qué las amistades tradicionales eran imposibles.

Cuando Angela tenía cinco años, una niña se le acercó en el jardín de infantes para ofrecerle una muñeca e invitarla a jugar con ella. Hasta el día de hoy, Angela podía sentir la abrumadora incomodidad de que alguien se le acercara tanto y la repulsión que le provocaba la idea de tocar una muñeca que había pasado por las manos de tantos niños. Aun antes de ir a la escuela, había adoptado la costumbre de llevar sus posesiones en bolsitas de plástico con cierre para mantenerlas a salvo de gérmenes y suciedad. Sus padres habían aprendido que los berrinches de Angela —que se manifestaban como distanciamientos sensoriales intensos— se aplacaban solamente cuando tenía todas sus cosas dentro de bolsitas plásticas. La costumbre la acompañó durante la escuela primaria y la mantuvo tan aislada de las amistades como lo estaban sus posesiones del contacto con el mundo.

Recibir a Catherine y Bill Blackwell para cenar la había sacado de su zona de confort más que cualquier otra cosa en los últimos meses. Pero era bueno: le daba más normalidad a su vida. Tenía que agradecerle a Thomas esa transformación. Angela era muy consciente de cómo la miraba la mayoría de la gente, pero la tranquilizaba pensar que Thomas la aceptaba a pesar de sus peculiaridades. Con el matrimonio se le había abierto un mundo nuevo. Catherine era la primera persona a la que podía llamar amiga. En presencia de otra gente, Angela lograba controlar muchas de las rarezas que la atormentaban. Catherine había presenciado esas particularidades y las había aceptado. Como, por ejemplo, la aversión que le provocaba el contacto físico con alguien que no fuera Thomas, la angustia que le causaban los ruidos fuertes y la forma en que quedaba paralizada cuando su mente se fijaba en algo, como había sucedido esa noche después de que la periodista informó la desaparición de otra mujer. No había podido concentrarse en nada más durante el resto de la velada.

A pesar de su amistad con Catherine, Angela nunca había hecho buenas migas con Bill, su esposo, que era uno de los amigos más cercanos de Thomas. Pero eso tampoco parecía molestarle a Catherine. Almorzaban juntas con frecuencia, mientras sus esposos trabajaban.

—Fue una linda velada —dijo Thomas.

—Sí.

—Catherine y tú se han hecho buenas amigas.

—Sí. Su esposo es agradable, también.

Thomas se le acercó.

—El esposo de Catherine tiene nombre, sabes.

Angela desvió la mirada y contempló sus zapatos.

—Sé que esta noche no fue fácil para ti. Pero estuviste

muy bien. Sé también que Catherine te da seguridad, pero no puedes hablar solamente con ella y conmigo. Tienes que hablar con todos los que están en la casa, aunque sea solo por buena educación.

Ella asintió.

—Y tienes que llamar a la gente por su nombre. Bill, recuérdalo. El esposo de Catherine se llama Bill.

—Lo sé —respondió Angela—. Él no me… no estoy acostumbrada a él, nada más.

—Es mi socio y un buen amigo, así que vamos a verlo con mucha frecuencia.

—Me esforzaré.

Él la besó en la frente otra vez, como había hecho cuando miraba televisión, y volvió a dedicarse a los platos.

—Llevaré esto afuera —dijo Angela, levantando la bolsa de basura cerrada.

Salió por la puerta de la cocina que daba al jardín trasero. Atravesó el cuadrado de césped y notó que la entrada de servicio al garaje estaba abierta. Estaba oscuro y la luz del garaje que salía por la puerta abierta formaba un trapecio sobre el césped. Recordó que mientras Thomas asaba el pollo, el esposo de Catherine —*Bill*, como acababa de recordarle Thomas— había entrado y salido varias veces del garaje. Eso la había puesto incómoda, pues el garaje estaba desordenado y lleno de trastos. A Angela le costaba mucho lidiar con el desorden y en un momento había pensado en cerrar la puerta con llave, para que el esposo de Catherine se diera cuenta de que debía quedarse en la terraza.

Cerró la puerta y salió por la cerca de alambre tejido al callejón a oscuras. Levantó la tapa del contenedor de residuos y colocó la bolsa plástica. Un gato siseó y salió disparado por entre los contenedores. Angela se sobresaltó y dejó caer la tapa; el sonoro ruido metálico reverberó por el callejón. Angela soltó un grito. Los perros del vecindario comenzaron a ladrar.

Respiró hondo y recorrió el callejón con la mirada. Un poste de luz iluminaba el final de la calle y arrojaba sombras de ramas oscilantes sobre el pavimento. En su mente, imaginó una visión satelital de los límites de la ciudad y ubicó el callejón periférico en el que se encontraba. Sus pensamientos pasaron al meticuloso diagrama que había creado, con puntos rojos en las zonas donde habían sido secuestradas las mujeres. Había marcado con resaltador amarillo el área que unía todos los puntos. Su vecindario estaba muy por fuera del pentágono coloreado.

El temblor interno se le transmitía a las manos; se inclinó, recogió la tapa del contenedor y la dejó caer en su lugar antes de entrar corriendo al jardín y a la cocina. Thomas había terminado con los platos y se oía el televisor encendido en un partido de los Cubs. Se asomó para espiar y vio a su esposo echado hacia atrás en el sillón reclinable, lo que significaba que pronto comenzaría a roncar. Sintiendo un hormigueo de adrenalina en las puntas de los dedos, se dirigió al dormitorio y se arrodilló a los pies de la cama. Abrió el baúl y extrajo el montón de recortes de periódicos y el mapa de la ciudad.

Había pasado toda la velada reprimiendo sus necesidades obsesivo-compulsivas. El control sobre sí misma, recientemente aprendido, le había sido de gran utilidad. Le había abierto la puerta a un mundo nuevo con Thomas y permitido forjar una amistad con Catherine. Pero Angela sabía que no podía ignorar por completo las necesidades de su mente ni las exigencias de su sistema nervioso central, que le pedía a gritos que organizara, armara listas y desarmara todo aquello a lo que no le encontraba sentido. Angela veía las cosas rectas y ordenadas, con afilados ángulos de noventa grados, o en total y absoluto desorden. El llamado de su mente a ordenar rigurosamente todo aquello que se no ordenaba por su propia cuenta había sido siempre muy fuerte y difícil de desoír. Pero últimamente, ese llamado era un grito que le resultaba ensordecedor.

La idea de que hubiera un hombre que eludía a la policía y tenía paralizada a toda una ciudad era la definición misma del caos. Y desde que el hombre al que las autoridades llamaban El Ladrón se le había metido en la cabeza, la mente afilada e implacable de Angela no había podido pensar en otra cosa.

Llevó los recortes del periódico al pequeño escritorio de la habitación, encendió la luz y desparramó los artículos delante de ella. Volvió a leerlos por enésima vez, decidida a encontrar lo que a todos los demás se les había escapado.

CHICAGO

Agosto de 1979

ANGELA PASÓ LA MAÑANA SIGUIENTE sentada a la mesa de la cocina, rodeada de recortes de periódicos de la semana anterior relacionados con El Ladrón. Los había leído hasta tarde durante la noche, mientras Thomas dormía en el sillón reclinable. Ahora él se había ido a trabajar y Angela se había vuelto a dedicar de lleno al tema. Tenía el *Tribune* y el *Sun-Times* delante de ella y recortaba cuidadosamente con la tijera los bordes de cada artículo. Hasta había logrado conseguir un ejemplar del *New York Times,* que tenía un artículo sobre los sucesos de Chicago. La columna trazaba paralelismos con los asesinatos del "Hijo de Sam" de hacía tres años. Angela leyó y releyó todas las notas; se concentró en las cinco mujeres que habían desaparecido y catalogó todo lo que se había informado sobre cada una de ellas. Buscó fotografías y armó sus propias biografías. Sabía tanto sobre esas mujeres que se sentía conectada con ellas.

Se esforzaba mucho para ocultarle a Thomas la magnitud de su problema. En épocas pasadas, su trastorno obsesivo-compulsivo la había consumido, abrumándola al punto de impedirle funcionar en la vida cotidiana. En los momentos más oscuros, el trastorno la había atado a la necesidad de completar tareas redundantes que su cerebro consideraba necesarias. Y cuanto más intentaba liberarse de esa catarata de tareas innecesarias, más paranoica se volvía creyendo que algo terrible sucedería si cortaba el ciclo de acciones sin sentido. Esa paranoia se alimentaba a sí misma hasta que Angela se perdía dentro de ella.

Sentía ahora que esa succión en su interior volvía a aparecer y comprendió que tendría que domar esta repentina obsesión si no quería tener una recaída. Pero perdía toda voluntad cuando su mente se enfocaba en las mujeres desaparecidas y el hombre anónimo que las asesinaba. Ella creía que podría encontrar una conexión entre las víctimas, aunque todavía no estaba segura de qué haría con su descubrimiento. Informar a las autoridades, tal vez. Pero no quería apresurarse. Adentrarse en el futuro hacía que su mente se entregara a alocadas especulaciones y eso le causaba temor y ansiedad. Si Thomas notaba que otra vez estaba arrancándose las pestañas y las cejas, se imaginaría una recaída, lo que llevaría a que ella tuviera que volver a terapia. Sería el fin de su investigación. No podía permitir que sucediera. Las mujeres que la miraban desde los recortes de periódicos merecían su atención y Angela no tenía la fuerza suficiente como para ignorarlas.

Una vez que tuvo los recortes catalogados y ordenados, los guardó en las carpetas y volvió a colocar todo en el baúl a los pies de la cama. Eran las diez de la mañana cuando se llevó la taza de café al garaje, junto con dos sándwiches caseros envueltos en papel de aluminio. El garaje era una construcción separada de la casa estilo bungalow, con espacio para dos coches. Un sendero de cemento llevaba desde la terraza junto a la cocina hasta la puerta de servicio en la parte posterior. El portón principal del garaje daba al callejón. La noche anterior, Angela había permitido que su imaginación se desbocara imaginando pesadillas en las sombras cuando un gato saltó entre los contenedores de residuos. Esta mañana brillaba el sol y ya no sentía miedo.

Entró por la puerta de servicio y oprimió el botón de apertura automática del portón, lo que hizo que se levantara ruidosamente para dejar entrar la luz del sol. Como casi nunca iba al garaje, el lugar era incongruente con el resto de su hogar. Si el espacio le perteneciera a ella en lugar de a Thomas, lo tendría ordenado meticulosamente del modo en que necesitaba tener todo en su vida. Pero en cambio, era un caos de estantes abarrotados de libros vetustos y cajas polvorientas; había latas de pintura manchadas, de cuando Thomas y ella habían pintado el dormitorio; herramientas para reparar los coches, que Thomas apilaba en un rincón, y un viejo sofá que tenían pensado vender, pero nunca lo habían hecho. Estaba sucio y lleno de polvo, cubierto de revistas y periódicos viejos. Eso era lo que se había propuesto ordenar esa mañana.

El miércoles era el día en que se recogían los residuos voluminosos y Angela pensaba arrastrar el viejo sofá hasta el callejón para que los recolectores se lo llevaran. Los sándwiches eran su soborno para que los muchachos accedieran a llevarse algo tan pesado.

Comenzó por arrojar las revistas y los periódicos viejos a la basura. Al cabo de diez minutos, había liberado el sofá. Posicionándose cerca de la entrada del garaje, lo sujetó del apoyabrazos y jaló. Como era pesado, el avance fue lento; después de diez minutos, lo tuvo en el callejón. Faltaban cinco metros para llegar a la zona de recolección, pero estaba agotada. Entró en el garaje para recuperar el aliento y las fuerzas.

Mientras respiraba hondo, observó los estantes atestados; sabía que a Thomas no le gustaría que llevara su obsesión por el orden al garaje; le había dicho que solo sacaría el sofá para que se lo llevaran. Pero al ver los estantes tan desordenados, sintió un cosquilleo en los dedos de las manos. Se puso a inspeccionar los objetos y encontró cosas cuya existencia ya no recordaba: vajilla de antes de casarse y decoraciones navideñas que nunca habían utilizado.

En otro grupo de estantes, tropezó con viejos regalos de boda que no les habían resultado prácticos ni les habían gustado. Vio una cesta de picnic con compartimentos para botellas de vino en ambos extremos. Nunca en su vida había salido de picnic, y la idea de beber vino sentada en el césped lleno de insectos le erizaba el pelo de la nuca. Levantó la tapa de la cesta y algo le llamó la atención. Miró más de cerca y vio que era un alhajero delicado.

Recorrió el garaje con la mirada y luego el callejón, como si acabara de descubrir un tesoro oculto y temiera que otra persona se enterara del secreto. Extrajo el alhajero del fondo de la cesta y lo abrió. Un rayo de sol matutino que entraba por la ventana lateral del garaje iluminó los brillantes del collar, resaltando el peridoto verde al que rodeaban. No era la primera vez que Thomas hacía compras extravagantes. Lo había hecho en el pasado y faltaba solamente una semana para el cumpleaños de ella. Se sintió culpable por haberle estropeado la sorpresa.

—¿Necesita ayuda?

La voz profunda y desconocida la hizo sobresaltarse. Dejó caer el collar dentro de la cesta y se volvió para encontrarse cara a cara con un desconocido. Un leve gemido escapó de su boca. El hombre estaba en el callejón, junto al sofá, pero ella sentía su presencia mucho más cerca. La luz del sol le oscurecía los ojos y lo iluminaba desde atrás, recortándole la silueta. Su sombra se extendía por el suelo del garaje, tan cerca de ella que se le puso la piel de gallina.

—Parece que se quedó a medio camino.

—No, no —dijo Angela sin pensar, mientras retrocedía hacia la puerta de servicio detrás de ella. Como regla general, evitaba mirar a los ojos siempre que fuera posible. Pero los huecos renegridos en el rostro del hombre eran demasiado misteriosos como para poder ignorarlos.

—La ayudo a empujarlo hasta la zona de recolección, si quiere —dijo el hombre—. Lo sacó para que se lo lleven, ¿verdad?

Angela negó con la cabeza. Pensó en las biografías de las mujeres desaparecidas que había armado. En los artículos que había estudiado. En el mapa de la ciudad que había marcado con los puntos de los secuestros y el pentágono amarillo que resaltaba la zona a evitar. Sintió el mismo temor que la noche anterior cuando el gato había salido de entre los contenedores. Había percibido una presencia extraña y había corrido de regreso a la casa antes de procesar la sensación. Y desde entonces, se había esforzado para aislar esa idea, suprimir el pensamiento de que había habido alguien en el callejón, observando desde las sombras. Si pensaba en eso y dejaba que el miedo encendiera las chispas de su trastorno de ansiedad, se volvería loca. Una vez que el fuego comenzaba a arder, ya no había forma de apagarlo.

Unos años antes, un pensamiento desconectado como ese habría activado un estado de paranoia y obsesión que habría durado semanas y la habría hecho encerrarse en la casa y revisar las cerraduras constantemente, levantarse de noche para asegurarse de que las ventanas estuvieran trabadas y levantar el teléfono cien veces para ver si funcionaba y había tono de llamada. Pero últimamente había trabajado mucho para forjarse una vida nueva y no estaba dispuesta a permitir que el funcionamiento complicado de su mente se la arruinara. Pero ahora, con los ojos fijos en el hombre que estaba en el callejón, deseó haber prestado más atención al presentimiento ominoso de la noche anterior.

—Ahora viene mi esposo y me ayudará a empujarlo la distancia que falta —logró decir.

El hombre miró por detrás de Angela, hacia la puerta, y señaló la casa.

—¿Su esposo está en casa?

—Sí —respondió Angela con demasiada rapidez.

El hombre dio un paso en dirección a la entrada del garaje, lo que hizo que su sombra oscura se levantara del suelo y trepara por las piernas de Angela.

—¿Seguro que no la puedo ayudar?

Angela retrocedió, se volvió y salió por la puerta de servicio al jardín trasero. Corrió hacia la cocina y giró la manija de la puerta con desesperación hasta lograr abrirla y refugiarse en la casa. Cerró con llave de inmediato y espió por un lado de las cortinas. El hombre estaba junto al sofá abandonado, mirando por la puerta abierta del garaje en dirección a la casa. Por encima de los latidos que le atronaban en los oídos, Angela oyó los frenos chirriantes del camión de los residuos cuando dobló por el callejón. El desconocido miró hacia atrás y se alejó rápidamente al ver acercarse el camión.

A Angela le temblaban las manos. No pudo salir a hablar con los recolectores y llevarles los sándwiches para que retiraran el sofá. Corrió al baño, levantó la tapa del retrete y vomitó hasta que se le llenaron los ojos de lágrimas y sintió dolor en el esternón.

CAPÍTULO 6

Chicago, 16 de octubre de 2019

Rory Moore aparcó junto al coche policial sin identificación de manera que ambos conductores estuvieran del mismo lado. Bajó la ventanilla y se acomodó los lentes sin aumento sobre la nariz. El interior del coche estaba en sombras. Estaba segura de que el detective Davidson no podría verle los ojos, lo que siempre era una ventaja.

Davidson le entregó un sobre de papel manila por la ventanilla.

—Autopsia y resultados toxicológicos —dijo—. Más todas las notas y entrevistas del caso.

Rory tomó el paquete, vio el nombre de Camille Byrd impreso en la parte inferior de la carpeta y pensó en la muñeca Kestner rota y en el pedido de ayuda del padre de la joven. Dejó caer la carpeta sobre el asiento del pasajero.

—Estás oficialmente en el caso —anunció Ron—. Hice todo el papeleo esta mañana.

—¿Cuándo fue la última vez que alguno de tus hombres le dedicó tiempo a esto? —le preguntó señalando el pesado sobre.

Davidson infló las mejillas y exhaló con aire derrotado. Rory se dio cuenta de que la respuesta lo avergonzaba.

—Tiene más de un año; hace meses que no se le agrega nada nuevo. En lo que va de este año ya hubo más de quinientos homicidios, así que, como te imaginarás, este caso está paralizado.

Rory recordó la mañana en Grant Park, cuando Ron le había mostrado el sitio donde habían encontrado el cadáver congelado de Camille. Sentía un gran dolor por ella, como sucedía con las víctimas de cuyos casos se ocupaba. Por ese motivo era tan selectiva. En el diminuto mundo de la reconstrucción forense, nadie obtenía los resultados de Rory Moore. Había insuflado vida nueva a casos que habían estado más congelados que un invierno de Chicago. Lo llevaba en los genes, sencillamente. Su ADN estaba programado para ver cosas que a otros se les escapaban, para conectar puntos que a todos los demás les parecían aleatorios e incongruentes. Dejaba las reconstrucciones sencillas —accidentes automovilísticos y suicidios— a otros colegas que podían lidiar con casos simples, de esos que hasta los detectives podían reconstruir con esfuerzo y un poco de suerte. Esos trabajos no le resultaban desafiantes. Ella reconstruía casos paralizados, que habían sido abandonados o que ya nadie creía que podían resolverse; lo lograba desarrollando una conexión profunda y personal con las víctimas. Para poder hacerlo, estudiaba sus historias; descubría quiénes eran y por qué las habían matado. Era una técnica demandante que la dejaba exhausta emocionalmente y a menudo la acercaba más a la víctima para la que buscaba justicia que a cualquier otra persona en su vida. Pero era la única forma en que sabía trabajar.

Rory sabía que Ron Davidson, que lideraba la División de Homicidios del Departamento de Policía de Chicago, recibía presiones de todo tipo, políticas y sociales, para mejorar el índice de asesinatos no resueltos de Chicago. La ciudad tenía uno de los peores índices nacionales de crímenes sin resolver, y al decidir tomar el caso paralizado y olvidado de Camille

Byrd, era consciente de que le estaba dando a Ron la oportunidad de anotarse un punto sin gastar demasiados recursos. Rory reconstruía casos por su cuenta, sin aceptar ayuda de ninguno de los detectives de Homicidios. Hacía años que trabajaba para la fuerza y, si no hubiera sido tan selectiva, habría tenido casos nuevos todas las semanas.

—Echaré un vistazo y te diré con qué me encuentro —dijo por fin.

—Mantenme al tanto.

La ventanilla de Rory comenzó a cerrarse.

—Oye, Gris —dijo Davidson.

Rory detuvo la ventanilla por la mitad y lo miró a través del cristal.

—Siento lo de tu padre.

Rory asintió y terminó de cerrar la ventanilla; instantes después, los dos coches partieron en direcciones opuestas.

CAPÍTULO 7

Chicago, 16 de octubre de 2019

RORY ENTRÓ EN EL ASILO de ancianos y se dirigió a la habitación 121. Las luces estaban atenuadas, y el televisor encendido le daba un brillo azul al dormitorio. La mujer que estaba tendida, inmóvil, con los ojos abiertos, no dio señales de registrar su presencia cuando ella se aproximó a los protectores laterales de la cama de hospital. Rory se sentó y miró a la anciana, cuyos ojos seguían fijos en el televisor, como si ella fuera invisible.

Rory extendió el brazo y le tomó la mano.

—Tía Greta. Soy yo, Rory.

Su tía abuela se succionó sobre los labios, como hacía cuando las enfermeras le quitaban las prótesis dentales.

—Greta —insistió Rory en un susurro—. ¿Me oyes?

—Traté de salvarte —dijo la anciana—. Lo intenté, de veras, pero la sangre era demasiada.

—Ya está —la calmó Rory—. Ya está, ya pasó.

—Sangrabas mucho. —Su tía abuela la miró—. Había demasiada sangre.

Una enfermera ingresó en la habitación.

—Traté de encontrarte antes de que entraras, discúlpame. Hoy está teniendo un mal día.

La enfermera acomodó las almohadas detrás de la cabeza de Greta y dejó un vaso blanco de poliestireno con un sorbete en la mesa alta movible.

—Aquí tienes agua, querida. Y no hay sangre por ningún lado. Detesto la sangre, por eso trabajo aquí.

—¿Hace cuánto que está así?

La enfermera miró a Rory.

—Casi todo el día. Ayer estuvo muy bien. Pero, como sabes, la demencia las lleva a otra parte de sus vidas. A veces es por poco tiempo, en otras ocasiones se hace más largo. Ya pasará.

Rory asintió y señaló el vaso de poliestireno.

—La haré beber agua.

La enfermera sonrió.

—Llámame si necesitas algo.

En cuando se fue la enfermera, Greta volvió a fijar los ojos en Rory.

—Traté de salvarte. Había demasiada sangre.

Greta había sido enfermera, y aunque hacía muchísimos años que no trabajaba, la demencia que le despedazaba la mente la retrotraía a los momentos más oscuros de su profesión.

Su tía abuela volvió a fijar la vista en el televisor. Rory comprendió que no sería una buena visita. Greta tenía noventa y dos años y su capacidad mental oscilaba entre grandes altibajos. A veces estaba afilada como siempre. En otras ocasiones, como hoy y las últimas dos semanas, desde que se había enterado de la muerte del padre de Rory, se perdía en el pasado, en un mundo en el que Rory no podía entrar. En los últimos años, el mejor momento para encontrarla coherente había sido por la noche. A veces Rory llegaba y se iba en cuestión de minutos. Otros días, cuando la tía Greta estaba lúcida y conversadora, se quedaba hasta la madrugada, hablando y riendo como recordaba haberlo hecho de niña.

Pocas personas comprendían completamente a Rory Moore. Su tía Greta era una de ellas.

—Greta, ¿recuerdas lo que te conté sobre papá? ¿Sobre Frank, tu sobrino?

Greta se succionó los labios.

—El funeral fue la semana pasada. Quise llevarte, pero no estabas bien.

Greta vio que la anciana se mordía los labios con más intensidad.

—No te perdiste nada. Excepto verme retorciéndome en un rincón, tratando de evitar a todo el mundo. Me habrías venido muy bien como fachada, ancianita.

Greta le dirigió una rápida mirada y un atisbo de sonrisa. Rory se dio cuenta de que había logrado penetrar en la mente de ella en una noche que había prometido muy poco.

—¿Qué mejor forma de lograr que nadie se fije en mí que entrar empujando la silla de ruedas de una ancianita a la que todos adoran?

Sintió que su tía le apretaba la mano. Una lágrima se formó en el párpado de Greta y le rodó por la mejilla. Rory se puso de pie y extrajo rápidamente un pañuelo de papel tisú de la caja para enjugarle el rostro.

—Oye —dijo, intentando hacer contacto visual, cosa que por lo general evitaba—. Necesito que me ayudes con algo. Es una muñeca Kestner con una rotura seria en el ojo izquierdo. Puedo reparar la rotura, pero tal vez necesite ayuda con la pintura. La porcelana está gastada y voy a tener que pintar encima del epoxi. ¿Quieres darme una mano?

Greta la miró y dejó de succionarse los labios. Luego asintió levemente con la cabeza.

—Genial —dijo Rory—. Eres lo máximo. Y me enseñaste todo lo que sé. En la próxima visita traeré tus pinturas y pinceles, así me ayudas.

Se volvió a sentar junto a la cama, tomó la mano de la anciana nuevamente y pasó una hora mirando la televisión sin volumen hasta que estuvo segura de que su tía se había quedado dormida.

CAPÍTULO 8

Chicago, 16 de octubre de 2019

RORY DETUVO EL COCHE FRENTE a su casa de estilo bungalow y lo aparcó en la calle, entre los automóviles de sus vecinos. Eran poco más de las once de la noche y se sentía bien luego de haber visitado a Greta. No siempre le sucedía eso después de dejar a la anciana.

La enfermedad de Alzheimer y la demencia senil le habían robado casi toda su esencia, convirtiéndola a veces en una anciana mala que escupía insultos, como un marinero ebrio, e instantes después balbuceaba incoherencias. A pesar de la ferocidad de ese lado negativo, Rory lo prefería antes que ver a su tía hecha un fantasma con los ojos vacíos, como sucedía a veces cuando la visitaba. Toleraba bien cada una de sus personalidades porque, en ocasiones como hoy, aparecía un atisbo de la mujer a la que ella había querido toda su vida. Había sido una buena noche.

El perro del otro lado de la calle ladró cuando Rory subió los escalones y abrió la puerta principal después de recoger la correspondencia. Dejó el montón de sobres y el informe de la autopsia de Camille Byrd sobre la mesa de la cocina y extrajo un vaso del armario.

El estante del medio de refrigerador contenía seis botellas de cerveza negra Three Floyds Dark Lord, una marca muy difícil de encontrar que Rory conseguía a través de un contacto en el vecino estado de Indiana. Las guardaba con la etiqueta hacia delante y ordenadas en hileras impecables, como correspondía. Extrajo una de la hilera frontal, la abrió, se sirvió en un vaso alto y le añadió un toque de licor de grosellas. Con contenido alcohólico de quince por ciento, la cerveza era más fuerte que la mayoría de los vinos y con solo un par de vasos se obtenía el efecto deseado. Sentada a la mesa de la cocina, empujó la correspondencia hacia un lado y tomó el sobre que le había entregado el detective Davidson. Bebió dos tragos generosos de cerveza y abrió la carpeta en la primera hoja del informe de la autopsia.

Al momento de su muerte, Camille Byrd tenía veintidós años y se había graduado recientemente de la Universidad de Illinois. Había terminado los estudios en mayo y estaba buscando trabajo en el área de su especialidad, que era Comunicaciones. Vivía en Wicker Park con dos compañeras. El médico forense determinó que la causa de muerte había sido estrangulamiento manual. Forma de muerte: femicidio. Sin evidencias de abuso sexual.

Dos tragos más de cerveza y Rory volteó la página. Leyó todo lo que había descubierto el médico forense: signos clásicos de asfixia, líquido sanguinolento en las vías aéreas, edema en los pulmones, petequias en la piel y hemorragias subconjuntivales en los ojos. Magullones graves en el cuello, junto con fractura de hueso hioides y de laringe, lo que confirmaba el estrangulamiento. La presencia de marcas de dedos no dejaba duda alguna. Rory estudió una de las fotos de la autopsia y volvió a leer los hallazgos. Camille Byrd había desaparecido una noche y el cuerpo había sido encontrado a la madrugada siguiente. El rigor mortis y la lividez llevaron a la conclusión de que había muerto unas veinticuatro horas antes del descubrimiento del cadáver. El asesino de Camille Byrd había sido rápido. Se encontraron leucotrienos B4 en muestras de piel, lo que indicaba que los magullones en el cuello habían sido producidos antes de la muerte y quedarían presentes siempre, ya que la capacidad del cuerpo de sanarse a sí mismo se había extinguido con el último aliento de Camille.

Rory pasó una hora en silencio en su casa, leyendo el resto del informe forense antes de dedicarse a las notas de los detectives. El informe médico había sido realizado en computadora, pero la División de Homicidios del Departamento de Policía de Chicago todavía trabajaba con formularios manuscritos. Abrir la carpeta fue toparse con caligrafía desordenada y difícil de leer. Rory estaba segura de que debía existir una relación freudiana entre la caligrafía atroz de los detectives varones y el vínculo de estos con sus madres, como si esas letras infantiles fueran evidencia de la necesidad de atención permanente de los hombres.

Durante la siguiente hora, y con la compañía de otra cerveza con licor de grosellas, leyó sobre la vida de Camille Byrd, desde su infancia hasta el día en que desapareció y la madrugada en que hallaron su cuerpo congelado en Grant Park. Tomó notas de una sola oración, con interlineado sencillo, hasta que llenó una página entera. A diferencia de la caligrafía de los detectives, la cursiva de Rory era perfecta. Sin embargo, con muy poco espacio entre oraciones y pocos signos de puntuación, estaba segura de que el resultado era tan indescifrable como la escritura de los detectives.

Cuando cerró la carpeta, comprendió que estaba muy lejos de conocer a Camille Byrd lo suficiente como para encontrar las respuestas que buscaba, pero el trabajo de esa noche era un comienzo. Dejó la carpeta a un lado y cerró los ojos. Calmó la mente y dejó que los hechos pasaran a primer plano. Esa noche, soñaría con Camille Byrd como siempre soñaba con las víctimas a las que estudiaba. Así era como comenzaba cada reconstrucción. Elegía cada caso con mucho cuidado y le dedicaba toda su atención hasta que llegaba a su conclusión y entregaba todo a los detectives para que terminaran el trabajo.

Después de veinte minutos de meditación, abrió los ojos y respiró hondo. Llevó los documentos a su despacho y los acomodó ordenadamente sobre el escritorio. Extrajo la fotografía de 20 x 30 de Camille y la pinchó en la plancha de corcho sobre la pared. La plancha estaba marcada con agujeritos de reconstrucciones previas; con el correr de los años, había contado muchas historias trágicas. Esa noche los ecos de aquellas historias no se hacían oír; la atención de Rory estaba fija en la foto de Camille Byrd, que le devolvió la mirada desde algún lugar fuera del universo, aguardando su ayuda.

Rory apagó las luces al salir del escritorio. Con la casa a oscuras, tomó otra cerveza del refrigerador y se dirigió a su estudio. Este contenía solo luces indirectas posicionadas cuidadosamente. El primer interruptor que accionó le dio vida a los estantes empotrados y a las dos docenas de muñecas antiguas de porcelana sobre ellos. Las tres luces de cada estante, perfectamente alineadas, dejaban a cada muñeca en una combinación perfecta de luz y sombras. El rostro de porcelana de cada una de ellas tenía un brillo mágico que resaltaba la perfección del color y el lustre.

Había exactamente veinticuatro muñecas en los estantes. Cualquier número inferior a ese dejaba un vacío que carcomía a Rory por dentro hasta que lo llenaba. Lo había intentado antes: quitar una muñeca sin sustituirla por otra. El espacio vacío le creaba un desequilibrio mental que no la dejaba dormir ni pensar de manera racional. Ese fastidio continuo desaparecía, según descubrió Rory, cuando llenaba el espacio con otra muñeca para que los estantes quedaran completos. Se había amigado con ese trastorno obsesivo hacía varios años y ya no luchaba contra él. Lo había tenido desde niña, cuando estaba en la casa de la tía Greta contemplando las estanterías llenas de muñecas. La pasión de Rory por la restauración se había originado en su infancia, durante los veranos pasados con Greta, reparando muñecas rotas hasta que quedaban perfectas. Hoy, el estudio de Rory tenía el mismo aspecto desde hacía más de una década y era una réplica de la casa de la tía Greta que recordaba de la infancia, con los estantes llenos de sus restauraciones más triunfales. Sin un espacio libre.

Debajo de cada estante había una gaveta poco profunda, en la que estaban las fotografías del "antes" de cada muñeca. Las fotografías brillosas de 20 por 30 centímetros mostraban caras rayadas, ojos faltantes, quebraduras por las que asomaba el relleno, vestimenta manchada, miembros superiores o inferiores faltantes y porcelana descolorida. Había un gran contraste con las impecables muñecas que Rory había devuelto a la vida con gran pericia y meticulosidad.

Sentada ante la mesa de trabajo, encendió la lámpara de cuello flexible y dirigió el haz de luz hacia la muñeca Kestner que el padre de Camille Byrd había utilizado para convencerla de reconstruir la muerte de su hija. Bebió otro trago de cerveza y comenzó la revisión de rutina. Fotografió los daños desde todos los ángulos y terminó con una fotografía de la muñeca de cuerpo entero recostada sobre la mesa, que se convertiría en la imagen del "antes" de la restauración.

El bienestar que le provocaba la cerveza, sumado a la emoción de un proyecto nuevo —tanto el de la muñeca como el de la propia Camille— fueron suficientes para penetrar las profundidades de su mente y distraerla del montón de carpetas que aguardaban en la oficina de su padre. Y también de la imagen de su padre muriendo solo en su casa.

CAPÍTULO 9

Centro Correccional de Stateville
17 de octubre de 2019

LA OLA DE ASESINATOS DE hacía décadas lo convirtió en una celebridad durante un tiempo. Pero poco tiempo después de que lo condenaron, el mundo siguió su camino y en gran parte se olvidó de El Ladrón. Hacía solamente unos meses que su notoriedad había vuelto a crecer porque los periodistas revivían el verano de 1979 contando la historia de las mujeres que habían sido consideradas sus víctimas. Rastreaban a miembros de sus familias; hablaban con amigos, envejecidos ya, que contaban de sus casi olvidadas amistades con las mujeres desaparecidas. Los presentadores de programas de noticas más ambiciosos pasaban filmaciones antiguas en un intento de revivir el pánico de aquel verano tórrido cuando El Ladrón asolaba Chicago, raptando mujeres que nunca más aparecían.

Ahora, a medida que su fama se extendía, necesitaría apoyarse en el hombre que más lo había ayudado en todos estos años. Tenía acceso al sistema de correo electrónico de la prisión, pero enviar y recuperar correos era un proceso tedioso y, además, las reglas imponían una cantidad de palabras muy limitada. Era más sencillo y más rápido escribir cartas a mano y enviarlas por correo tradicional, cosa que había hecho varias veces en las últimas tres semanas, sin obtener respuesta. Para él, el Servicio de Correos de los Estados Unidos había sido siempre la manera más rápida de comunicarse. Mejor que una llamada telefónica, que requería que hiciera un pedido formal, aguardara a que lo aprobaran y luego estableciera un día y una hora para utilizar el teléfono pago de la prisión. Cada vez que había necesitado comunicarse con su abogado, simplemente le había escrito una carta, la había metido en un sobre y la había echado en el buzón. Pero después de dos semanas sin obtener respuesta, decidió solicitar un llamado telefónico. Debido a que faltaba poco para su audiencia final con la junta de libertad condicional, su abogado había estado en contacto permanente con él por los detalles de su inminente liberación. Pero hacía dos semanas que no sabía nada de él.

El Ladrón se recostó en su cucheta y cruzó las manos sobre el pecho mientras aguardaba. El universo estaba desequilibrado. Lo presentía en las entrañas. Pasar el tiempo nunca le había resultado difícil en todos estos años. Pero últimamente, desde que la junta de libertad condicional le había estampado la palabra *APROBADO* en el expediente, el tiempo se le había vuelto difícil de manejar. La sentencia llegaba a su fin y él comenzaba a permitirse saborear lo que lo esperaba fuera. Era peligroso pensar demasiado en las libertades de las que pronto gozaría. Peor aún, imaginar la satisfacción de encontrarla a ella. A pesar de los riesgos, cerró los ojos e imaginó enfrentarla cara a cara. Qué momento de júbilo. La mujer que lo había enviado aquí finalmente recibiría retribución.

—Dosiete —dijo el guardia, interrumpiendo sus pensamientos—. ¿Tienes solicitada una llamada, hoy?

Se incorporó inmediatamente y se puso de pie.

—Sí, señor.

El guardia giró la cabeza y con voz potente gritó por el pabellón:

—¡Uno-dos-dos-siete-seis-cinco-nueve-dos-siete! —Su voz reverberó por el lugar e hizo que los prisioneros se agolparan contra los barrotes, sacaran los brazos por entre ellos y apoyaran los codos sobre el metal para observar los sucesos.

La puerta de la celda de Dosiete se abrió ruidosamente y el guardia le hizo un ademán para que lo precediera por el largo corredor. Al ver que no había nada emocionante, los otros prisioneros se volvieron a desdibujar dentro de sus celdas. Una puerta zumbó y se abrió al final del pasillo y Dosiete la cruzó. Del otro lado lo esperaba otro guardia, que lo palpó y luego le señaló un teléfono público contra la pared, en un rincón aislado.

Dosiete realizó la conocida rutina del sistema automatizado que permitía llamadas externas y a cobrar. Marcó el número de memoria y escuchó el ruido de la estática por el receptor. Después de sonar ocho veces, la llamada pasó al contestador automático, que le informó que la casilla de mensajes de su abogado estaba llena.

El universo estaba fuera de eje. Algo no estaba bien. Sus fantasías sobre volver a encontrarla comenzaron a disiparse.

CHICAGO

Agosto de 1979

Los vómitos continuaron toda la semana después de su encontronazo con el desconocido en el callejón. Sentía vértigo y mareos y se le daba vuelta el estómago cada vez que pensaba en esa mañana. El viejo sofá quedó abandonado todo ese día. Los recolectores de basura no lo tocaron. Estaba torcido en ángulo a la salida del garaje y Angela imaginó que habrían pensado que estaba allí temporariamente mientras se limpiaba el garaje. Espió por la cortina cómo el camión se detuvo en el callejón y los muchachos vaciaron los contenedores en la parte trasera antes de subirse de un salto al paragolpes mientras el conductor arrancaba otra vez. No tuvo el valor de abrir la puerta de la cocina y correr hasta el callejón para pedirles que se llevaran el sofá.

Temprano por la tarde, escuchó la bocina del coche del vecino, que intentaba entrar en su garaje, directamente frente al de Angela, pero no podía girar a causa del sofá. En Chicago todo se resolvía con ruido: desde la frustración por la lentitud del tránsito, a los niños que jugaban a la pelota en la calle, al obstáculo de un sofá en un callejón. Después de cinco interminables minutos de escuchar al vecino, Angela se atrevió a salir de la casa. Jaló del sofá hasta meterlo de nuevo en el garaje, cerró la puerta y corrió a encerrarse otra vez. Giró la llave.

En cuanto Thomas llegó a casa, le contó la aventura del día. Él sugirió que llamaran a la policía, pero cuando lo conversaron de manera más exhaustiva, Angela se dio cuenta de que no sabía qué podía denunciar. ¿Que un desconocido, probablemente un vecino, se había ofrecido a ayudarla? ¿Que un gato la había asustado la noche anterior y le había dejado la impresión de que la estaban observando? Imaginaba muy bien cómo se desarrollaría esa conversación. Ya podía ver las miradas de soslayo que intercambiarían los oficiales mientras ella balbuceaba su explicación, intentando por todos los medios no establecer contacto visual. El hecho de que se jalara las cejas con movimientos nerviosos sería visto como una enfermedad contagiosa hasta que los oficiales se disculparan y pidieran hablar con Thomas a solas sobre su esposa paranoica que claramente estaba haciendo una montaña de un grano de arena. Cuanto más hablaba del incidente con Thomas, más absurdo le parecía llamar a la policía.

Pero ahora, una semana después de ese suceso, lo que más la preocupaba era el miedo de estar al borde de un brote obsesivo-compulsivo. Verlo venir, reconocer que se acercaba inexorablemente, podía considerarse un progreso. Años atrás, se hubiera sumido en él sin ningún aviso y hubiera perdido una semana o un mes satisfaciendo la compulsión de realizar tareas sin sentido de manera repetida. Pero en el nuevo paradigma de su vida, Angela no solamente reconocía que el colapso se acercaba, sino que luchaba endemoniadamente para evitarlo. No solo peleaba contra su trastorno, sino también para ocultarle los peores síntomas a Thomas. La escasez de pestañas se disimulaba con aplicaciones espesas de rímel en las pocas que le quedaban, y las cejas ralas se sombreaban con un lápiz. A pesar del calor sofocante, Angela se había acostumbrado a usar jeans y camisas largas en lugar de pantalones cortos y camisetas sin mangas para ocultar las costras sanguinolentas que tenía en los hombros y en las piernas por rascarse de manera obsesiva.

Sin embargo, esconder los síntomas era una muleta diabólica que solo empeoraba las cosas. Cuanto más ocultaba sus hábitos de automutilación, más dependiente se volvía de esos mismos hábitos. Trató de controlarse con sutiles estrategias que habían funcionado en el pasado. Se pasaba vaselina por las puntas de los dedos para no poder arrancarse las pestañas ni las cejas. Y se cortaba las uñas al ras para no lastimarse cuando se hundía los dedos en la piel. Hasta ahora, había logrado ocultarle lo peor a Thomas.

Los vómitos, sin embargo, se estaban convirtiendo en un problema. Thomas lo había notado hacía unos días. Cuando le preguntó al respecto, Angela le dijo que le había caído mal la comida china. En realidad, las náuseas la atacaban cada vez que se ponía a pensar en el desconocido del callejón. Todas las mañanas, después de que Thomas se iba a trabajar, Angela pasaba horas espiando el callejón por la puerta de la cocina. Había desarrollado una rutina: descorrer la cortina, mirar el callejón, controlar la cerradura, tomar el teléfono, escuchar el tono de discado, repetir todo. Lo único que cortaba el ciclo era la necesidad de vomitar. Se le daba vuelta el estómago cada vez que le acudía a la mente la imagen del desconocido en la puerta abierta del garaje, mirando hacia la cocina, y tenía que huir al baño sacudida por las arcadas.

Fue durante un momento de lucidez, una semana después del encuentro en el callejón, cuando Angela descubrió un envase de Valium vencido que le había recetado su médico anterior. Se dio cuenta de que si tomaba una tableta cada varias horas, se tranquilizaba, podía dormir de noche y no pensaba tanto en el hombre del garaje. Era un paliativo temporario hasta que pudiera razonar sola y calmar la mente. En ocasiones anteriores, ya le había ganado a la obsesión. Podía hacerlo otra vez.

Ayudada por el efecto tranquilizador del Valium, Angela se convenció de que era posible, y hasta probable, que el desconocido del callejón fuera solamente un Buen Samaritano que le ofrecía su ayuda. Y que no era nada probable que el horror de las mujeres desaparecidas se extendiera hasta esta zona en las afueras de la ciudad, donde se vivía una vida tranquila. Respiró hondo y trató de calmar sus dedos temblorosos mientras se preparaba el café matutino. Se controló antes de mirar por enésima vez por la ventana en dirección al callejón. En lugar de hacerlo, se obligó a concentrarse en las mujeres raptadas y en los perfiles que había creado. Hacía días que no les dedicaba tiempo.

Buscó los recortes en el baúl del dormitorio y los desparramó sobre la mesa de la cocina. Durante dos horas, estudió las notas que había tomado sobre cada una de las mujeres desaparecidas. Tal vez fue el hecho de tener la mente limpia después de una semana de paranoia, o tal vez fue el Valium que le permitió dejar fluir los pensamientos de forma diferente a las semanas anteriores, pero al leer los perfiles notó algo que antes se le había escapado. Su mente recorrió la información catalogada como cuando se revisa un microfilm en la biblioteca. De pronto, los artículos que había leído en los últimos años se ordenaron en su cabeza y vio un patrón que siempre había estado allí, esperando que lo descubrieran, pero que hasta ahora había pasado inadvertido. Comenzó a escribir a toda velocidad, pero el agotamiento de haber tenido que luchar contra su desorden obsesivo-compulsivo toda la semana le había desgastado las neuronas y la hizo dudar. Seguramente se equivocaba.

Angela hizo a un lado las inseguridades y siguió escribiendo frenéticamente las ideas que le brotaban, temiendo que si no quedaban capturadas en la hoja se perderían para siempre. Recordó con gran claridad los artículos que había leído tiempo atrás y anotó los nombres y fechas de las imágenes que le cruzaban por la mente. Cuando terminó, miró el reloj. Era casi el mediodía. Hacía tres horas que estaba sentada a la mesa de la cocina, pero le parecían solo minutos.

Se vistió rápidamente con jeans y una camisa de manga larga y guardó las notas en el bolso. Sintió una oleada de náuseas ante la idea de salir de la casa, pero no tenía opción. Era necesario ir hasta la biblioteca para confirmar sus sospechas. Sabía también que tendría que tomar otra precaución. Necesitaba verificar que sus pensamientos fueran lúcidos y coherentes, no el resultado de su delirio paranoico. Y esa confirmación podía dársela solamente una persona.

Tomó el teléfono y marcó el número de su amiga Catherine.

—¿Hola?

—Catherine —dijo Angela en voz baja.

—¿Angela?

—Sí, soy yo.

—¿Te sientes mejor? Thomas le comentó a Bill que no estuviste bien desde la noche en que nos vimos.

Angela comprendió que tal vez no había estado ocultando los síntomas tan bien como había imaginado.

—Estoy bien, pero necesito hablar contigo. ¿Podemos vernos?

—Sí, claro. ¿Pasa algo?

—No, necesito ayuda, nada más. ¿Puedo pasar en un rato?

—Desde luego —respondió Catherine.

Angela cortó sin despedirse, corrió al baño y vomitó.

CHICAGO

Agosto de 1979

Angela Mitchell pasó dos horas entre los estantes de la biblioteca, buscando libros y hojeándolos. Se sentó en la sala de microfilms y pasó viejos rollos de artículos de periódicos del verano de 1970, casi una década atrás. Tomó notas hasta que su extraordinaria mente pudo ver con claridad el patrón que sospechaba que existía. Pasó media hora anotando los hallazgos en papel y creando una línea de tiempo para que otros pudieran comprender su descubrimiento.

Organizó las notas, devolvió el microfilm y abandonó la biblioteca. La casa de Catherine estaba a dos calles de la suya, así que a las tres en punto de la tarde Angela entró por el portón de hierro que llevaba a la entrada. Catherine abrió la puerta antes de que pudiera golpear.

—Por Dios, mujer —exclamó Catherine al verla subir los escalones—, hacen treinta grados, ¿por qué vas vestida de denim?

Angela se miró los jeans y la camisa. No le preocupaba la elección del atuendo, poco adecuada para el calor, sino ocultar los rasguños que tenía en los brazos y piernas por rascarse de forma compulsiva.

—Me quedé sin ropa limpia —dijo por fin.

—Ven adentro, que está encendido el aire acondicionado. —Catherine abrió la puerta de tela metálica y la hizo pasar.

Se sentaron a la mesa de la cocina.

—¿Qué te tuvo tan mal? ¿Un malestar estomacal?

—Sí —dijo Angela; miró a Catherine por un instante, en su primer contacto visual, y luego bajó los ojos a la mesa—. Pero ya estoy mejor. Thomas se preocupa por tonterías, ya sabes.

Thomas había presionado durante el primer par de años de casados para que Angela se mezclara con las esposas de sus amigos, pero ella siempre había sentido que la criticaban. Hablaban en susurros cuando creían que no las estaba escuchando y la trataban como a una niña al ver que no respondía a sus bromas y jovialidad. Catherine Blackwell era diferente. Angela se sentía aceptada cuando estaba con Catherine, que nunca preguntaba bobadas ni adoptaba una expresión desconcertada cuando ella se sumía en un silencio temeroso. Catherine siempre la había hecho sentirse cómoda y la defendía cuando alguien no la trataba bien. La primera vez que las dos salieron juntas a almorzar, una camarera condescendiente había regañado a Angela por hablar en voz demasiado baja.

Habla más fuerte, tesoro.

Se llama Angela, no tesoro —dijo Catherine. *Y tiene casi treinta años, no doce.*

Desde ese momento, Catherine Blackwell se había convertido no solamente en su protectora, sino en su mejor amiga.

—¿Quieres tomar algo?

—No, no —respondió Angela—. Gracias, de todas maneras.

—¿Qué es tan urgente, entonces?

—Sé que esto te va a parecer una locura —dijo Angela, extrayendo una carpeta del bolso. Estaba llena de recortes de periódicos y las biografías de las mujeres raptadas, además de hojas y hojas de su reciente expedición a la biblioteca—. Pero he estado investigando a las mujeres que raptaron.

—¿Investigando? ¿Cómo? —quiso saber Catherine, interesada.

—Recolectando información sobre ellas de los periódicos y de las noticias.

Catherine puso una de las hojas sobre la mesa. Era un artículo del *Chicago Tribune* sobre Samantha Rodgers, la última chica que había desaparecido de las calles de Chicago. Catherine había visto junto a Angela uno de los programas de noticias sobre ella la noche en que habían cenado juntas la semana anterior. En la parte superior del artículo estaba la fotografía, con un pliegue donde se había doblado el artículo dentro de la carpeta.

—¿Por qué tienes todo esto? —preguntó Catherine.

Angela levantó la vista.

—Estoy obse… —Angela se interrumpió. Decir la palabra "obsesionada" en voz alta sería confesarle a su amiga el desorden que la atormentaba. Se daba cuenta de que era poco probable que Catherine no se hubiera dado cuenta de su condición, pero de todas maneras, no pudo pronunciar la palabra—. No puedo dejar de pensar en ellas —dijo por fin.

—¿Por qué?

—Es difícil de explicar. Cuando mi mente se enfoca en algo, me cuesta mucho… soltarlo. Así que empecé a recolectar información sobre las mujeres, y creo que descubrí algo.

Angela desparramó la información sobre la mesa. Había impreso artículos de los periódicos y de los microfilms en la biblioteca, además de páginas de libros que había utilizado como referencia. Sus propias anotaciones llenaban el primer tercio de un cuaderno con espiral.

—Cinco chicas desaparecieron desde la primavera. Aquí están las fechas de cada rapto. —Angela señaló una hoja—. Aquí hay una lista que describe a cada víctima: edad, etnia, ocupación y rasgos físicos como color de pelo, de piel, de ojos, ya sabes.

Angela empujó los papeles hacia Catherine.

—La policía dice que las desapariciones son aleatorias. Creen que el mismo hombre raptó a todas, pero piensan que no hay conexión entre ellas. Por lo que puedo ver, en eso tienen razón. Las mujeres no están relacionadas entre sí. Pero la policía también dice que El Ladrón ataca sin método ni sistema alguno. Eso no es cierto.

Catherine se quedó mirándola.

—¿Hace cuánto que estás con esto?

—Todo el verano. Desde que empezaron a desaparecer las mujeres. La verdad es que no hago más que dedicarme a esto; no puedo pensar en otra cosa. Pero esta mañana me di cuenta de que he estado trabajando con el caso desde mucho antes del verano. Solo que no tomé conciencia hasta ahora, hasta que junté todas las piezas.

—¿Qué piezas?

Angela tomó una hoja de papel cualquiera del escritorio.

—Mira esto: reordené todas las características de cada chica: edad, raza, ocupación, rasgos físicos, todo lo que tienes en esa lista que estás mirando, y luego me dediqué a buscar no solamente en los casos de personas desaparecidas, sino también en los asesinatos en Chicago y alrededores que involucraban a mujeres con estas características.

Angela tomó el gráfico hecho a mano que había hecho en la biblioteca.

—Mira esto. —Señaló el papel—. En la parte inferior del gráfico están los años, que van desde 1960 hasta hoy, el verano de 1979. —Angela pasó el dedo de izquierda a derecha por la zona inferior del papel—. En el eje vertical está la cantidad de femicidios cuyas víctimas coinciden con las características de las mujeres raptadas. De nuevo: edad, raza, rasgos físicos. Ahora mira bien: desde 1960 a 1979, la cantidad de femicidios de mujeres con estas características se mantuvo nivelado.

En el gráfico, una línea horizontal corría de 1960 a 1970 sin subidas ni bajadas significativas.

—Pero en 1970 —continuó Angela— hubo un repentino incremento.

En el gráfico, la línea mostraba una dramática subida en 1970.

—¿Estos son *todos* los femicidios de Chicago? —preguntó Catherine.

—No. En 1970 hubo más de ochocientos femicidios en la zona de Chicago. Este gráfico solamente representa los de mujeres que tienen características similares a las cinco que desaparecieron este verano. —Angela volvió a golpear la hoja con el dedo—. El incremento de femicidios empieza en 1970 y continúa hasta 1972, luego baja, pero se mantiene relativamente alto comparado con toda la década anterior. Después, durante este año, 1979, hay una repentina caída a los niveles de los años sesenta.

Catherine asentía mientras la escuchaba.

—Veo las subidas y bajadas. Pero ¿qué significan?

—Esta es mi teoría —explicó Angela—. La misma persona que rapta mujeres este verano viene matando mujeres con estas características desde alrededor de 1970. Entre 1970 y 1978, fue descuidado y temerario. Pero a comienzos de este año, se volvió más cuidadoso. La policía ya no encuentra un cadáver semanas después de la desaparición de una chica; ahora las mujeres desaparecen y nadie encuentra sus cuerpos.

Catherine entornó los ojos; comenzaba a comprender la teoría de Angela.

—Lo que estás diciendo es que el reino de terror de esta persona no se limita a este verano, sino que abarca una década entera.

Angela la volvió a mirar. Era el segundo contacto visual que lograba establecer.

—Sí.

Catherine se echó hacia atrás en la silla.

—Jodida locura me estás contando.

—Pero ves que puede ser posible, ¿no es cierto? —preguntó Angela.

—Cuando me lo explicas así, sí. Suponiendo que todos los hechos son exactos.

—Lo son.

—¿Y conseguiste toda esta información en la biblioteca?

—Sí, está allí al alcance de cualquiera. Solamente tienes que buscar en los lugares indicados con determinadas ideas en la cabeza. Este sujeto, El Ladrón, tiene un *tipo de mujer*. Ha estado capturando un determinado tipo de mujer durante diez años.

—¿Y por qué se ha vuelto tan cuidadoso este año? ¿Por qué ahora esconde los cuerpos tan bien?

—Buena pregunta —dijo Angela—. ¿Qué pasó el año pasado? ¿Cuál fue la gran historia en esta zona?

Catherine negó con la cabeza.

—No lo sé.

Angela extrajo más hojas de la carpeta y se las pasó.

—Lo que sucedió en Des Plaines, ¿recuerdas?

Los ojos de Catherine se agrandaron cuando leyó los titulares y recordó: EL PAYASO ASESINO SE COBRA 33 VÍCTIMAS; APARECEN MÁS CADÁVERES.

—John Wayne Gacy —dijo.

—Exacto. La policía descubrió a un asesino serial llamado John Wayne Gacy, que mató a más de treinta hombres jóvenes y los enterró en el subsuelo de su casa.

—¿Y qué? ¿El Ladrón se asustó por el arresto de Gacy?

—Exacto. La policía entró en acción. El público se puso en alerta. Y si las autoridades tuvieran alguna capacidad para descubrir patrones, este les hubiera saltado a la vista. —Angela señaló su gráfico hecho a mano—. Entonces pasó de asesino a ladrón. A las mujeres las sigue matando, de eso estoy segura. Pero esconde mejor los cadáveres.

—Angela, amiga —dijo Catherine—, realmente no sé qué decirte. Si esto es correcto, aun si es cierto solo en partes, tienes que contárselo a la policía.

Angela volvió a mirar a Catherine.

—Por eso necesito tu ayuda.

—Lo que digas.

—No puedo ir a la policía. Me mirarán como… —Angela estableció un breve contacto visual—. Ya sabes lo qué pensarán.

—Llévalo a Thomas.

Angela negó con la cabeza.

—No puedo contarle esto a Thomas. Ya está preocupado por cómo paso mis días. Si se entera que me obsesioné con… —El sonido de su propia voz pronunciando *esa palabra* de nuevo hizo que Angela se rascara el hombro a través de la tela de la camisa. Sintió una oleada de frustración cuando las uñas cortadas al ras no le produjeron el dolor que esperaba—. Thomas diría que no me hace bien pasar el tiempo con esto.

—Pero, Angela, si es cierto, si lo que has descubierto es realmente así, trasciende lo que Thomas pueda pensar sobre cómo pasas el tiempo. —Catherine golpeó el gráfico con el dedo—. Si esto es verdad, al contárselo a la policía estarías ayudando a salvar vidas.

La puerta de entrada se abrió y el esposo de Catherine gritó:

—¿Catherine, estás en casa?

—Aquí, amor.

Presa de pánico, Angela comenzó a guardar las hojas dentro de la carpeta. Bill Blackwell entró en la cocina. Vestía jeans sucios y una camiseta manchada con restos de cemento. Angela reconoció ese aspecto enseguida, pues era como Thomas volvía a casa muchas veces. El esposo de Catherine llevaba un pañuelo bandana alrededor del cuello. Angela recordó las marcas rojas de su piel y sus comentarios de la otra noche sobre una reacción alérgica, y la renuncia del capataz, lo que lo obligaba a comandar los equipos. Aquella noche Angela ni siquiera había registrado sus palabras, preocupada como había estado por la historia de la mujer desaparecida.

Su mente funcionaba así: absorbía todo y lo guardaba en rincones profundos. Luego, de la nada, la información flotaba hacia arriba desde el inconsciente hasta que ella notaba su presencia. Le sucedía a menudo. La mente le susurraba que tenía conciencia de algo, aun si ella no distinguía inmediatamente qué era lo que comprendía. Luego, más tarde, la imagen o el dato se liberaba de las anclas y subía a la superficie. Ahora mismo había algo que le llamaba la atención. Angela trató de no mirar y fijó la vista en los papeles que tenía delante para poder irse cuanto antes.

—Angela —dijo Bill—. ¿Cómo estás? No sabía que Catherine y tú se iban a juntar hoy.

Angela sonrió y dirigió una rápida mirada a Bill Blackwell. La otra imagen que había captado entró en su campo de visión repentinamente: era otro hombre.

—Él es Leonard Williams —dijo Bill cuando el hombre entró en la cocina—. Ha estado trabajando en el depósito de Kenosha conmigo. Vine a casa a comer algo rápido antes de irme a supervisar un trabajo en la zona oeste.

Cuando Leonard Williams traspasó la puerta de la cocina, Angela lo reconoció inmediatamente como el hombre del callejón que había tratado de ayudarla con el sofá. Ahora sus ojos no estaban tan en sombras como cuando lo había visto a contraluz aquel día, pero eran inconfundibles. Sintió que se le cerraba la garganta en un espasmo momentáneo de pánico y, por un instante, no pudo respirar, lo que provocó que sus ojos se agrandaran al fijarse en el desconocido. El hombre que le había desencadenado una semana de histeria y la vuelta a su trastorno obsesivo-compulsivo.

Por fin pudo respirar de nuevo y volvió a concentrarse en guardar los papeles en el bolso; algunos habían caído al suelo. Trató de levantarlos y evitar que se cayeran otros, pero solo logró el efecto contrario.

—¡Epa, epa! —dijo Bill—. Tranquila…

Miró a Catherine con expresión de asombro antes de recoger algunas hojas de papel del suelo y entregárselas a Angela, que las guardó de inmediato, sin mirarlo. No le era necesario mirar a Bill Blackwell para ver su expresión de desagrado. La intuía. Era una expresión que la enviaba de vuelta a la infancia. La mayoría de la gente la había mirado así durante la adolescencia y, de pronto, sintió que mucha de la seguridad y confianza que había adquirido en los últimos años comenzaba a evaporarse.

Masculló un agradecimiento casi inaudible mientras terminaba de guardar los papeles.

—Te ayudo —dijo Catherine, adueñándose de la situación; organizó los papeles en un montón ordenado para que ella pudiera guardarlos—. Angela pasó un ratito a tomar un café —explicó.

Bill dirigió la mirada a la cafetera seca y vacía que no había sido usada desde la mañana.

—Claro —respondió—. ¿Estás mejor? Thomas me contó que no estuviste sintiéndote bien.

Angela asintió rápidamente.

—Sí. Gracias. —Miró a Catherine—. Llámame más tarde así hablamos.

—De acuerdo.

Angela pasó junto al esposo de Catherine y al hombre del callejón, atravesó el vestíbulo, abrió la puerta y corrió escalones abajo. Se alejó a toda prisa por la acera, aferrando el bolso debajo del brazo.

En la casa, Bill Blackwell, de pie junto a Catherine, observó cómo Angela se alejaba. Mantuvo la voz baja, para que Leonard Williams, a quien Thomas acababa de contratar como capataz, no lo escuchara. No quería que su socio supiera que hablaba de su esposa.

—Nunca le diría nada a Thomas, por supuesto, pero ¿qué

cuernos le pasa? ¿Tiene algún problema mental? No lo sé...
¿un retraso, tal vez?

Catherine se volvió y lo miró a los ojos.

—Eres un imbécil. Es cualquier cosa menos estúpida.

—¿Entonces por qué se comporta de ese modo?

—Porque es un maldito genio, Bill. Y la gente la trata
como si fuera leprosa.

CAPÍTULO 10

Chicago, 21 de octubre de 2019

RORY ENTRÓ EN EL BUFETE y encendió las luces. Pasó junto al escritorio de Celia en dirección al despacho de su padre, donde las pilas de carpetas se habían achicado desde la primera visita. Todavía recordaba el día en que Celia le había mojado el cuello con lágrimas. Una semana más tarde, la idea todavía le ponía la piel de gallina y la hacía lavarse vigorosamente al ducharse todas las mañanas.

A pesar de sus excesos emocionales, Celia había sido muy eficiente. Ella y el procurador habían notificado a todos los clientes actuales de la muerte de Frank Moore y de que deberían buscarse un nuevo abogado. Gracias al trabajo meticuloso de Celia, casi todos ellos ya habían conseguido otra firma que los representara o estaban encaminados a hacerlo. Se había enviado una carta a todos los clientes de antaño explicando lo sucedido. Al cabo de una semana, el trabajo de Celia estaba terminado, su escritorio estaba vacío y la tarea remanente de disolución del bufete de Frank Moore le correspondía a Rory.

Ella también había estado trabajando en ello. Había llamado a todos los clientes cuyos casos estaban por llegar a juicio y había explicado la situación: se estaban pidiendo postergaciones hasta que se les asignara un nuevo abogado. Casi todos los casos ya habían sido reasignados y, cuando entró en la oficina de su padre esa mañana, solo quedaba una carpeta sobre el escritorio, tan enigmática como inquietante: hasta el momento, Rory no había podido reasignar el caso. En gran parte era porque el juez con el que había hablado sobre el tema había pedido reunirse con ella antes de avanzar, pero también porque cuanto más se interiorizaba de los detalles, más curiosidad sentía sobre cómo habría llegado ese caso a manos de su padre.

Pasó una hora sentada ante el escritorio de Frank, buscando en Internet cualquier información que hubiera sobre el cliente. Durante el tiempo en que fue parte de la firma, Rory nunca había escuchado hablar del caso. Pero eso no significaba nada, ya que ella tenía un papel muy limitado en el Grupo Legal Moore. No conocía a la mayoría de los clientes de su padre, pero este era de tal magnitud que le interesaba saber por qué lo había mantenido tan en secreto. El historial de su padre con este cliente era extensivo y desvincularse de él no sería tan fácil como hacer unas llamadas para que lo reasignaran.

A las diez de la mañana, Rory apagó la computadora, tomó la única carpeta que quedaba sobre el escritorio y cerró con llave la oficina al salir. Subió al coche y se dirigió al Centro Daley.

Una vez adentro, pasó por seguridad y luego, acompañada por un guardia, subió al piso veintiséis, donde estaba ubicado el Tribunal de Distrito para el Condado de Cook. El guardia la llevó por un corredor hasta el despacho del juez y golpeó a la puerta, que estaba cerrada. Un instante después, se abrió y apareció un hombre mayor, de aspecto distinguido, cabello canoso y lentes de marco fino, vestido con traje y corbata.

—¿Rory Moore? —preguntó el juez.

—Sí, Su Señoría —respondió ella mientras el guardia se tocaba la gorra a modo de saludo y desaparecía.

—Soy Russel Boyle. Pase.

Rory entró en las oficinas del juez y se sentó frente a su escritorio. El juez se acomodó en su trono de cuero giratorio y lo movió para quedar frente a Rory.

—Hace un par de semanas que estoy tratando de comunicarme con su padre. Me acabo de enterar de su fallecimiento, lo lamento mucho.

—Gracias.

—Gracias a usted por venir hasta aquí enseguida. No quiero parecer insensible, pero por muchas razones además de las obvias, la muerte de su padre llega en muy mal momento. Frank y yo estábamos trabajando en un caso delicado que requiere de atención. —El juez Boyle tomó una carpeta de su escritorio.

—Sí, señor —concordó Rory—. Es el último caso de mi padre que estoy tratando de resolver.

—¿Conoce los detalles?

—No, señor. No conocía los detalles de ningún caso de mi padre.

—¿Pero usted no era socia de la firma?

—¿Socia? No, señor. Mi padre trabajaba solo, no tenía socios. Yo colaboraba con él cuando necesitaba ayuda, pero no era parte activa de la firma.

—¿Cuál era su papel en el bufete, señorita Moore?

Rory trató de encontrar las palabras adecuadas para describir lo que hacía para su padre. Su mente prodigiosa y su memoria fotográfica le permitían leer y comprender los vericuetos de las leyes mucho mejor que su padre. Cuando Frank Moore se atascaba con un caso, le pedía ayuda a su hija. A pesar de que nunca había pisado un tribunal, Rory siempre había logrado armar una estrategia ganadora para todos los casos en que había ayudado a su padre.

—Hacía investigación, en gran parte —dijo por fin.

—Pero usted es abogada, señorita Moore, ¿no es así?

La respuesta correcta era *sí*, pero Rory no deseaba otra cosa que mentir.

—Ya no ejerzo, señor.

—¿Está matriculada en el estado de Illinois?

—Sí, señor, pero solamente como suplemento de mi trabajo con el Departamento de Policía de…

El juez Boyle le entregó una carpeta y la interrumpió en la mitad de la oración.

—Perfecto. Entonces puede encargarse de esta situación.

Rory tomó la carpeta.

—Permítame que la ponga al tanto. El cliente de su padre está por salir en libertad condicional y la situación es delicada.

Rory abrió la carpeta y comenzó a leer.

—Tiene que comparecer por última vez ante la junta de libertad condicional para revisar mis recomendaciones sobre las condiciones de su liberación, que está programada para el 3 de noviembre. La audiencia se llevará a cabo el día anterior. Su padre y yo estábamos organizando los detalles y me temo que va a tener que ponerse su traje de abogada para la audiencia. Es, en gran parte, una formalidad, ya que la junta accederá a todas mis recomendaciones y yo ya aprobé las de ellos. No obstante, tenemos que atender todos los detalles con sumo cuidado en este caso. Usted tendrá que comparecer con él.

—Señor… no creo que sea una buena idea.

—Estuve retrasando esto todo el tiempo que pude, pero la junta ya tomó su decisión y hablé con el gobernador al respecto. No hay forma de detenerlo, así que voy a asegurarme que de ahora en más salga todo lo mejor posible. Los malditos detalles, perdón por la expresión, nos volvieron locos a su padre y a mí. Tuvimos que negociar varios términos de la liberación. Teníamos todo ya más o menos listo.

El juez Boyle señaló la carpeta que sostenía Rory.

—Familiarícese con los detalles para que podamos discutir los términos finales la próxima vez que nos veamos.

—Señoría, estoy reasignando todos los casos de mi padre. Yo no me voy a hacer cargo de ellos.

—Lamentablemente, en este caso eso no es una opción. A menos que piense que puede encontrar a alguien que la reemplace para la semana que viene.

—¿Puedo pedir prórroga?

—Su padre ya solicitó varias. No puedo seguir pateando esto hacia delante. Este caso tiene demasiada atención. Su cliente ha estado en las noticias últimamente, y en dos semanas comparecerá ante la junta. Antes de eso, cuando usted se haya familiarizado con el caso, hablaremos de los detalles de la libertad condicional. Terminemos ya de ordenar los asuntos de este hombre, que quiero quitarme este caso de encima de una vez por todas.

—Señor, no sirvo para estar en un juicio. Ni ante una junta de libertad condicional. Ni para ser abogada, a decir verdad.

El juez Boyle ya se había levantado de su majestuoso sillón y se encaminaba hacia la puerta de la oficina.

—Pues le sugiero que encuentre la forma de remediar todo eso antes de volver al ruedo la semana que viene.

Abrió la puerta y se quedó de pie junto a ella. Rory comprendió el mensaje implícito y sintió que le temblaban las piernas al levantarse. Carraspeó.

—¿Qué hizo este sujeto que vuelve tan complicada una simple libertad condicional?

—Asesinó a un montón de mujeres allá por 1979. Y ahora algunos imbéciles de la junta de libertad condicional piensan que es una buena idea liberarlo.

CHICAGO

Agosto de 1979

ANGELA TROTÓ LOS DOSCIENTOS METROS que separaban la casa de Catherine de la suya, subió los escalones corriendo y entró por la puerta principal. Con dedos temblorosos, colocó la traba. Respiraba agitadamente por la corrida, durante la cual había mirado hacia atrás una y otra vez para asegurarse de que nadie la siguiera. Una vez que tuvo la puerta cerrada y trabada, apoyó la frente contra el marco, aterrada por haberse encontrado cara a cara con el hombre del callejón. Durante la última semana había tratado de alejar de su mente la imagen de esos ojos hundidos. Hoy había logrado sustituir la cara del desconocido con las de las mujeres desaparecidas mientras explicaba a Catherine su teoría sobre que El Ladrón había estado asesinando mujeres durante mucho más que un verano. Pero ahora, desde que había visto al hombre en casa de Catherine y se había enterado de que trabajaba para Thomas y Bill, la olla a presión de su paranoia se había destapado y el contenido desbordaba.

Pasó una hora revisando trabas en puertas y ventanas y levantando el teléfono, una vez, dos veces, cien veces. Llamó a la oficina de Thomas, pero no obtuvo respuesta. El dedo índice se le enrojeció de tanto marcar números. Cayó en un circuito mecánico de marcar el teléfono de la oficina, caminar hasta la puerta, correr las cortinas y mirar el callejón. Una y otra vez durante horas, hasta que por fin oyó el ronroneo del motor de la camioneta Ford de Thomas y vio que se abría la puerta del garaje. El ruido de la camioneta, que por lo general la irritaba, como todos los ruidos fuertes, hoy le trajo alivio.

Sintiendo que la piel le ardía, esperó a Thomas en la cocina. Cuando se abrió la puerta, vio de inmediato la expresión preocupada de su esposo.

—¿Qué sucede? —preguntó, corriendo hacia ella.

—Lo volví a ver —dijo Angela, pero Thomas no la escuchaba.

Le tomó las muñecas con suavidad y le revisó las manos, levantándolas hacia su cara para poder ver mejor. Por primera vez, Angela notó las puntas de los dedos ensangrentadas. Thomas movió las manos hacia arriba, levantando las mangas de la camiseta. Sin pensarlo, Angela se había quitado al llegar la camisa de mangas largas de algodón que se había puesto por la mañana y llevaba ahora solamente una camiseta blanca, manchada de sangre donde se había rascado sin cesar y levantado las costras de lastimaduras antiguas.

—¿Qué está pasando, Angela? ¡Estás cubierta de sangre! —exclamó Thomas.

Angela sintió que él le limpiaba la frente y las cejas, donde sus dedos ensangrentados habían dejado marcas de cuando se había querido arrancar el vello.

—Estaba en la casa de Catherine. ¡Bill lo contrató!

—Tranquila —la calmó Thomas, mirándola a los ojos—. Tranquilízate y respira.

Angela tragó con fuerza y trató de controlar la respiración agitada. Era como un niño que ha sollozado sin parar y luego trata de hablar. Exhaló varias veces y dejó que las manos firmes de Thomas sobre sus hombros le calmaran la mente.

—Estuve en la casa de Catherine hoy.

—Ajá.

—Y llegó Bill.

—Ajá.

—Y estaba con el hombre del callejón, el de aquella vez cuando traté de deshacerme del sofá.

—¿Quién era?

—Bill dijo que trabaja para ustedes, que maneja el depósito de la zona norte.

Thomas frunció el ceño, luego ladeó la cabeza.

—¿El depósito de Kenosha? Es Leonard, entonces.

—¡Estaba en la casa de Catherine! ¡Me miró a los ojos!

—¿Leonard Williams? ¿Te refieres a Leonard?

—¡Sí! —chilló Angela—, ¡era el hombre del callejón!

—Angela, no pasa nada.

Thomas trató de abrazarla, pero ella se resistió, como un niño cuando no quiere que los padres lo levanten.

—¡Pero lo vi en el callejón!

—Leonard vive en esta zona. Seguramente había salido a caminar esa mañana. Es una buena noticia, Angela, ¿lo entiendes? Leonard es inofensivo, maneja uno de nuestros depósitos, nada más.

Angela sintió que Thomas quería abrazarla nuevamente y no se resistió. Apoyó la cabeza sobre su hombro, todavía agitada, pero el abrazo no la reconfortó. La angustia la carcomía, le invadía la mente, el pecho, el alma.

Thomas le susurró al oído:

—Creo que es hora de que vuelvas a ver a tu médico.

CAPÍTULO 11

CORRÍA LA MAÑANA DEL DÍA después de su reunión con el juez Boyle; los tribunales estaban en sesión y cuando Rory entró por el Tribunal Federal Dirksen en la zona conocida como el Loop, se encontró con los pasillos vacíos. Los borceguíes hacían ruido cuando caminaba y el sonido reverberaba por las paredes. Buscó la sala indicada, se ajustó el abrigo gris alrededor del cuello, abrió la puerta pesada y se deslizó silenciosamente hacia la última fila. Los asientos estaban desocupados en su mayoría, menos las primeras tres hileras, donde estaban lo que Rory supuso eran alumnos del aclamado Lane Phillips. Grupis, pensó, que seguían al buen doctor a todos los lugares adonde iba. Las apariciones de Lane en los tribunales enfervorizaban a los jóvenes, que esperaban ver lo mejor de su maestro en el estrado. Rory tenía que admitir que una aparición del doctor Lane Phillips en el tribunal competía con cualquier otra forma de entretenimiento.

Lane estaba declarando como testigo experto de la fiscalía en un asesinato doble que había sucedido el año anterior: un hombre había sido acusado de matar a su esposa y a su propia madre en un arrebato de ira. Rory lo había visto poco durante la última semana porque se había estado preparando para la declaración.

—Doctor Phillips —preguntó el abogado desde detrás del atril—. Mencionó hace unos minutos que su especialidad es la psicología forense. ¿Es correcto?

—Correcto —respondió el doctor Phillips desde el asiento para testigos.

Lane Phillips estaba cerca de los cincuenta años, pero parecía de treinta y tantos, con el cabello indisciplinado y los restos de un marcado hoyuelo en la mejilla derecha que todavía se activaba cuando sonreía. Su actitud relajada ante todo lo que la vida le ponía delante le otorgaba gran popularidad entre los alumnos, que lo admiraban como a un dios. Su estilo descontracturado —despeinado, con jeans negros, chaqueta gastada, sin corbata— seguramente gustaba a los jóvenes que llenaban las primeras hileras de asientos. Cada vez que pasaba la noche en casa de Rory, Lane nunca tardaba más de diez minutos en bañarse y vestirse por la mañana. Su eficiencia hacía que Rory Moore, que era muy poco coqueta, pareciera una Reina de Belleza.

El aspecto de Lane contrastaba fuertemente con el del abogado de traje oscuro que lo estaba interrogando: estaba perfectamente peinado y los gemelos brillantes asomaban debajo de la manga del traje hecho a medida. Aun antes de escuchar de qué se trataba el interrogatorio, a Rory le resultó obvio que eran rivales.

—¿Es también cierto, doctor, que suele desempeñarse como testigo calificado en casos de alto perfil?

—El perfil del caso no es una variable en mi decisión de actuar como testigo.

—Muy bien —dijo el abogado, mientras salía de detrás del atril—, pero es cierto que con frecuencia presta declaración como testigo calificado en casos de homicidio, ¿verdad?

—Sí, es cierto.

—Por lo general, se requiere de sus conocimientos para que el jurado entienda cómo funciona la mente del que ha sido acusado de asesinato. ¿Es correcto?

—Sí, es así. —Lane estaba sentado muy erguido, con las manos cruzadas sobre el regazo, irradiando calma y seguridad ante la agresión del abogado.

—En el caso de hoy, podríamos decir que ha ofrecido al jurado una… *mirada,* digamos, muy detallada sobre la mente de mi cliente, ¿no es así?

—Ofrecí mi opinión sobre el estado mental de su cliente cuando asesinó a su esposa y a su madre, sí.

El abogado soltó una risita.

—Objeción, Señoría.

—Doctor Phillips —recomendó el juez—. Por favor, limite sus comentarios a las preguntas que se le hacen y no haga conjeturas sobre culpa o inocencia.

—Perdón, Señoría —se corrigió el doctor Phillips, mirando al abogado—. Ofrecí mi opinión sobre lo que podía estar pensando alguien *si fuera* a dispararle a la esposa y a la madre.

Los estudiantes rieron por lo bajo.

El abogado asintió y esbozó una sonrisita mientras se pasaba la lengua por el interior de la mejilla.

—Así que, en vista de su testimonio de hace unos minutos y las muchas otras ocasiones en que atestiguó como experto en mentes criminales, uno podría suponer que trabaja para una agencia gubernamental. ¿El FBI, por ejemplo?

Lane negó con la cabeza.

—No.

—¿No? Pero una mente como la suya, ¿no resultaría sumamente útil en la División de Investigaciones Criminales o la Unidad de Ciencias Conductuales del FBI?

El doctor Phillips abrió las palmas de las manos.

—Puede ser….

El abogado se adelantó unos pasos.

—¿Entonces es de suponer que está en la actividad privada? ¿Brindando asesoramiento a individuos regularmente? Seguramente fue así como se convirtió en un experto en mentes criminales.

—No —respondió Lane con serenidad—. No trabajo de forma privada.

—¿No? —El abogado negó con la cabeza—. Entonces por favor cuéntenos, doctor Phillips, con todos esos títulos de posgrado y esas publicaciones sobre psicología forense, ¿dónde trabaja exactamente?

—En el Proyecto de Responsabilidad de Asesinatos.

—Por supuesto —dijo el abogado, tomando unos papeles y leyéndolos—. El Proyecto de Responsabilidad de Asesinatos. Ese es su proyecto preferido, con el que supuestamente ha desarrollado un algoritmo que detecta a los asesinos seriales. ¿Es así?

—No, en realidad no —replicó Lane.

—Explíquenos, entonces, por favor.

—En primer lugar, no es mi proyecto preferido. Es una SRL legítima que nos paga a mis empleados y a mí un sueldo. Y no desarrollé nada *supuestamente*. Desarrollé *realmente* un algoritmo que detecta similitudes entre asesinatos en todo el país y busca tendencias. Estas tendencias después llevan a patrones que ayudan a la policía a resolver casos de homicidios.

—Y en todos estos homicidios que ayuda a resolver, ¿a cuántos de los acusados atiende de manera personal como psicólogo?

—Mi programa identifica tendencias que ayudan a la policía a ubicar a posibles asesinos. Una vez que encontramos un patrón, las autoridades se hacen cargo del caso.

—Entonces la respuesta a la pregunta de a cuántos supuestos asesinos trata como psicólogo sería *cero*, ¿es correcto?

—No me involucro de forma directa con ninguno de los acusados a los que mi programa ayuda a identificar.

—Entonces, considerarse un experto en psicología cuando directamente ya no practica la profesión puede resultar engañoso, ¿no es así?

—No, señor. Engañoso es vestirse con un traje brilloso y considerarse abogado, cuando en realidad es solo un patán haciéndose el listo para distraer al jurado.

Los alumnos de Lane trataron de contener la risa, sin mucho éxito.

—Doctor Phillips —le advirtió el juez.

Lane asintió.

—Perdón, Señoría.

El abogado, impertérrito, volvió a sus papeles.

—También es profesor de la Universidad de Chicago, ¿no es así?

Lane volvió la vista hacia su rival.

—Sí.

—¿Profesor de qué, exactamente?

—Psicología criminal y forense.

—Comprendo —dijo el abogado, y regresó al atril fingiendo una expresión confundida, mientras se acariciaba una patilla con la mano—. Entonces: tiene una empresa que dice que identifica asesinos, pero no trabaja en ningún aspecto de la psicología con esos asesinos. Y *enseña* psicología de la mente criminal a estudiantes universitarios. Lo que me cuesta entender, doctor Phillips, es de dónde viene su *experiencia práctica*. Quiero decir, ha brindado tanta información sobre la mente de mi cliente y lo que debió de pensar en los días anteriores a la muerte de su esposa y su madre. Las ideas que presentó al jurado deben provenir de la experiencia práctica y clínica, de trabajar con hombres y mujeres acusados de crímenes violentos. Pero me da la impresión de que la fiscalía ha traído a un supuesto testigo experto que tiene una empresa que vende algoritmos e información a la policía y que enseña psicología a estudiantes universitarios. Doctor, ¿ha oído la expresión "El que sabe, hace y el que no sabe, enseña?".

—¡Objeción! —exclamó el fiscal poniéndose de pie detrás de la mesa.

—Me retracto, Señoría. No tengo más preguntas para el doctor Phillips.

El fiscal de distrito se acercó al estrado de los testigos.

—Doctor Phillips, antes de ser docente universitario y de crear el Proyecto de Responsabilidad de Asesinatos, ¿dónde trabajó?

—En el FBI.

—¿Durante cuánto tiempo?

—Diez años.

—¿Y cuál era su puesto dentro del FBI?

—Me contrataron como psicólogo forense.

—Y su trabajo era analizar crímenes para determinar el tipo de persona que podía haberlos cometido, ¿es correcto?

—Sí, elaboraba perfiles.

—Durante sus años en el FBI, trabajó en más de ciento cincuenta casos. ¿Cuál fue el índice de resolución de esos casos, donde su capacidad para hacer un perfil del asesino terminó en un arresto?

—Aproximadamente el noventa y dos por ciento.

—El promedio nacional del índice de resoluciones es de sesenta y cuatro por ciento. Usted lo superó por treinta puntos. Antes de trabajar para el FBI, doctor Phillips, usted escribió una tesis sobre la mente criminal titulada *Hay quienes eligen la oscuridad.* Esa tesis todavía sigue vigente y se la considera una mirada exhaustiva dentro de la mente de los asesinos y sobre las razones por las que asesinan. Cuéntenos, por favor, doctor Phillips, cómo logró ese nivel de percepción.

—Me tomé un sabático de dos años mientras estudiaba para el doctorado, durante los cuales viajé por el mundo entrevistando a asesinos condenados para comprender los motivos, la mentalidad, la empatía y los patrones involucrados en la decisión de un ser humano de quitarle la vida a otro. La disertación fue bien recibida y aprobada por mis colegas.

—De hecho —acotó el fiscal de distrito—, más de diez años después de que se publicó su tesis, sigue siendo muy conocida en la comunidad forense, ¿no es así?

—Correcto.

—Es más, su tesis se usa como herramienta principal de capacitación en el FBI para entrenar a los agentes nuevos que se dedican a elaborar perfiles, ¿no es así?

—Correcto.

—Además de su disertación, usted también compiló sus descubrimientos sobre asesinos seriales de los últimos cien años en un libro sobre crímenes reales, ¿es correcto?

—Sí.

—¿Cuántos ejemplares de ese libro se imprimieron?

—Unos seis millones.

—No tengo más preguntas, Su Señoría.

CAPÍTULO 12

Chicago, 22 de octubre de 2019

LA TARDE DESPUÉS DE QUE Lane se presentó como testigo, Rory entró en la taberna para encontrarse con él. Se sentaron en un rincón de la barra y pidieron tragos. Rory se quitó el gorro de lana y los lentes. En el mundo había pocas personas con las que Rory Moore se sentía cómoda y Lane era una de ellas. El barman puso una cerveza negra frente a ella y una rubia frente a Lane. Rory hizo una mueca de disgusto al mirar el vaso de Lane.

—¿Qué pasa? —dijo él.

—Tu cerveza es del mismo color de la orina.

—Esa cosa oscura que bebes me hace mal al estómago.

—El que me hace mal al estómago eres tú —replicó Rory—. ¿Por qué te sometes a esas idioteces?

—¿Como testigo, dices? A todos los testigos calificados les cuestionan los antecedentes, es parte del espectáculo. Tienes que tener piel gruesa para aguantarlo y tomarlo como lo que es. La defensa me ataca para distraer al jurado del hecho de que su cliente mató a la esposa. Si mis antecedentes académicos y laborales tienen que ser vapuleados para que escuchen mi opinión, no me molesta, siempre y cuando declaren culpable al hijo de puta.

—Detesto a esos abogados matones.

—Está haciendo su trabajo, nada más.

—Los abogados son realmente lo peor de la humanidad —declaró Rory, bebiendo un trago de cerveza.

—Dice la abogada sentada a mi lado. Pero el tipo tenía razón: hace años que no ejerzo como psicólogo. Y más de una década que no trato en forma directa con criminales dementes.

—Pues eso tal vez esté por cambiar. Necesito un poco de ayuda.

—¿Con la reconstrucción del caso de Camille Byrd?

Rory pensó por un instante en Camille Byrd, cuya fotografía había colgado de la plancha de corcho días atrás. Su padre había muerto de un ataque al corazón justo después de que ella accedió a tomar el caso y solo se había dedicado a resolver sus asuntos. Sintió una punzada de pena cuando se le apareció el rostro de Camille en la mente. Había dejado abandonado el caso; de pronto, sintió el peso de esa responsabilidad sobre los hombros. Tomó nota mental de que le dedicaría unas horas a la reconstrucción una vez que terminara con ese último caso de su padre.

—No, no, con otra cosa —respondió por fin.

Buscó en el bolso y extrajo la carpeta que le había dado el juez Boyle.

—Tengo todos los asuntos de mi padre resueltos, menos este caso.

Empujó la carpeta por sobre la barra y vio que Lane se erguía de pronto. Revisar la carpeta de un criminal lo entusiasmaba. Y por más que algún abogado de traje tratara de convencer a la gente de lo contrario, había poca gente mejor que Lane Phillips para entender la mente de un asesino. Había renunciado a su trabajo en el FBI no porque no estuviera a la altura, sino porque era demasiado bueno en lo que hacía. Zambullirse dentro de la mente de los criminales lo dejaba golpeado y atormentado por lo que descubría. Comprendía tan bien su maquinaria mental, que después no podía dejar de pensar en eso. Por eso, cuando su libro sobre crímenes reales, que recopilaba las mentes de los asesinos seriales más famosos de los últimos cien años e incluía entrevistas con varios de ellos, vendió más de dos millones de copias durante el primer año, dejó el FBI y comenzó el Proyecto de Responsabilidad de Asesinatos junto con Rory. El PRA era un esfuerzo para rastrear homicidios no resueltos e identificar patrones que pudieran dejar a la luz similitudes entre ellos, lo que muchas veces llevaba a asesinos seriales. Las habilidades de Rory y de Lane se complementaban. Nadie en todo el país reconstruía homicidios como ella, y Lane era una autoridad mundial en asesinos seriales.

—¿Oíste hablar de este tipo? —preguntó Rory mientras Lane hojeaba la carpeta.

—Sí. Lo llamaban El Ladrón. Pero, caray, eso fue hace cuarenta años. ¿Tu padre lo representaba?

—Aparentemente, sí. Todavía estoy familiarizándome con los detalles. Garrison Ford, el bufete de defensa criminal, fue el primero que tuvo el caso. Mi padre trabajó en Garrison Ford después de dejar la oficina de defensoría pública, pero solo estuvo dos años en la firma. Cuando decidió ponerse su propio bufete, se llevó este caso con él.

Lane volteó varias páginas de la carpeta.

—¿Cuál fue el último año en que tu padre trabajó en Garrison Ford?

—Mil novecientos ochenta y dos —respondió Rory—. Desde entonces tiene de cliente a este tipo.

—¿Haciendo qué, exactamente? —quiso saber Lane.

—Es lo que estoy tratando de entender. Después de que Garrison Ford perdió el juicio como defensor de este sujeto, mi padre se ocupó de las apelaciones y lo representó en las audiencias de libertad condicional. El tipo también tiene una pequeña fortuna anterior a su condena, y parecería que papá le administraba el dinero. Le armó un fideicomiso y se lo protegió durante tres décadas. Pagó unas deudas, se ocupó de las propiedades y se pagaba sus honorarios con ese dinero invertido.

Lane volteó otra hoja.

—Y lo visitaba a menudo, por lo que veo. Mira todas estas visitas registradas.

—Sí, mi padre tenía bastante relación con este hombre.

—¿Cuál es el problema, entonces? Quítate este caso de encima como hiciste con todos los demás.

—No puedo. Le concedieron la libertad condicional. Mi padre, antes de morir, estaba ocupándose de los detalles con el juez y Su Señoría está presionado para acabar con este tema, así que no me permite solicitar una prórroga.

Lane bebió un trago de cerveza mientras seguía revisando la carpeta.

Rory tomó su propio vaso.

—Háblame de este tipo. Lo busqué en Internet. Lo condenaron por asesinato en segundo grado. No me pareció nada tan dramático como para que le concedan la libertad condicional después de cuarenta años, pero cuando hablé con el juez, me dijo que mató a un montón de mujeres.

—Ay, caramba. —Lane levantó la vista y se quedó mirando a Rory.

—¿Qué pasa? —quiso saber ella.

—Algo de este caso despertó tu interés, ¿no es cierto?

—Basta, Lane.

—Te conozco, Rory. Algo relativo a la participación de tu padre en este caso se metió en esa mente tuya y ahora no lo puedes soltar.

Con el padre de Rory muerto, Lane era la única otra persona que entendía por completo su obsesión con lo desconocido. Dado que él era psicólogo, Rory ni siquiera intentaba convencerlo de que se equivocaba. El doctor Phillips comprendía cómo funcionaba el cerebro humano mejor que nadie, y el de ella, en especial, más que cualquier otra persona. Esta particularidad de Rory era lo que la volvía tan notable como reconstructora forense. Hasta que no tenía todas las respuestas relacionadas con un caso, no podía hacer nada para impedir que su mente siguiera trabajando para encontrarlas. Sobre todo si una mirada inicial le hacía ver que algo no tenía lógica, y si algo carecía de toda lógica era la relación de su padre con el asesino al que los periódicos llamaban El Ladrón.

—Cuéntame de este sujeto —dijo de nuevo.

Lane rodeó el vaso de cerveza con la mano y lo hizo girar en su lugar mientras se concentraba para recordar el caso.

—La fiscalía quiso condenarlo por asesinato en primer grado; el jurado le dio segundo grado por una única víctima. Pero el tipo era sospechoso en varios otros casos de mujeres desaparecidas —dijo Lane—. Cinco o seis… tendría que buscar la información.

—¿Cinco o seis femicidios? En la carpeta no hay nada que hable de otras víctimas. Además, sería imposible que le concedieran la libertad condicional si hubiera matado a tantas mujeres.

—Era *sospechoso* en otros casos, pero nunca lo acusaron. Y no vas a encontrar nada que lo relacione formalmente con los otros asesinatos, solo rumores y conjeturas.

—¿Por qué fueron tras él por un femicidio solamente si creían que había más?

Lane cerró la carpeta.

—Varias razones. A fines de los años setenta, cundía el pánico en la ciudad. El Hijo de Sam seguía en el recuerdo de la gente; ya sabes, el loco ese que mató un montón de gente en Nueva York en 1976. Después, aquí, en Chicago, tuvimos el horror de John Wayne Gacy, que mató y enterró treinta y tantos muchachos en el subsuelo. Y luego, durante el verano de

1979, comenzaron a desaparecer mujeres y la ciudad hervía de miedo. Fue un verano de mucho calor y terror. Finalmente, hacia finales del verano, la policía lo capturó. Pero la forma en que lo descubrieron no fue nada convencional: fue gracias a una mujer autista que armó todo el rompecabezas.

Rory se inclinó sobre la barra para escuchar con más atención. Ahora estaba aún más interesada que antes.

—El método con el que esta mujer juntó la evidencia y se la entregó a la policía fue muy extraño y el fiscal de distrito sabía que nada de eso serviría en un juicio. La mayoría de las pruebas eran inadmisibles. Ninguna de las partes quiso ir a juicio. Si la fiscalía no lograba convencer al jurado de que el tipo era culpable, lo dejarían en libertad. Si lo condenaban, podrían darle la pena de muerte, que todavía seguía vigente en 1979. Así que el juicio era riesgoso para ambas partes. Al final, el fiscal de distrito decidió acusarlo de un único homicidio. Tenían pruebas poco consistentes, muchas circunstanciales y no había cadáver.

—¿No había cadáver?

—No. Por eso era tan arriesgado ir a juicio, y por eso decidieron acusarlo de un solo asesinato. Nunca se encontraron los cuerpos, salvo uno solo, con el que no podían relacionarlo de ningún modo significativo. Y como no tenían cadáver, el jurado lo encontró culpable de homicidio en segundo grado. Le dieron sesenta años, pero con posibilidades de obtener la libertad condicional después de treinta. La sentencia calmó los miedos de la ciudad.

—Y ahora, después de diez años de audiencias de libertad condicional y cuarenta años en prisión, están por liberarlo.

Lane negó con la cabeza.

—Estudié su caso para mi libro, pero los detalles no pasaron el filtro final de los editores. La mujer que lo descubrió todo. Maldición, todavía recuerdo los titulares: *Mujer con esquizofrenia hace caer a El Ladrón.*

—¿Esquizofrenia?

—Nadie sabía nada de autismo en aquel entonces. Además, "esquizofrenia" vendía más periódicos.

Rory fijó la mirada en el abismo negro de su cerveza, levantó el vaso y bebió lo que quedaba. Quería pedir otra. Deseaba sentir un leve mareo para aligerar los pensamientos sobre esta mujer autista sobre la que no conocía nada. Sabía que esos detalles curiosos se le estaban arraigando en la mente y que ya no podría ignorarlos. Levantó la vista hacia Lane.

—¿Y qué pasó con ella? Me refiero a la mujer con autismo.

Lane golpeó la carpeta con el dedo.

—Se llamaba Angela Mitchell. La mató antes de que pudiera presentarse como testigo.

CHICAGO

Agosto de 1979

Dos días después de su colapso, Angela se encontraba en el consultorio del médico, sentada sobre la camilla con una bata, jalándose las pestañas.

—Relájate, tesoro —le indicó la enfermera, mientras preparaba la jeringa—. Son solo dos tubitos. No sentirás nada.

Angela miró hacia otro lado cuando la enfermera clavó la aguja contra el lado interno de su codo, pero lo que la tenía angustiada no era la inyección. Su ataque de pánico había puesto a Thomas en alerta máxima y él la había obligado a ver al médico antes de que las cosas se salieran de cauce. Lo que él no sabía era que ya se habían salido, y cómo. Su trastorno paranoico se había acentuado después de hablar con Thomas y ahora, en el consultorio médico, se sentía aún peor. Ya había pasado por esta rutina. Durante gran parte de la adolescencia había estado en consultorios médicos y divanes de psicólogos. Cuando estuvo al cuidado de sus padres, los médicos y psicólogos habían sido parte de su vida. Sus padres creían que si Angela se trataba lo suficiente con buenos profesionales, recuperaría la salud. Cuando ninguno de los terapeutas logró lo que ellos exigían, la internaron en una clínica psiquiátrica juvenil.

Angela tenía diecisiete años y pasó siete meses allí hasta que, al cumplir dieciocho, se retiró por su propia voluntad. Fue gracias a la ayuda de una buena amiga que Angela pudo escapar de esa vida. Durante los últimos siete años, había estado mayormente estable. Cuando conoció a Thomas, comenzó a controlar la ansiedad y hasta sintió que empezaba a amoldarse a la sociedad. Su autismo era algo que nadie comprendía, ni siquiera los médicos que fingían hacerlo, y hacía tiempo que ella había dejado de tratar de explicarles a otros cómo funcionaba su mente. Se había dado cuenta, después de muchos años de críticas y fracasos, de que nadie lograba entender del todo cómo se organizaban sus pensamientos. Sin embargo, aquí estaba otra vez, aguardando a que un médico le explicara su problema.

Sabía que Thomas tenía las mejores intenciones: la desesperación por que ella buscara ayuda psiquiátrica era simplemente su forma de tratar de protegerla. No conocía su historial completo. Angela había tratado por todos los medios de mantener ocultos los días oscuros de su adolescencia. Y hasta hacía poco tiempo, le había funcionado bien. Thomas le había abierto la vida a nuevas oportunidades. La hacía sentirse segura. Pero a pesar del progreso, los sucesos del verano la habían hecho darse cuenta de la fragilidad de su estado. Las mujeres desaparecidas que se habían instalado en su mente, y la idea de que eran parte de una cadena más larga de violencia, la habían lanzado por un túnel sin salida. A pesar de que tenía conciencia de que su obsesión con estas mujeres no era saludable, se sentía conectada con ellas de una forma que no podía ignorar.

El desconocido del callejón, que había reaparecido en la cocina de Catherine, había desencadenado un brote de ansiedad como los de la adolescencia. El desorden obsesivo-compulsivo, que creía tener controlado y guardado en un compartimento estanco de su psiquis, se había desbocado como cuando era más joven. Y lo peor era que temía que su problema alejara a Thomas: que ahora que había visto el alcance de su trastorno paranoico, él, el ancla que la había mantenido segura durante los últimos años, se soltaría y la dejaría a la deriva, sola. Los miedos que la acosaban eran tantos que le costaba recordarlos a todos.

—Listo, tesoro. —La voz de la enfermera la trajo de nuevo al presente. En la mano enguantada tenía dos tubitos de sangre de color rojo profundo—. El doctor vendrá enseguida.

Instantes más tarde, el médico entró en la habitación y le hizo un examen de rutina.

—¿Ha sufrido ataques de pánico en el pasado? —preguntó el médico, mientras tomaba notas en el registro.

—No —respondió Angela—. Quiero decir… en la adolescencia, pero no los llamaban así.

El médico se tomó un minuto para terminar de escribir y luego la miró.

—Veo que en esa época tomaba litio. ¿Le resultó efectivo?

Angela, que por lo general no resistía la mirada de un hombre, lo miró con una intensidad que la sorprendió aun a ella misma. Los horrores de la adolescencia eran combustible para el fuego de su ira.

—¡No! Él me obligó a tomarlo y mis padres estuvieron de acuerdo.

—¿Quién es él?

—El psiquiatra al que mis padres me mandaron. El que

me internó en el hospital psiquiátrico. Creía que yo tenía un desorden de conducta y que era maníaco depresiva. Me daban litio para sedarme. Además de hacerme dormir, me provocaba alucinaciones horrendas.

El médico hizo una pausa y luego asintió.

—Sí, no todo el mundo responde bien al litio. —Extrajo un recetario del bolsillo delantero de su uniforme y anotó algo en él. Arrancó la hoja y se la dio—. Aquí tiene una receta para Valium, la tranquilizará y no le causará ninguno de los efectos colaterales del litio. —Volvió a escribir algo en el recetario y le dio una segunda hoja—. Y aquí tiene el nombre de un psiquiatra. Creo que debería hablar con alguien. Últimamente le he estado derivando varias pacientes. Los raptos en la ciudad han perturbado a mucha gente. Hablar con alguien la hará sentir mejor. Mientras tanto, tome líquidos hasta que pasen los vómitos. El Valium ayudará. —Se puso de pie—. Señora Mitchell, la policía trabaja bien. Atraparán al culpable. Eso será la mejor cura para todo lo que le está pasando.

Al abandonar la clínica, Angela hizo un bollo con la hoja que contenía el nombre del psiquiatra, la arrojó en un cesto y se subió al coche. Diez minutos más tarde, entró en la farmacia para comprar el Valium.

CAPÍTULO 13

RORY LLAMÓ POR TELÉFONO AL detective Davidson. Él estaba en deuda con ella, después de haberle tendido esa trampa con el padre de Camille Byrd, por lo que pensaba pedirle un favor. Necesitaba todo lo que él pudiera encontrar sobre el caso de 1979. Después de saquear los rincones más oscuros de los edificios federales del condado de Cook, Ron cumplió su misión y esa tarde le dejó en la puerta de su casa tres cajas con información. Rory las tenía ahora junto al escritorio y estaba leyendo todos los detalles.

Había vaciado la primera caja y desparramado el contenido sobre el escritorio. Los hechos del caso de 1979 la tenían fascinada. Más que nada, la atraía la enigmática mujer llamada Angela Mitchell, que había logrado identificar a un asesino serial. Rory sentía una extraña conexión con esa mujer de hacía cuarenta años; Angela Mitchell, al fin y al cabo, había hecho básicamente lo que hacía Rory ahora: les ponía nombres e historias a las víctimas para reconstruir crímenes.

El equipo defensor que representó a El Ladrón, del cual su padre era miembro, había creado una biografía de Angela Mitchell. La describía como "una mujer de veintinueve años, socialmente torpe, con autismo y capacidad limitada de comprender el entorno". El informe consignaba que sufría de un trastorno obsesivo-compulsivo que limitaba su capacidad de funcionar en la vida diaria y que, al momento en que había reunido las "pruebas" que la fiscalía había presentado en el juicio, había estado tomando dosis altas de Valium. El informe hablaba de la adolescencia complicada de Angela, del tiempo pasado en un hospital psiquiátrico juvenil y del distanciamiento de sus padres. A primera vista, el relato no favorecía en nada a Angela.

Sin embargo, cuanto más leía, más se sentía conectada a esa mujer. Su historia y la de Rory se asemejaban de muchas formas. Si bien Rory nunca se había distanciado de sus padres sino todo lo contrario, y nunca la habían internado en una clínica psiquiátrica, había sufrido en la infancia por muchos de los mismos problemas que Angela. En lugar de enviarla a médicos y a hospitales, sus padres la habían enviado a la casa de la tía Greta durante el verano y casi todos los fines de semana. Aunque nadie la había obligado a tomar medicamentos, la tía Greta tenía varios remedios diferentes para su fobia social. De no haber sido por ella, la infancia de Rory podría haber sido descrita con las mismas palabras que la de Angela Mitchell.

Alejó de su mente la idea de la supuesta adicción de Angela Mitchell al Valium, para no compararla con el vaso de cerveza Dark Lord que tenía adelante. Eran las tres de la tarde y Rory iba por el segundo vaso. Sentía en la mente el vértigo de los primeros efectos del alcohol. Rebelándose contra sus propios pensamientos, levantó el vaso, bebió un trago largo y luego pasó dos horas leyendo la carpeta de 1979 para asimilar los detalles sobre Angela Mitchell y lo que había logrado hacer. Revisó y leyó el contenido de dos cajas enteras, pero dejó la tercera sin tocar por el momento. Se volvió hacia la computadora y tipeó el nombre *Angela Mitchell* en el motor de búsqueda. Después de explorar páginas de enlaces que nada tenían que ver con El Ladrón de 1979, Rory por fin encontró unos artículos generales que relataban algunos detalles del caso. Ninguno contenía revelaciones que no estuvieran en las cajas que tenía a su lado.

Cuando se disponía a apagar la computadora, se topó con un enlace a una página de Facebook llamada *Justicia para Angela*. La página tenía mil doscientos seguidores y el último posteo era de hacía dos años; era un párrafo breve con fecha del 31 de agosto de 2017:

> **Hoy es el aniversario número 38 de la desaparición de mi querida amiga Angela Mitchell. Tantas décadas después, sigue sin haber pistas sobre el caso. Pocos miembros del Departamento de Policía de Chicago recuerdan a Angela, y los que la recuerdan se han retirado hace tiempo y han abandonado toda esperanza de descubrir lo que realmente le sucedió durante el verano de 1979. Los miembros de esta comunidad online buscamos respuestas y sabemos que no se resolvió nada en ese juicio fraudulento que se llevó a cabo en 1989. Con cada año que pasa, se torna más y más evidente que el único que puede echar luz sobre la verdad está en prisión. Pero él, por supuesto, se niega a decir una palabra sobre Angela. Como siempre, cualquiera que tenga pistas o información sobre Angela Mitchell puede dejar un comentario aquí y yo les responderé en privado. Cualquier detalle, aunque sea menor y aunque hayan pasado tantos años, podría resultar útil.**

El posteo de Facebook incluía una imagen granulada de Angela Mitchell. En realidad, era la fotografía de una fotografía. La persona que la había subido había utilizado un teléfono móvil para capturar la vieja fotografía Polaroid, que se veía amarillenta y desteñida por los años. El flash de la cámara se reflejaba en el rincón superior de la fotografía plástica. Rory contempló a Angela Mitchell. Era una mujer diminuta y estaba junto a otra mujer más alta, que Rory supuso era la autora del posteo. En la fotografía, Angela sonreía tímidamente a la cámara, mirando levemente hacia abajo y a un lado. Rory comprendió que le resultaba imposible mirar directamente la lente de la cámara: ella tenía el mismo problema.

Lane había tenido razón horas antes en el bar. La semilla de la curiosidad había caído en el terreno fértil de su mente, e impedir que creciera era tan imposible como impedir que saliera el sol por las mañanas. Al principio había sentido curiosidad por el caso porque su padre estaba involucrado, pero ahora, desde que sabía más cosas sobre la misteriosa mujer que estaba en el centro de todo, comprendió que no iba a poder abandonar ese interés. Era la misma sensación que experimentaba al comenzar una reconstrucción. Una parte de su mente no iba a poder descansar hasta saber todo lo que había por saber sobre Angela Mitchell.

Apartó por fin la mirada de la descolorida fotografía de Facebook e hizo otra cosa que en circunstancias normales no hubiera hecho nunca: movió el mouse sobre la sección de comentarios y tipeó a toda velocidad:

Me llamo Rory Moore. Necesito detalles sobre Angela Mitchell. Por favor, contáctese conmigo.

Rory presionó la tecla *enter* antes de poder arrepentirse, subió al comienzo de la página de Facebook, hizo clic en el ícono de Información y leyó acerca de la persona que había creado la página. La mujer se consideraba la mejor amiga de Angela Mitchell en el verano de 1979. Su nombre era Catherine Blackwell.

CHICAGO

Agosto de 1979

EL VALIUM LA ESTABA AYUDANDO: hacía tres días que no vomitaba y los dolores de cabeza eran menos frecuentes. La medicación le estaba aplacando la necesidad de rasguñarse los hombros y también la paranoia, lo que tranquilizaba a Thomas. Estaba tomando el doble de la dosis sugerida y temía no solo estar medicándose por demás sino lo que sucedería cuando se le acabaran las pastillas. Thomas la había estado observando atentamente desde el colapso y Angela se esforzaba para mantenerse cuerda y convencerlo de que, desde la visita al médico, se sentía bien. Que ya tenía todo bajo control y que conocer la identidad del desconocido del callejón, si bien la había desconcertado al principio, ahora le resultaba un alivio. Y más importante aún, que no necesitaba ver a un psiquiatra.

Fingir y camuflar los síntomas era agotador y Angela no sabía cuánto más iba a poder salirse con la suya. Pero por el momento, estaba a salvo: Thomas tenía que ir a inspeccionar una posible obra en Indianápolis durante el fin de semana y reunirse con el constructor, que planeaba hacer una urbanización de 150 casas. Thomas y Bill se habían presentado a licitación para hacer el trabajo de cimientos y Thomas se ausentaría todo el sábado y casi todo el domingo. Después de lo ocurrido unos días antes, cuando al volver a casa había encontrado a Angela cubierta de sangre y desmoronándose de una forma que él nunca había visto, Thomas había comenzado a hablar de cancelar el viaje. Pero Angela necesitaba desesperadamente liberarse de la preocupación sofocante de su esposo y también explorar las sospechas sobre Leonard Williams, por lo que había utilizado toda su fuerza de voluntad y duplicado la dosis de Valium para parecer estable y normal Ahora, el sábado por la mañana, le dio un empujón final mientras tomaban el café matutino en la cocina.

—Vete tranquilo —dijo—. Me estoy sintiendo mucho mejor.

Thomas la miró.

—¿Estás tomando la medicación, verdad?

—Sí, y me está ayudando.

—Me preocupa no volver a la noche. Bill podría resolver esto sin mí.

—Voy a estar bien —insistió Angela, tratando de disimular la urgencia de su voz—. Además, necesitamos este contrato. Te salvaría todo el año.

—Estamos bien económicamente —dijo Thomas—. Sería bueno conseguir la obra, pero no es que la *necesitemos*.

—Anda, ve —lo alentó Angela, mirándolo a los ojos como no hacía con casi nadie más—. Estoy bien, de veras.

Una hora después de ver cómo Thomas salía del garaje marcha atrás y tomaba por el callejón en dirección a Indiana, Angela se subió a su coche y salió hacia la carretera. Thomas y Bill tenían cuatro depósitos desparramados entre Kenosha, en el estado de Wisconsin, las zonas norte y oeste de la ciudad y Hammond, en Indiana. Leonard Williams estaba a cargo del depósito de Kenosha, así que con Thomas de viaje, Angela decidió dirigirse hacia allí.

Kenosha estaba a una hora y media de Chicago y Angela consultó el mapa después de salir de la carretera. Logró llegar al camino interno que llevaba a la oficina y el depósito de su esposo. Una nube de polvo se levantaba detrás del coche a medida que avanzaba. La oficina con depósito estaba situada en el extremo de un parque industrial y era una de varias construcciones de una planta que se elevaban al lado del camino. Cuando aparcó delante del lugar el sábado por la mañana, su vehículo era el único presente. Puso el freno de mano, pero dejó el motor encendido y el aire acondicionado al máximo para escuchar la radio. Había habido novedades en el caso de las mujeres desaparecidas y la estación radial WGN brindaba los últimos detalles.

—Estaríamos en condiciones de confirmar —anunció el locutor— que el cadáver hallado esta mañana sería el de Samantha Rodgers, desaparecida hace tres semanas y considerada la quinta y más reciente víctima de El Ladrón.

Sentada en el vehículo, Angela recordó la noche en que ella y Catherine habían visto las noticias sobre Samantha Rodgers en la sala de su casa. Desde aquel día, había creado una biografía de la mujer y sabía todo sobre su caso: la fecha en que había desaparecido, el último lugar donde la habían visto, la última vez que sus padres y amigos habían hablado con ella, el lugar específico donde la había dejado el taxi la noche del rapto: la esquina de Western y Kedzie, a unos metros de su apartamento. Angela conocía todos los detalles antes de que los dijera el locutor. De hecho, sabía mucho más de lo que ofrecía la historia en la radio. Conocía tan bien a la mujer que sintió dolor ante la idea de que ya no podrían encontrarla con vida.

—Estamos esperando que el Departamento de Policía de Chicago confirme la identidad de la víctima, pero hay motivos para creer que el cuerpo de Samantha Rodgers fue encontrado en una zona boscosa en Forest Glen, a kilómetros de su apartamento en Wicker Park. Interrumpiremos la programación regularmente para informar más novedades sobre el caso.

Angela apagó el motor del coche, con el corazón latiéndole en los oídos. Las llaves le temblaban en la mano. Salió y miró a su alrededor. Sabía que no habría nadie en el depósito a esta hora de un sábado, pues los equipos de gente estarían trabajando.

Atravesó el aparcamiento de grava. Movió la manija de la puerta de la oficina, pero estaba con llave. Antes de salir, Angela había tomado del fondo de un cajón de la cocina un juego de llaves con un llavero de los Chicago Bears. Probó las llaves una por una hasta que insertó la correcta y la puerta se abrió. Entró en la oficina y cerró la puerta detrás de ella, volviéndose a mirar por la ventana hacia el aparcamiento. Su coche seguía siendo el único; la polvareda se había disipado y ahora era una nube blanca que ensombrecía la zona. Miró hacia el fondo del camino, que estaba vacío y silencioso. Cerró con llave y se apartó de la ventana.

Pasó junto al escritorio en la parte delantera de la oficina y abrió las gavetas de archivo que ocupaban la pared del fondo. Le tomó diez minutos encontrar los registros de los empleados. Construcciones Mitchell-Blackwell tenía setenta y siete empleados. Un minuto más tarde encontró la carpeta etiquetada *Leonard Williams*; la extrajo y se sentó en el suelo a leerla.

La primera hoja tenía una fotocopia de la foto de la licencia de conducir de Leonard Williams. Angela sintió que un frío le corría por la espalda al ver los ojos hundidos y oscuros en el rostro inexpresivo del hombre que se le había acercado hacía unas semanas en el callejón detrás de su casa. Se enteró de que tenía cincuenta y dos años, había trabajado antes para otra empresa constructora en el suburbio occidental de Wood Dale y había llegado a Mitchell-Blackwell con excelentes recomendaciones de su anterior empleador. Estaba casado y tenía dos hijos. Mientras revisaba la carpeta, algo le daba vueltas en la cabeza: así funcionaba su mente. Había visto algo, pero no lo había reconocido. Algo de importancia se le había enterrado en el inconsciente, pero todavía no había subido a la superficie. Angela siempre había podido intuir la presencia de algo importante, aun si no podía identificarlo de inmediato.

Parpadeó para alejar esa sensación, ignoró el susurro que le reverberaba por el cerebro y siguió revisando la carpeta: formularios, contratos, papeleo de compensaciones y credenciales del sindicato… hasta que, de pronto, lo comprendió. El susurro se convirtió en un grito. Volvió a la primera hoja de la carpeta y se enfocó en la licencia de conducir de Leonard Williams. Leyó la dirección. Vivía en Forest Glen, el mismo vecindario donde el cuerpo de Samantha Rodgers acababa de ser descubierto.

CHICAGO

Agosto de 1979

Angela anotó la dirección de Leonard Williams en un trocito de papel borrador, volvió a poner la carpeta en su sitio y cerró la gaveta de archivo. Rodeó el escritorio de la secretaria y se dirigió a la puerta lateral que llevaba al depósito; la abrió y entró en un espacio cavernoso. Los techos con vigas tenían unos diez metros de alto y la luz penetraba por las ventanas polvorientas en una nebulosa gris que la hizo parpadear en la penumbra. Encontró el interruptor de luz y encendió los tubos fluorescentes.

El espacio estaba ocupado por camiones mezcladores gigantes y contra la pared se veían pallets cargados con bolsas de cemento, apiladas y envueltas en plástico verde. De la pared colgaban herramientas y equipos que no reconocía ni comprendía y también había maquinaria en el medio del depósito. Angela se paseó por entre los equipos. Este era el sitio donde Leonard Williams trabajaba y reinaba.

En la parte trasera había una ventana sucia que daba al aparcamiento. Angela vio su coche solo en el playón y volvió a mirar hacia el final del largo camino que traía de la carretera al depósito. Estaba desierto; de pronto, el vacío del lugar le produjo dolor en los pulmones y dificultad para respirar. Sintió el comienzo de un ataque y luchó contra el deseo de su mente de retirarse a un lugar oscuro a pensar en Leonard Williams aquel día en el callejón, con su sombra trepándole por las piernas a medida que se acercaba, los ojos negros y el cuerpo a contraluz. Pero sintió también algo más: algo que le facilitó huir de esa dirección que quería tomar su mente. El mismo chispazo mental de unos minutos antes, cuando había mirado el contenido de la carpeta de Leonard Williams y visto su dirección sin darse cuenta, se volvió a encender en su cabeza mientras miraba por la ventana. Algo le estaba pidiendo a gritos que le prestara atención.

Estaba en el extremo del depósito, con la pared trasera inmediatamente a su izquierda y la pared lateral con la ventana sucia delante de ella. Pero algo no estaba bien. Angela volvió a mirar hacia el aparcamiento, afuera, y recordó la imagen que había visto al descender del coche. Había aparcado en el extremo del depósito, y sin embargo, el coche ahora estaba varios metros a la izquierda de la ventana por la cual estaba mirando. Volvió la vista a la pared trasera y comprendió que el depósito no terminaba donde estaba ella, sino que se prolongaba más allá, hacia la izquierda de donde estaba parada.

Se alejó de la ventana y caminó a lo largo de la pared trasera. Estaba cubierta por una estantería de madera de unos cuatro metros de alto. En los estantes había herramientas pesadas y pallets cargados con material. Mientras caminaba a lo largo de la pared, notó un espacio entre las estanterías; delante había un pallet con bolsas de cemento. Detrás de este, una lona colgaba a modo de cortina y ocultaba parcialmente una puerta. Sintió que la invadía una sensación extraña y miró hacia la oficina. Las vigas crujían por el viento. El estómago le dio un vuelco. Había tomado dos Valium en el trayecto hasta allí y tuvo que resistir el impulso de sacar otro del envase. Volvió a enfocarse en la puerta escondida, deslizó el cuerpo menudo por detrás de las bolsas de cemento apiladas y trató de abrirla. Estaba cerrada con llave. Abrió el bolso, extrajo el llavero y probó las llaves una por una hasta que, en el quinto intento, la llave giró.

Abrió la puerta, que se deslizó sobre las bisagras y golpeó la pared después de hacer un giro completo de 180 grados. Extendió el brazo y buscó un interruptor de luz. Las luces del techo dieron vida al espacio y Angela entró lentamente al lugar. Había estantes contra algunas paredes. Contra otra pared, tambores de aceite del tamaño de un barril. El suelo era de tierra apisonada, a diferencia del resto del depósito, donde era de hormigón.

En el suelo, junto a los tambores de aceite había una lona sucia, una pala, cuerdas y varios bloques de hormigón apilados. Levantó la tapa de uno de los tambores y miró dentro. Estaba oscuro y vacío. Angela giró lentamente en el depósito; le picaba la piel de todo el cuerpo. Respiró hondo varias veces para estabilizar el estómago, pero sentía bilis en la garganta. En un rincón en penumbras vio un extraño aparato colgando del techo alto. Se acercó para verlo mejor. Amarrada al techo había una especie de viga de madera con forma de M. En cada vértice de la M había una polea; eran cinco en total y por ellas pasaba una cuerda. La cuerda colgaba de cada extremo de la viga como la rama suelta de un sauce llorón. Entre los dos extremos de la cuerda había casi dos metros de distancia. Angela se acercó aún más. En cada extremo de la cuerda había una correa de nailon rojo atada en forma de lazo. El aparato le recordaba a un elemento de la Edad Media.

Angela tenía el lazo de nailon en la mano y estaba apretando el material blando entre el pulgar y el índice, cuando oyó un golpe fuera. Soltó el lazo, corrió a la puerta del área de almacenamiento donde se encontraba y espió hacia el depósito y la oficina. Estaba oscuro y gris, y los portones estaban cerrados. Volvió a oír el golpe. Pasó por entre los estantes y el pallet con bolsas de cemento que ocultaba la puerta y corrió hacia la ventana para mirar hacia fuera. Uno de los camiones mezcladores había regresado y estaba arrojando desperdicios en un terreno del otro lado del aparcamiento. El camión estaba frenado contra un muro contenedor, con el tanque en ángulo de noventa grados y los obreros le gritaban instrucciones al conductor.

Angela corrió por el depósito hacia la oficina. Cerró la puerta con llave al salir y se apresuró a llegar al coche; los obreros seguían arrojando residuos a cincuenta metros de distancia. Se apoyó contra el capó e inspiró el húmedo aire veraniego. Cuando se le pasaron las náuseas, se sentó al volante y buscó dentro del bolso el envase de Valium. Tragó otra pastilla y salió a toda velocidad del aparcamiento; la brusca aceleración levantó una nube de polvo. El aparato con forma de M y lazos dobles le quemaba en la retina como la imagen que queda luego de mirar un flash, al igual que había sucedido con la imagen de la reportera la noche en que vio en la televisión la noticia sobre Samantha Rodgers. Y entonces... algo más empezó a susurrar en su mente, un murmullo lejano que pedía ser escuchado. Sabía que tenía que detenerse y escucharlo, intentar descifrar lo que trataba de decirle, pero lo desoyó, concentrada en conducir a alta velocidad por el camino de grava. El esfuerzo de respirar y controlar el temblor de las manos no le dejaba energías para comprender ese mensaje confuso.

CAPÍTULO 14

Chicago, 24 de octubre de 2019

A Rory nunca le habían interesado las demostraciones de afecto después del sexo; de hecho, necesitaba espacio luego de la intimidad. Después de haber dormido con ella durante diez años, a Lane ya no le llamaba la atención que huyera sigilosamente del dormitorio después de hacer el amor. En la etapa inicial de la relación, Rory había esperado a que Lane se durmiera antes de intentar la huida, pero ahora levantarse de la cama ya era lo normal. En silencio, salió de debajo de las sábanas, se puso una camiseta y bajó la escalera de puntillas.

En la cocina abrió el refrigerador, que derramó su luz suave en el suelo, y tomó una cerveza negra Dark Lord. Se dirigió a su escritorio y abrió la carpeta que aguardaba allí. La casa estaba a oscuras; la única iluminación era la luz suave y cálida de la lámpara. Bebió un trago de cerveza y comenzó a leer.

El Ladrón había contratado al bufete de abogados Garrison Ford inmediatamente después del arresto. En 1979, el anticipo había sido de 25.000 dólares, pagados con un cheque al portador. Los honorarios totales de representación, que incluían la defensa y el polémico juicio, ascendían a casi 120.000 dólares, suma que también había sido pagada con un cheque al portador en cuatro cuotas entre el verano de 1979 y el invierno de 1981. Toda esa información estaba en la tercera y última caja que Ron Davidson le había hecho llegar, y también en la carpeta de la oficina de su padre y la que le había dado el juez Boyle.

Rory bebió otro trago y volteó la página. Por lo que lograba entender, su padre se había involucrado con El Ladrón durante el proceso de apelación, una vez que lo sentenciaron a sesenta años en prisión. Garrison Ford siguió cobrando honorarios hasta 1982, cuando su padre abandonó la firma para crear su propio bufete. Rory cruzó la información de los documentos con lo que había encontrado en la oficina de su padre y descubrió una transición en la facturación que comenzaba en la segunda mitad de 1982. El primer cheque había sido librado a favor del Grupo Legal Moore el 5 de octubre de 1982, para financiar la segunda ronda de apelaciones.

Rory notó que todos los pagos —viejas fotocopias de cheques completados a mano— eran por la suma total. Con la segunda cerveza descubrió que, además de ser un asesino de sangre fría, el cliente de su padre también era millonario. En el momento del arresto, tenía un patrimonio de 1,2 millones. Las finanzas del hombre estaban muy detalladas en la carpeta porque, además de haber contratado a su padre para que se encargara de las apelaciones y de representarlo en las audiencias de libertad condicional, también le había encomendado el manejo de su fortuna mientras estaba en prisión, tarea que incluía pagar deudas, ordenar el patrimonio y liquidar los activos. Rory investigó más y vio que su padre había estructurado la fortuna del hombre en un oasis de sociedades anónimas y fideicomisos para ocultar los bienes y protegerlos de eventuales de juicios civiles. De ese modo, si las familias de otras supuestas víctimas iniciaban acciones legales contra él, una gran parte del dinero estaría protegido.

Pero no hubo demandas judiciales. Rory sabía que sin

cadáveres, cualquier juicio civil sería considerado superficial. Durante el verano de 1979, solamente se encontró el cadáver de una mujer. Su nombre era Samantha Rodgers y, si bien hubo un intento de adjudicarle el asesinato a El Ladrón, los abogados de Garrison Ford lograron convencer al juez de que cualquier prueba que relacionara a su cliente con ella era puramente circunstancial. El juez estuvo de acuerdo y la fiscalía abandonó el intento y se concentró sobre Angela Mitchell.

El dinero del cliente de su padre permaneció protegido y, cuando el asesino entró en prisión a comienzos de los años 90, contaba con novecientos mil dólares en una cuenta de banco. Durante esa década, el padre de Rory usó parte de esos fondos para pagarse los honorarios del proceso de apelaciones, que se prolongó por más de diez años.

Además de los cheques por servicios legales, Rory se encontró con otros pagos categorizados como "anticipos". Durante la década de 1980, el Grupo Legal Moore recibió más de doscientos mil dólares. Era un monto considerable para apelaciones solamente. Rory sintió que las raíces de la curiosidad se hundían más en su mente a medida que comprendía que la conexión de su padre con este hombre iba más allá de la clásica relación entre abogado y cliente.

"¿Qué servicio le estabas brindando a este sujeto, papá?".

Leyó los detalles de las apelaciones que había redactado su padre, que remarcaban las debilidades de la acusación. Incluían —de modo muy conveniente— que el fiscal de distrito no tenía ninguna evidencia física contra su cliente, ni siquiera el cuerpo de la supuesta víctima. El padre de Rory había argumentado que no solamente no estaban los restos de Angela Mitchell, sino que la mujer padecía retraso mental, como consignaba el informe de 1979. El término "capacidades diferentes" estaba a décadas de comenzar a utilizarse, y definirla como "autista" era menos dramático, demasiado médico y no servía al relato. Esquizofrénica con retraso mental era mucho más potente. Pero ninguno de los adjetivos utilizados para describir a Angela Mitchell era correcto. A medida que Rory se iba enterando de todo lo que había hecho la mujer, de las vidas que sin duda había salvado, comprendía que la palabra que faltaba en los informes era "heroína".

Según las declaraciones del fiscal de distrito, Angela había pasado los últimos días de su vida reuniendo pruebas que apuntaban directamente al asesino de 1979. La habían matado durante ese proceso.

CHICAGO

Agosto de 1979

ERA DOMINGO POR LA MAÑANA y habían transcurrido menos de veinticuatro horas desde los extraños descubrimientos en el depósito. Angela no había pegado un ojo. Había estado levantada toda la noche, actualizando las biografías de las mujeres desaparecidas y añadiendo a sus notas todo lo que había descubierto sobre Leonard Williams en los últimos días. Al regresar del depósito el día anterior, había pasado horas en la biblioteca, revisando microfilms e investigando cuántas mujeres de la zona de Chicago habían muerto ahorcadas o estranguladas. Debajo del diagrama que había hecho con las tendencias en los asesinatos de la última década, añadió ahora la información relevante obtenida en la biblioteca. Estaba tratando de encontrarle sentido al aparato que había descubierto en el área oculta del depósito, e intuía que estaba en el umbral de algo. De las mujeres de su gráfico que encajaban con la descripción y el perfil, y habían muerto en la zona de

Chicago, la mayoría había sido estrangulada. En la última hoja de su carpeta, Angela dibujó la extraña viga con forma de M y nudos corredizos idénticos.

Desde que había vuelto del depósito, durante todo el tiempo que pasó en la biblioteca, mientras trabajaba en los documentos y la teoría sobre Leonard Williams la noche entera, hasta esta mañana cuando había ido a casa de Catherine, ese susurro en su mente la había fastidiado sin cesar. Angela no dejó nunca de esforzarse para escucharlo, temiendo que esa voz que la llamaba fuera un efecto colateral del Valium que estaba tomando en dosis alarmantes. O tal vez fuese la parte lógica y razonable de su mente, tratando de advertirle que se estaba medicando en exceso y que sus ideas sobre las mujeres desaparecidas eran ridículas.

Sentada ahora a la mesa de la cocina de Catherine, alejó el susurro de esa voz y le mostró el trabajo a su amiga. Catherine escuchó con paciencia el relato del viaje hasta el depósito, el descubrimiento de que Leonard Williams vivía cerca de donde habían encontrado el cuerpo de Samantha Rodgers, y que todas las mujeres que encajaban en la descripción de las desaparecidas de este verano habían sido estranguladas. Terminó la historia mostrándole la extraña imagen del aparato que había dibujado.

Catherine tomó un trago de café cuando Angela finalmente levantó los ojos hacia ella.

—Sabes que siempre te apoyo —dijo Catherine—. Pero…

—¿Pero qué? —replicó Angela.

—Creo que todo lo que ha estado pasando este verano te ha desestabilizado.

—¿A qué te refieres?

—Pienso que estás muy asustada por lo que está pasando. Yo también lo estoy. Pero me da la impresión de que crees que es tu responsabilidad encontrar la respuesta y… Angela, algunas cosas que me estás contando y mostrando son…

—¿Son qué?

—Son difíciles de asimilar. Todo eso que has investigado sobre las mujeres desaparecidas, y que pueden ser parte de una serie de asesinatos de más de una década atrás.

—Es que yo pienso que lo son.

—Pero ahora dices que crees saber quién fue y que es un hombre que trabaja para Bill y Thomas.

Angela desvió la mirada y la bajó hacia sus anotaciones, sintiendo las mejillas ardientes y arreboladas. La carpeta con su trabajo y sus teorías estaba sobre la mesa, como un artefacto extraño y no deseado hallado en un bosque. Ninguna de las dos sabía qué hacer con él ni cómo manejarlo; no sabían si era valioso o inútil.

—Me parece que Leonard Williams te asustó mucho en el callejón —dijo Catherine, poniendo su mano sobre la de Angela— y que eso te ha hecho verlo de un modo diferente del que lo ve el resto de la gente. Por lo que sé, es un hombre de familia. Tiene esposa e hijos, Angela. No es un demente asesino serial. No quiero decir que hayas hecho alguna tontería, que quede claro. Pero mirando todo esto y tratando de ser razonables... no sé si estoy de acuerdo con todo lo que sugieres... no lo sé. No me resulta creíble del todo...

Angela tragó con fuerza al oírla. La invadieron imágenes de su infancia, haciéndole olvidar dónde estaba. Los comentarios desdeñosos de las maestras cada vez que ella decía algo en la escuela, la negativa de sus padres a escuchar sus razonamientos sobre cualquier tema, la del psiquiatra a brindarle ayuda cuando ella le decía que el litio le provocaba alucinaciones. Se perdió en un túnel del tiempo y no volvió al presente hasta que escuchó voces. Cuando lo hizo, Bill Blackwell estaba de pie junto a Catherine.

Angela oía un eco en su mente, pero era hueco y apagado. Vio que los labios de Bill se movían y comprendió que le estaba hablando a ella. Parpadeó.

—Vaya, es la segunda vez en la semana que llego a casa y me encuentro con una sorpresa —decía Bill—. ¿Thomas ya volvió de Indiana?

Angela enfocó la vista sobre el pañuelo bandana alrededor del cuello del esposo de Catherine. Tomó conciencia de que el eco que había oído unos instantes antes no había sido la voz de Bill Blackwell, sino el susurro que había tenido en la mente desde que había ido al depósito de Kenosha. Ahora se había vuelto lo suficientemente fuerte como para permitirle descifrarlo. Era un grito; es más, al mirar al hombre que tenía adelante, Angela recordó la noche que habían cenado en su casa. Recordó el cuello enrojecido de Bill, que él había explicado como alergia al repelente y a las picaduras de insectos. Recordó que llevaba puesto un pañuelo la última vez que lo había visto en esta misma cocina con Catherine. Y ahora, debajo del pañuelo, vio las profundas marcas rojas en su piel. Marcas que podían provenir de un lazo con nudo corredizo.

Angela se puso de pie de un salto. La silla cayó hacia atrás y rebotó en el suelo. Retrocedió, y sin pronunciar palabra, dio media vuelta y salió por la puerta principal. La gruesa carpeta llena de información y anotaciones quedó olvidada sobre la mesa.

CAPÍTULO 15

Chicago, 25 de octubre de 2019

RORY VOLVIÓ A ATRAVESAR LOS controles de seguridad, se dirigió al despacho del juez acompañada por el guardia hasta la puerta, entró y se sentó delante del escritorio mientras el juez se acomodaba frente a ella en su majestuoso sillón de respaldo alto.

—Hay mucho para cubrir —dijo el juez Boyle—. ¿Se ha familiarizado con su cliente?

Su cliente. La palabra la irritaba de muchas maneras. Ella no tenía "clientes". Su vida giraba alrededor de "casos". Su vida giraba alrededor de ayudar a las *víctimas,* no a los hombres acusados de matarlas. Sintió acidez en el esófago y en la parte posterior de la garganta, pero tragó con fuerza. Su interés por Angela Mitchell era más fuerte que el reflujo; además, el papel misterioso de su padre en la vida de El Ladrón se le había incrustado en la psiquis. Sabía que no podría soltar este caso hasta saber exactamente qué había estado haciendo su padre con ese hombre durante tantos años.

—Sí, señor —respondió por fin.

—Excelente. Su padre y yo estuvimos trabajando en muchas de las condiciones estipuladas para la liberación del prisionero. Aquí están algunas de ellas.

El juez Boyle le alcanzó una única hoja de papel, cubierta de ítems resaltados con viñetas. Procedió a leer de su propia copia:

—Hubo un pedido para rechazar que se lo enviara a una vivienda con supervisión. Considerando la fama de su cliente, su edad y su situación económica, accedí a la solicitud. Sin embargo, deberá permanecer dentro del estado de Illinois por veinticuatro meses. Su cliente posee una propiedad cerca del parque estatal Starved Rock, a una hora de la ciudad. Frank había solicitado que mantuviera esto como residencia, y accedí. Pero hay una lista de condiciones que deben cumplirse: usted, junto con la asistente social y el oficial de libertad condicional, deberán visitar la propiedad para asegurarse de que cumpla con todos los requisitos.

—¿Qué requisitos, señor?

El juez Boyle le alcanzó otra hoja.

—Deberá contar con teléfono de línea, ya que su cliente tendrá que comunicarse diariamente con el oficial de libertad condicional durante los primeros tres meses. El acceso a Internet no es obligatorio, pero sí recomendado. La propiedad debe tener una dirección postal adonde llegue el Correo de los Estados Unidos. No se permiten casillas postales. También habrá que tomar fotografías de la casa y guardarlas en el expediente. Usted visitará la propiedad esta semana. Coordine la visita con Naomi Brown, la asistente social. ¿De acuerdo?

El juez estructuró la declaración como una pregunta, pero Rory comprendió muy bien que más que un pedido, era una orden. Asintió.

—Cuando lo liberen, su cliente tendrá acceso a una suma de dinero sustancial. Su padre tuvo un poder legal para administrar sus finanzas durante los últimos cuarenta años. Ahora que Frank ya no está, su cliente tendrá el control absoluto de su dinero. Son más de ochocientos mil dólares, abogada. Su cliente no conoce el mundo de la banca digital. Necesitará ayuda para comenzar a moverse en él. Así que, por supuesto, libérele los fondos, pero quiero que lo guíe. Durante los primeros dieciocho meses después de la liberación, usted deberá informarme de su situación financiera y demostrar que no está malgastando su fortuna ni que se ha convertido en… —el juez hizo una pausa— víctima… de depredadores financieros que quieran aprovecharse de él. El estado de Illinois ya ha gastado suficiente dinero en este hombre. Me gustaría asegurarme de que no gastaremos un centavo más después de que sea liberado.

Rory tomó nota de lo que decía el juez.

—Y para terminar —prosiguió el magistrado—, recordemos que tiene sesenta y ocho años. Obviamente posee medios para no tener que trabajar y su fama le impide conseguir empleo significativo. Lo mejor por ahora es que su cliente desaparezca por un tiempo. Tal vez para siempre. La propiedad cerca de Starved Rock está a nombre de un fideicomiso, de modo que el nombre de él no está asociado a ella. Será difícil rastrearlo después de la liberación. Por supuesto, todas las autoridades que necesiten contactarlo podrán hacerlo con facilidad. Pero los buitres acecharán y es su tarea, abogada, ayudarlo a mantenerse anónimo. Su padre trabajó mucho para esto.

El juez cerró la carpeta y se puso de pie, como si tuviera muchos otros asuntos de los cuales ocuparse.

—¿Alguna otra cuestión? —preguntó.

—Sí —dijo Rory, y volvió a tragar ácido—. Tendré que verlo antes de la audiencia de libertad condicional para revisar unos temas. Por lo que sé, ni siquiera está enterado de que su abogado ha muerto.

La idea de ver a un desconocido en el confinamiento de una sala de visitas, de tener que mirarlo a los ojos y explicarle que era su nueva abogada era algo de lo que Rory por lo general hubiera huido. En circunstancias normales, hubiera llegado a cualquier extremo para evitar algo así, se hubiera escurrido retorciéndose, como una niña para soltarse de los brazos de su madre. Pero ahora iba tras otra cosa. Le importaba un rábano el hombre al que llamaban El Ladrón. Quería saber qué conexión había habido entre su padre y él porque sabía perfectamente bien que Frank no había estado cubriendo solamente sus necesidades legales.

—Sí, eso se puede organizar —concordó el juez Boyle—. Enviaré la solicitud para que la tramiten de manera expeditiva.

CHICAGO

Agosto de 1979

EL CUMPLEAÑOS DE ANGELA CAYÓ un martes, dos días después de que Catherine la rechazó, de la misma forma en que lo habían hecho todos desde su adolescencia. Dos días después de que vio el cuello de Bill Blackwell con esas desagradables marcas rojas que escondía debajo de un pañuelo bandana. Dos días después de que logró armar todas las piezas de ese perturbador verano. Dos días enteros en los que no había hecho nada: ni siquiera había dormido. Solamente había pensado en esas mujeres y se había preguntado si estaría equivocada al creer que Bill Blackwell estaba involucrado. Que las había matado con ese peculiar instrumento que funcionaba como horca doble. Dos días de tratar de dilucidar si era un error pensar que las desapariciones eran parte de una larga cadena de femicidios que habían comenzado hacía una década. Dos días de pánico y dudas. Dudaba de sí misma, por lo que no era de extrañarse que Catherine no le hubiera creído.

—¿Te gusta el vino? —preguntó Thomas, sacándola de su ensimismamiento.

Como sabía que a ella no le gustaban las multitudes, Thomas había hecho una reserva temprana. Ahora, en su cumpleaños, estaban sentados a una mesa iluminada con velas, bebiendo vino tinto, en un restaurante con muy poca gente. Angela hacía lo mejor que podía con el cabernet intenso que le descomponía el estómago.

—Sí, me gusta —respondió, sonriendo.

Había estado a punto de contarle todo a Thomas cuando regresó el domingo por la noche. Pero decidió lo contrario y dejó que sus pensamientos se descontrolaran. Ni siquiera el Valium podía aplacarle la mente. La falta de sueño la tenía nerviosa y tensa.

Luchó contra el malestar estomacal durante la cena y no quiso comer postre.

—¿No vas a pedir postre el día de tu cumpleaños? —preguntó Thomas.

—No me apetece lo dulce, hoy. Pero pide algo para ti.

—No, yo también lo pasaré por alto. Tengo algo para ti —dijo Thomas y extrajo un paquetito envuelto del bolsillo delantero de la chaqueta.

Todo lo que había sucedido desde el día en que Angela había intentado sacar el viejo sofá al callejón —el encuentro con Leonard Williams, el brote obsesivo-compulsivo que le había robado una semana, el comienzo de la teoría sobre que la desaparición de las mujeres había comenzado hacía diez años, el hallazgo del cuerpo de Samantha Rodgers y, para terminar, su extraño descubrimiento en el depósito, la investigación sobre asfixia doble y la idea de que Bill Blackwell estaba involucrado— había hecho que olvidara por completo el collar descubierto en la cesta de picnic.

Los sucesos de la semana anterior casi la habían hecho olvidar también su cumpleaños. Ahora, sentada con el paquete envuelto delante de ella, agradeció haber olvidado el collar. De otro modo, no hubiera podido mostrarse sorprendida.

—¿Lo puedo abrir? —preguntó.

—Por supuesto —respondió Thomas.

Angela desenvolvió la cajita y la abrió. Entornó los ojos al ver los pendientes de brillantes que descansaban sobre el interior de terciopelo, y no pudo disimular su confusión.

—¿No te gustan? —quiso saber Thomas, preocupado.

Levantó la vista hacia su esposo, que la miraba con expresión tan desconcertada como la de ella.

—No, no —se apresuró a explicar—. Me encantan. Es solo que… —meneó la cabeza—. Son hermosos.

—Los podemos cambiar si no te agradan. Hace unos meses, cuando estábamos haciendo compras, los señalaste. Me pareció que serían el regalo perfecto.

Angela asintió.

—Sí, lo es, es el mejor regalo.

Mientras se colocaba los pendientes en las orejas, no pudo pensar en otra cosa que en el collar que había encontrado escondido en el fondo de la cesta de picnic en el garaje.

Angela estaba en la cama, fingiendo disfrutar de la atención de su esposo. Si bien su vida sexual nunca había sido apasionada, Thomas y ella tenían química en el dormitorio y siempre habían disfrutado haciendo el amor. Pero esta noche ella tenía la cabeza en otra cosa. Cuando él rodó hacia un lado, Angela permaneció con la cabeza sobre su hombro hasta que lo sintió dormido y luego de escuchar su respiración rítmica, bajó de la cama. Se puso la bata y un par de calcetines largos. Eran más de las once de la noche y, en circunstancias normales, nunca se habría atrevido a salir a esa hora. La idea de dirigirse hasta el garaje en plena noche le hacía arder los dedos y picar los hombros. Pero una necesidad más fuerte superaba el miedo y las obsesiones destructivas: la curiosidad.

Sabía que no podría dormirse, ni siquiera a fuerza de Valium, hasta que comprendiera el misterio del collar. Evitó encender la luz hasta que llegó a la cocina y activó el foco tenue sobre las hornallas. Sintió el calor y el malestar habitual al mirar por la ventana hacia el garaje. El pulso acelerado y el sonido de la sangre en su cabeza eran la forma que tenía su cuerpo de suplicarle que esperara hasta la mañana, pero no podía hacerlo.

Abrió la puerta trasera y salió a la noche. El calor tórrido de ese verano no aflojaba ni siquiera a esa hora y Angela sintió el aire húmedo contra el rostro. El vecindario estaba en silencio. Mantuvo la luz de la galería trasera apagada y llevó consigo una pequeña linterna. Respiraba entrecortadamente, al borde de un ataque de pánico. Corrió hasta la puerta de servicio del garaje y entró, iluminando el interior con la linterna.

El viejo sofá seguía contra la pared. Volvió la atención a las estanterías abarrotadas y localizó la cesta de picnic. La sacó de su sitio, levantó la tapa e iluminó el interior. Abrió la caja y vio cómo el collar resplandecía a la luz de la linterna.

En el garaje a oscuras, levantó una mano para tocarse los pendientes que le colgaban de las orejas. Tragó con fuerza mientras reflexionaba sobre lo que eso podía significar. Thomas había trabajado hasta tarde ese verano, al menos dos o tres noches por semana. Recordó varias llamadas el mes pasado en las que nadie había hablado después de que ella atendió. Algunas veces la persona del otro lado había cortado en cuanto ella había dicho "hola". Sabía que Thomas había contratado una secretaria nueva ese verano. Ahora, en el garaje oscuro, luchó contra el grito de su mente: Thomas tenía una amante. Sintió una oleada de náuseas. La sacudió una arcada. Guardó rápidamente el collar en la cesta y la volvió a colocar en el estante. Corrió por la puerta de servicio y vomitó sobre el pasto del jardín trasero.

Se quedó respirando con dificultad hasta que pasó una

segunda oleada de náuseas. Luego entró en la casa. Justo cuando estaba cerrando la puerta con llave, las luces se encendieron. Se volvió y vio a Thomas en ropa interior en la cocina.

—¿Qué sucede? —preguntó él.

Angela se acomodó la bata, para intentar disimular lo alterada que estaba, pero no resultó.

—Me pareció oír ruidos otra vez entre los contenedores de residuos. Se había caído la tapa —respondió, horrorizada ante lo poco creíble de su mentira.

—¿Por qué no me despertaste? —quiso saber Thomas.

—No quería que los vecinos lo oyeran. El señor Peterson ha estado de mal humor desde que trabé la entrada al garaje con el sofá.

Thomas fue hasta la puerta trasera y corrió la cortina.

—La puerta de servicio del garaje está abierta —dijo, mirando a Angela.

—¿Sí? No me di cuenta. —Angela sintió que las náuseas se avecinaban de nuevo.

Thomas abrió la puerta y salió al garaje. El aire cálido y pegajoso entró en la casa; Angela observó cómo ingresaba en el garaje y encendía las luces. Desapareció de su vista por un minuto entero, durante el cual el nudo que tenía en el estómago la hizo correr al baño a vomitar. Se apoyó contra la pared y apoyó la frente sobre el dorso de la mano. Oyó crujir la madera del suelo y entre lágrimas, vio a Thomas de pie en la puerta del baño.

—¿Qué te pasa? —se preocupó él.

—No me siento bien, otra vez.

—Por eso deberías haberme despertado —dijo él, tomándola debajo del brazo y llevándola hacia arriba. Angela dejó que la acompañara hasta la cama.

—Vi que vomitaste afuera —dijo, mientras la cubría con la sábana—. Mañana por la mañana llamaré al médico. Sé que te has estado resistiendo, Angela, pero es hora de que veas al psiquiatra. Alguien tiene que ayudarte a lidiar con esto y no sé qué más hacer por ti.

Angela ya casi no tenía Valium. Necesitaría más, de modo que no protestó. Cuando Thomas se acostó junto a ella, cerró los ojos pero no se durmió.

CAPÍTULO 16

Chicago, 25 de octubre de 2019

LA FRACTURA SE HABÍA REPARADO muy bien, pero había tenido que utilizar más cantidad de epoxi de lo que le gustaba. El adhesivo adicional había sido necesario para asegurarse de que el ojo de la muñeca de Camille Byrd quedara intacto. Como Rory no lograba ponerse en el estado de ánimo adecuado para reconstruir el asesinato de la joven, se concentraba en reparar su muñeca. Una vez que se sumergió en la restauración, se dio cuenta de que lo más difícil iba a ser reparar el ojo. Reconstruyó la cavidad con una mezcla de papel maché y yeso, según una técnica que había descrito la experta Sabine Esche. Una vez que la mezcla se secó y el ojo quedó insertado en su órbita, Rory se sintió satisfecha con el trabajo. Cuando apoyaba la muñeca en posición horizontal, ese ojo tardaba apenas una fracción de segundo más que el otro en cerrarse, algo que solamente un observador muy avezado notaría.

Lijó el adhesivo hasta que la rajadura quedó lisa. Cerró los ojos y pasó los dedos por la mejilla de la muñeca: la fractura era imposible de detectar. Al tacto, la cara había sido restaurada a la perfección. Sin embargo, el aspecto de la muñeca de Camille Byrd todavía dejaba mucho que desear. Lijar el exceso de epoxi había dejado un parche descolorido que corría como un arroyo en un mapa desde la línea del cuero cabelludo hasta el borde de la mandíbula. La muñeca parecía tener una cicatriz mal curada. Rory sabía que la pericia con la que había reparado la fractura y reconstruido la cavidad ocular no tenía parangón, pero también sabía que su debilidad era volver a dejar la porcelana en su estado original. Para esto, acudiría a una maestra. La única persona que era mejor que ella.

Era casi medianoche cuando entró en el asilo de ancianos. Había obtenido permiso del personal para una visita a esa hora, y le habían dado el código de acceso de la entrada. Las enfermeras sabían que Greta casi no dormía de noche y que después de medianoche era cuando más posibilidades había de tener una conversación coherente con ella. Las últimas dos visitas habían sido un fracaso. Desde la muerte de su padre, Rory no se había conectado bien con su tía abuela. Al no tener hijos, la única familia de Greta eran su sobrino Frank Moore y su hija. El padre de Rory había sido como un nieto para ella, y Rory como una bisnieta. En el trascurso de su vida, Rory había aprendido mucho de Greta, incluyendo su amor por restaurar muñecas de porcelana. Hubo un tiempo en que la actividad preferida de ambas había sido restaurar las viejas muñecas que habían decorado las paredes de la casa de Greta. Esa pasión compartida había sido la base de su relación, y gracias a ella se habían vuelto tan cercanas durante la infancia de Rory. Ahora, desde que la demencia se había llevado la mente de Greta, las muñecas antiguas que Rory le llevaba le brindaban un camino alternativo hacia el pasado, hacia una parte de su historia en la que había felicidad, más que el sufrimiento del presente en que la enfermedad la sumía.

La visita de esa noche era interesada, también. Desde que había solicitado una reunión con El Ladrón, a Rory habían comenzado a temblarle las manos, como le había sucedido de niña. Había padecido trastornos de ansiedad desde muy pequeña y la única forma en que había podido lidiar con ellos había sido pasando tiempo con la tía Greta y trabajando en las muñecas con ella. Los padres de Rory eran conscientes del efecto que Greta tenía sobre su hija y se la enviaban cada vez que comenzaba a manifestar sus trastornos. Después de un fin de semana largo, o a veces una estadía que se extendía durante una semana, Rory volvía a su casa restaurada y renovada, como si ella misma fuera una de las muñecas sobre las que habían trabajado con Greta. Esa noche Rory necesitaba el mismo poder sanador que Greta le había brindado en su infancia difícil.

Entró en la habitación oscura con la muñeca de Camille Byrd. La tía Greta estaba sentada en la cama, con los ojos abiertos, mirando la nada. Rory la visitaba de noche no solamente porque era cuando más probabilidades había de que estuviera coherente, sino también porque sabía que su tía casi no dormía a esas horas. No le gustaba pensar en la tía Greta despierta, mirando la oscuridad. Era tanto lo que la anciana le había dado, que Rory no quería dejarla recorrer sola la recta final de su vida.

—Hola, ancianita —dijo Rory, acercándose a la cama.

Los ojos de Greta miraron brevemente hacia un lado.

—Traté de salvarte. La sangre era demasiada.

—Sí, ya lo sé —respondió Rory—. Hiciste todo lo posible. Y ayudaste a mucha, mucha gente durante tu carrera.

—Hay demasiada sangre. Tenemos que ir al hospital.

—Tía Greta, está todo bien. Están todos a salvo.

—Tenemos que ir. Necesito ayuda. Hay demasiada sangre.

Rory se quedó mirándola un instante. Le tomó la mano y se la apretó con suavidad.

—Me prometiste que me ibas a ayudar con una restauración, ¿lo recuerdas?

Rory colocó la caja con la muñeca sobre la mesa. Notó de inmediato que la actitud de su tía cambiaba. Greta fijó la vista en la muñeca, cuyo rostro dañado se veía por la ventana de la caja.

—Tuve que utilizar gran cantidad de epoxi para reparar la fractura, lo que me obligó a lijar muchísimo para dejarla suave. La reparé perfectamente, pero necesito ayuda para que la porcelana quede del color original.

Greta se irguió aún más en la cama mientras Rory abría la caja, extraía la muñeca y la colocaba sobre el regazo de su tía. Buscó los controles de la cama y levantó el respaldo para que Greta quedara bien erguida.

—Traje tus pasteles —añadió y extrajo de la mochila un amplio surtido de envases similares a los de esmalte para uñas, llenos de pintura de diferentes colores. Acomodó la mesa movible y colocó las pinturas encima.

—Necesito más luz —anunció Greta con voz áspera y ronca, diferente del tono agudo con el que hablaba cuando estaba perdida en su demencia.

Rory acercó la lámpara y encendió la luz del techo también, mientras miraba cómo su tía se ponía a trabajar. De inmediato se sintió en su infancia, en la casa de Greta, en la habitación llena de muñecas, frente a la mesa de trabajo donde ambas pasaban horas y horas.

—Oye —dijo Rory mientras Greta pintaba una capa de pintura base sobre la fractura reparada. Mantuvo la mirada sobre la muñeca mientras hablaba—. Tengo que hacer algo que me tiene… asustada.

Rory nunca utilizaba las palabras "nerviosa" ni "ansiosa". Hacerlo sería admitir demasiado. Greta siguió trabajando, sin siquiera dirigirle una mirada. Estaba perdida en la restauración.

—Tengo que encontrarme con alguien con quien papá trabajaba. Un cliente. —Rory aguardó para ver si Greta daba indicios de que la había escuchado—. Es un hombre malvado, por lo que sé. Pero no tengo otra opción, tengo que reunirme con él.

Greta inmovilizó el pincel y la miró, por fin.

—Siempre se tiene otra opción.

Rory hizo una pausa.

—Supongo que tienes razón.

Greta siguió pintando la fractura que bajaba desde la cavidad ocular.

Por supuesto, Greta había dado en el clavo. Rory bien podría haberle dicho al juez que no tomaría el caso. ¿Estaba legalmente obligada a hacerlo, acaso? Era una zona gris. Ser parte de la firma legal de su padre la ponía en posición sucesoria para tomar sus casos, pero si ella se hubiera negado, era poco lo que el juez Boyle habría podido hacer. La verdad era que Rory ya había tomado la decisión. Quería encontrarse con ese hombre por un motivo. Iba a verse cara a cara con él porque había algo que su padre le había estado ocultando. Quería saber qué era, y la única persona que podía decírselo era el prisionero que aguardaba su libertad condicional.

Greta volvió a hablar, sin dejar de cubrir la fisura con pinceladas certeras.

—Nada te puede asustar si tú no permites que te asuste.

Rory sonrió y se echó hacia atrás en la silla. Le encantaban los momentos poco frecuentes en los que podía conectar con Greta, que últimamente había parecido perdida en su locura para siempre.

Dos horas más tarde, la primera capa de pintura estaba terminada y secándose. Para un observador causal, la muñeca de Camille Byrd se veía perfecta. Pero Rory sabía que necesitaría dos capas más de pintura y esmalte antes de que estuviera impecable. Se sintió agradecida porque pronto tendría la oportunidad de volver a reconectarse con su tía.

CHICAGO

Agosto de 1979

Angela pasó el día después de su cumpleaños bajo la mirada atenta de Thomas. Hizo lo posible para mantenerse controlada mientras digería la idea de ver a un psiquiatra. Sabía que no había forma de evitarlo y que Thomas la presionaría para que fuera. La invadieron recuerdos horrendos de los años de su adolescencia pasados bajo el dominio autoritario del médico en el que sus padres habían confiado para que controlara sus arrebatos, su necesidad de lastimarse, creyendo que él convertiría a su hija introvertida en una adolescente sociable y "normal".

Después de la escapada al garaje la noche anterior, Angela había tomado los últimos comprimidos de Valium. Cuando vio brillar el sol detrás de las cortinas de la habitación esa mañana, se alegró de que la noche de sufrimiento hubiera terminado. A solas en la cama, a las nueve de la mañana, oyó cómo Thomas hacía llamadas telefónicas. Sabía que una de esas llamadas sería al doctor Solomon, para pedirle que la derivara a un psiquiatra. Angela no le había mencionado que había arrojado a un contenedor de basura la recomendación del médico, ni que no le había devuelto las llamadas.

Mientras Thomas seguía hablando, Angela se levantó, se duchó y se vistió. Cuando bajó, Thomas estaba bebiendo café en la cocina y analizando una planilla de trabajo.

—Preparé café —dijo—. ¿Te sientes mejor?

—Un poco, sí —mintió Angela mientras se servía e iba a sentarse frente a él.

—Llamé al doctor —prosiguió Thomas—. No estará en el consultorio hasta mañana. Le dejé un mensaje. Creo que te acompañaré cuando vayas al psiquiatra.

Angela asintió, sin protestar.

—Tengo un problema con el trabajo en Indiana. Necesitan que vaya a ver unos asuntos. A esta hora de la mañana, ya no habrá tanto tránsito y llegaré pasado el mediodía. Volveré a casa por la noche, no creo que más tarde que las ocho.

Por primera vez, Angela sintió que quizá se hubiera excedido con el Valium.

Después de tomar la última pastilla la noche anterior, luego de la excursión al garaje, se había sumido en una oleada de indiferencia. El collar oculto en la cesta de picnic y la idea de que Thomas le era infiel le daban vueltas sin cesar en la cabeza. Pensó en todas las veces que volvía tarde de la oficina y en la sucesión de trabajos fuera de Chicago que muchas veces lo obligaban a pasar la noche fuera de casa. Si además sumaba a todo eso el modo en que Catherine había descartado sus hallazgos, se sentía sola y aislada, sin nadie a quién recurrir. No, no era así, se dijo. Sabía que siempre habría una persona en su vida en quien podría confiar. Y su ofrecimiento de ayudarla "sea cuando fuere y por cualquier motivo" había sido incondicional. Angela nunca había pensado que necesitaría esa ayuda. Desde los dieciocho años, cuando se salvó, no había sentido necesidad de ayuda. Desde aquel entonces se había arreglado sola, sin sus padres ni el psiquiatra ni la clínica donde la habían tenido encerrada. Pero esta mañana, por primera vez en años, sintió que necesitaba ayuda y se preguntó si el ofrecimiento seguiría en pie.

—¿Podrás arreglártelas sola? —preguntó Thomas—. Si quieres le pido a Catherine que se quede contigo hoy.

—No —respondió Angela—. Recordó su infancia y cómo sus padres la vigilaban como halcones, siempre temiendo lo peor si la dejaban sola. Catherine ya no era alguien en quien pudiera confiar.

—Voy a estar bien.

Thomas la miró largamente y asintió.

—La asistente del doctor Solomon dijo que en ocasiones devuelve los llamados desde su casa, así que si suena el teléfono, no dejes de responder. Dijo que él estuvo tratando de comunicarse contigo, que llamó un par de veces.

Angela contempló el café, sintiendo que las paredes de su mundo se cerraban sobre ella. Había borrado los mensajes del doctor Solomon del contestador pensando —sin lógica alguna— que así nunca tendría que hablar con él, que de ese modo no tendría que volver al mundo de los psiquiatras. Levantó la vista, miró a su esposo y se encogió de hombros.

—Que yo sepa, no ha llamado. Pero si suena el teléfono voy a responder, por supuesto.

Media hora más tarde, vio cómo Thomas retrocedía con la camioneta hasta el callejón y se alejaba lentamente para tomar la carretera hacia Indiana. El ruido del motor apenas se había extinguido cuando Angela ya estaba en movimiento. No había podido seguir las noticias durante los últimos días, pues sabía que Thomas no querría que alimentara su paranoia con novedades sobre el cadáver encontrado la semana anterior.

Ahora, a solas, Angela sintió una repentina necesidad de enterarse de los detalles del caso. Cualquier cosa para no pensar en que Thomas podía tener un romance. No había sabido nada de Samantha Rodgers desde que había escuchado el informe radial la mañana en que había ido al depósito. Encendió el televisor, pero era tarde para los programas de noticias, que habían terminado hacía una hora. Pasó a la radio y sintonizó 780AM para escuchar programas de noticias.

Al cabo de diez minutos de conversaciones sobre el mercado financiero y luego comerciales, fue en busca del periódico.

El escalón de entrada estaba vacío y no había señales del *Tribune*. Supuso que Thomas lo habría recogido y revisó el baño. Leer en el baño era una costumbre desagradable de Thomas que nunca le había podido hacer cambiar. Buscó sin éxito por toda la casa y finalmente decidió revisar la basura. Caminó hasta el callejón y levantó la tapa de uno de los contenedores.

Dentro, encima de las bolsas de residuos negras, estaba el *Tribune* intacto, envuelto en el plástico con que lo repartían. Angela lo rescató y corrió de regreso a la casa.

El periódico estaba lleno de historias sobre El Ladrón y detalles de la única víctima cuyo cadáver había sido encontrado. Jalándose las pestañas, leyó los artículos uno por uno y luego los recortó para añadirlos a su carpeta. Volteó la página y comenzó a leer sobre Samantha Rodgers y la fosa poco profunda en la que había sido encontrado su cadáver. Sintió ardor por todo el cuerpo mientras leía.

> El cadáver de Samantha Rodgers fue hallado en una zona boscosa de Forest Glen, a menos de dos kilómetros de la carretera principal. Los magullones en su cuello descubiertos durante la autopsia sugieren que fue estrangulada. La policía de Chicago solicita cualquier información sobre la víctima en la noche en que desapareció. Según sus padres, cuando fue raptada, Samantha Rodgers llevaba puesto un collar de peridoto con brillantes que había recibido para su graduación el mes anterior. La policía está investigando en todos los locales de empeño de la ciudad y zonas aledañas para ver si aparece un collar de esas características, lo que sería la primera pista en el caso de las personas desaparecidas durante el verano. El collar en cuestión tiene grabadas las iniciales

de la víctima y su fecha de nacimiento: SR 29-7-57. Por cualquier información, comunicarse con el siguiente número telefónico.

Angela levantó la vista del periódico. Su mundo se achicó hasta que solo vio la puerta de servicio del garaje del otro lado de la ventana. Se puso de pie de un salto y salió por la puerta de la cocina.

CAPÍTULO 17

Chicago, 26 de octubre de 2019

RORY SE HABÍA PUESTO EL uniforme completo de batalla: lentes, gorro de lana, abrigo gris y borceguíes. Sintió que le ardía la cara cuando detuvo el coche en el aparcamiento. Inspiró profundamente, tratando de aclimatarse a la idea de sentarse ante el cliente más antiguo de su padre, un asesino frío y calculador, para fingir que hablaban de los detalles de su liberación. La invadía una extraña sensación de culpa cuando pensaba en que su difunto padre había tenido una turbia relación de negocios con el asesino de 1979.

"Nada te puede asustar a menos que le permitas asustarte". Siguió respirando hondo para calmarse y dejó que el pánico se alejara de ella con cada exhalación. Cuando las manos dejaron de temblarle y los pulmones comenzaron a expandirse y contraerse a ritmo normal, abrió la puerta del coche y descendió al aire fresco de la mañana otoñal. Estaba frente al Centro Correccional de Stateville de Crest Hill, en el estado de Illiniois, el hogar que había albergado a El Ladrón durante los últimos cuarenta años.

Tenía lista su identificación, había completado anticipadamente el papeleo y traía una copia de la orden del juez Boyle solicitando la visita. No obstante, el proceso de ingreso fue lento y tuvo que completar más formularios al entrar. Una mujer abrió la ventanilla corrediza y levantó la vista de la computadora.

—¿Su nombre, por favor?

—Rory Moore.

—¿Relación con el recluso?

—Abogada.

La mujer tipeó por unos instantes.

—¿Nombre del recluso?

Rory bajó la vista hacia la carpeta y leyó la etiqueta.

—Thomas Mitchell.

CHICAGO

Agosto de 1979

ANGELA DEJÓ LA PUERTA DE servicio del garaje abierta y fue directo a la cesta de picnic del estante. Al bajarla, se le cayó y rodó por el suelo, girando sobre sí misma como una moneda. El estuche también cayó, pero Angela ya tenía el collar en la mano y lo examinaba en detalle. La gema verde y los brillantes a su alrededor lucían opacos esa mañana en el garaje en penumbras, distintos de la vez en que los había descubierto. Aquel día, la luz matutina había dado vida a las piedras. Tantas cosas habían cambiado desde entonces; al igual que el collar, su vida parecía haber perdido todo el brillo.

Con manos temblorosas, giró el collar y buscó las iniciales. Lo levantó hacia la luz que entraba por la ventana hasta que pudo ver claramente el grabado en el reverso: *SR 29-7-57*.

El mundo de Angela Mitchell llegó a su fin en ese momento en el garaje. Una correlación indescifrable se había formado en su mente entre la mañana en que había intentado mover el sofá y hoy. Desde aquel día su vida se había desbarrancado y hoy se estrellaba con una explosión.

Fijó la vista en los estantes delante de ella, y sin tener conciencia de lo que hacía, revisó otros contenedores. Abrió una caja tras otra hasta que llegó a un cajón plástico en el que había decoraciones navideñas. Lo bajó del estante al suelo del garaje y levantó la tapa. Dentro había luces enrolladas encima de un objeto que al principio no logró identificar. Extrajo los rollos de luces navideñas y vio que se trataba de un bolso que no era de ella. Con una sensación ominosa en la boca del estómago y dedos temblorosos, lo abrió. Dentro había maquillaje y lápiz labial. Un paquete abollado de cigarrillos *Pall Mall* y un encendedor. Un portamonedas pequeño. Lo extrajo del bolso y el paquete de cigarrillos cayó al suelo. Angela dejó caer también el bolso y giró el portamonedas en sus manos. Se sentía mareada y su visión periférica estaba bloqueada por estrellas movedizas. Extrajo la licencia de conducir y vio la fotografía de una mujer rubia. La reconoció de inmediato como Clarissa Manning, la primera víctima, que había desaparecido en mayo. Angela había creado una detallada biografía sobre ella, al igual que sobre todas las demás.

No tenía forma de comprender del todo los horrores con los que se había topado en el depósito de Kenosha, pero de pronto, oleadas de discernimiento comenzaron a golpear las orillas de su mente. Pensó en los lazos con nudos corredizos gemelos y los artículos periodísticos que detallaban las marcas en el cuello de Samantha Rodgers. No lograba dilucidar qué podía haber sucedido allí.

De pie en el garaje, con la identificación de Clarissa Manning en una mano y el collar de Samantha Rodgers en la otra, un ruido comenzó a abrirse camino en su mente y a requerir su atención. Angela seguía sin poder ver nada salvo las reliquias que habían pertenecido a las mujeres desaparecidas. Por fin tenía la respuesta de por qué había estado tan tensa todo el verano. Por fin comprendía por qué las obsesiones y compulsiones del pasado se habían levantado de la tumba donde las había enterrado. Por más que intentara convencerse, no tenía nada que ver con el desconocido del callejón ni con Bill Blackwell. La intensidad de su terror se había debido a que había estado tan cerca del hombre que había secuestrado y matado a tantas mujeres.

El ruido de un coche aproximándose se intensificó hasta que la trajo de nuevo al presente. Se quedó mirando la pared trasera del garaje hasta que su mente por fin procesó lo que estaba oyendo. Era el traqueteo del motor de apertura del portón del garaje al accionarse y el ronroneo de la camioneta de Thomas subiendo por el callejón.

¡Se suponía que estaba en Indiana, inspeccionando el sitio de una nueva obra! Angela se miró los pies; sintió que la sangre le atronaba en los oídos. Allí, en el suelo del garaje, estaba el cajón de plástico abierto, con la tapa caída hacia un lado. Tres rollos de luces navideñas se apilaban alrededor del cajón y el contenido del bolso de Clarissa Manning estaba desparramado por el suelo. A medio metro podía ver la cesta de picnic con la tapa hacia un lado.

El portón del garaje comenzó a levantarse y el ruido de la camioneta de Thomas se hizo más fuerte.

CAPÍTULO 18

Chicago, 26 de octubre de 2019

RORY ESTABA SENTADA EN UN apartado, frente a Thomas Mitchell. Por los documentos de su padre, sabía que tenía sesenta y ocho años, pero el hombre que tenía delante parecía más joven. Surcos profundos le bajaban de los costados de la nariz por las comisuras de la boca y morían en alguna parte de la barbilla. Pero de no ser por eso, su rostro estaba firme y tenía aspecto juvenil. Si no hubiera sabido su edad, le hubiera dado menos de cincuenta y cinco años.

Impávido, miró cómo ella se sentaba frente a él; tenía las manos esposadas sobre la mesa y los dedos cruzados como en oración; todo en él emanaba paciencia. Levantó el teléfono y se lo llevó a la oreja. Rory hizo lo mismo.

—Señor Mitchell, me llamo Rory Moore.

—Me dijeron que había venido a verme mi abogado.

—Lamento informarle que Frank Moore falleció el mes pasado. Soy su hija. —Vio algo en los ojos del hombre, pero no pudo discernir si fue emoción o simplemente aceptación.

—¿Esto modifica mi liberación?

—No. He tomado el caso y me estoy ocupando de los detalles.

—¿Usted es abogada?

Rory vaciló, igual que cuando el juez Boyle le había preguntado lo mismo.

—Sí —respondió por fin—. Trabajaba con mi padre en ocasiones, y me he reunido con el juez que supervisa su libertad condicional.

Thomas Mitchell no pronunció palabra, de modo que Rory prosiguió:

—El juez y mi padre estaban negociando los términos de su libertad condicional. Estoy al tanto de todos los detalles. —Abrió la carpeta que tenía delante—. Usted posee bienes. —Extrajo una hoja de la carpeta—. En la cuenta tiene un poco más de novecientos mil dólares. Si maneja el dinero con inteligencia, debería alcanzarle para el resto de su vida.

Él asintió.

—Mi padre tenía poder legal sobre sus finanzas. Esos derechos me han sido transferidos y el juez me pidió que lo ayude a establecerse financieramente después de que lo liberen. El mundo bancario cambió mucho desde que usted era un hombre libre. El juez me solicitó que lo ayude con sus finanzas durante el primer año y medio.

—¿Y dónde voy a vivir? No quiero ir a una vivienda supervisada —dijo—. Frank se estaba encargando de eso.

—El juez lo autorizó a vivir en la propiedad ubicada cerca de Starved Rock. Veo que heredó la cabaña de un tío en 1994. Mi padre se la protegió en un fideicomiso y desde ese momento ha estado en alquiler. El juez me ha encomendado, junto con Naomi Brown, su asistente social, y su oficial de libertad condicional, Ezra Parker, que inspeccione la residencia antes de que lo liberen.

—Muy bien —respondió El Ladrón—. Por favor asegúrese de que esté encendida la calefacción.

Rory hizo una pausa ante el sutil intento de humor.

—¿Ya conoce la cabaña?

—Fui cuando era niño. Me sorprendió que mi tío me la dejara en su testamento. Pero me alegra tenerla y que Frank la haya mantenido anónima.

Había leído abía leído los papeles de su padre relacionados con la propiedad heredada. Ahora comprendía por qué la había puesto en un fideicomiso: para asegurarse el anonimato del dueño.

—Durante los doce primeros meses, deberá cumplir con una larga serie de requisitos. —Rory extrajo otra hoja de la carpeta—. Deberá reunirse y hablar regularmente con su oficial de libertad condicional. Se le asignará también una asistente social que se asegurará de que se esté adaptando bien. Tendrá que ver a una lista de médicos: un clínico que le hará exámenes periódicos de drogas y un psicólogo al que deberá ver cada dos semanas. Todo esto apunta a ayudarlo a reinsertarse en la sociedad.

—No va a haber ningún tipo de reinserción social. Mucha gente va a salir a buscarme. Y si alguien se entera de dónde vivo, será el final para mí. Frank se había anticipado a esto y tomó medidas para mantener mi privacidad. Y por el mismo motivo, dudo que sea una buena idea ayudarme a conseguir empleo. Nadie me va a querer contratar y, además, contribuirá a que me puedan encontrar. Tengo suficiente dinero como para vivir recluido, que es lo que pienso hacer.

—El juez rechazó el requisito del empleo debido a su edad, su notoriedad y el hecho de que cuenta con medios económicos. Le haremos llegar los papeles de todos estos requisitos para que los firme. Cuando todo esté firmado, avanzaremos con la libertad condicional. Su liberación está programada para el 3 de noviembre. ¿Alguna pregunta?

—Sí. ¿Qué le sucedió a Frank?

Rory miró al hombre a través del grueso cristal. El modo en que había dicho el nombre de su padre le parecía personal.

—Tuvo un ataque cardíaco.

—Qué pena.

Rory entornó los ojos detrás de los lentes.

—Usted y mi padre parecían conocerse bastante.

—Sí. Era mi abogado, y además de la gente de la prisión, era el único con quien tenía contacto regular.

Rory quería preguntarle qué había hecho su padre por él durante cuarenta años. Era más que ocuparse de las apelaciones y audiencias de libertad condicional. Quería saber por qué este hombre había pagado más de doscientos mil dólares a su padre por servicios.

Como si le leyera la mente, El Ladrón dijo:

—Mire, siento mucho lo de Frank. Era lo más parecido a un amigo que tuve. Pero tengo que concentrarme en salir de aquí y permanecer anónimo una vez que esté afuera. ¿Me puede ayudar con eso?

Su amigo. El teléfono de Rory vibró en el bolsillo trasero. Dos veces. Tres. Tres notificaciones seguidas. Le dedicó una sonrisa forzada a Thomas Mitchell, extrajo el teléfono y leyó la pantalla.

> **Rory: estoy muy interesada en hablar contigo sobre Angela Mitchell. Estoy en Chicago y me encantaría que nos encontremos. Catherine Blackwell.**

Rory casi había olvidado el mensaje que había dejado en la sección de comentarios de la página de Facebook de Catherine Blackwell. Miró a Thomas Mitchell. Una mujer seguía buscando justicia cuarenta años después de que este sujeto hubiera matado a su esposa. Sintió el impulso de responderle de inmediato.

—Su liberación sigue programada para la semana que viene —dijo, levantando la vista del teléfono—. No ha habido cambios.

Thomas Mitchell asintió, colgó el teléfono y oprimió el botón de llamada debajo de él. Un instante después, apareció un guardia y se lo llevó.

CHICAGO

Agosto de 1979

THOMAS TOMÓ POR EL CALLEJÓN y oprimió el control del portón automático del garaje. Mientras conducía lentamente hacia la parte trasera de su casa, vio que la tapa del contenedor de residuos estaba caída en medio de la calle. Frenó, detuvo el coche y bajó a recoger la tapa. Cuando la estaba poniendo en su lugar, notó que el periódico que había arrojado en el contenedor temprano esa mañana ya no estaba. Puso una piedra sobre la tapa para impedir que se cayera y miró hacia el patio trasero y la ventana de la cocina, donde había dejado a Angela hacía menos de una hora. Tenía los sentidos en alerta roja desde la noche de su cumpleaños, cuando la había encontrado en el garaje. Esa mañana, después de conducir veinte minutos por la autopista Kennedy, intuyó que algo no estaba bien. Decidió que su viaje a Indiana podía esperar. Las cosas podían estar desmoronándose en casa y tenía que ocuparse del tema.

Subió de nuevo a la camioneta, entró en el garaje y notó de inmediato que las cajas y las gavetas del estante no estaban en su sitio. Conocía bien esa parte del garaje: era donde escondía sus tesoros. Ahora, al mirar los estantes, comprendió que se había equivocado al dejar las cosas como estaban. ¿Cómo saber qué había encontrado Angela si había estado revolviendo las cajas?

Apagó el motor, descendió de la cabina y cerró la puerta. Se paró frente al estante y realizó un inventario visual. Al parecer, había movido las cosas pero no era posible saber si había revisado algo. Mientras se dirigía a la puerta de servicio que daba al jardín trasero, vio monedas desparramadas en el suelo. Se volvió de nuevo hacia el estante y buscó el cajón de plástico transparente donde estaban los rollos de luces navideñas y el bolso de una de las chicas. Lo había colocado allí inmediatamente después de la sesión y todavía no se había deshecho de él. Era difícil deshacerse de las cosas de las mujeres. Le gustaba saborearlas durante un tiempo, hasta que se le pasaba La Euforia. Debió haberlas guardado en el depósito, pero encontraba un placer perverso en tener esos objetos personales tan cerca de su casa.

Tomó la caja del estante, abrió la tapa y encontró los tres rollos de luces sobre el bolso, igual que como los había dejado. Apoyó la cintura contra la caja para afirmarla contra el estante y tener las manos libres, luego movió las luces y tomó el bolso. Lo abrió y revisó el contenido: cigarrillos, un encendedor, artículos de maquillaje. Sus dedos se toparon con el portamonedas y lo extrajo. Era pequeño, delgado, con un cierre que permitía guardar monedas sueltas y compartimentos para las tarjetas y documentos. Thomas dirigió la mirada a las monedas desparramadas en el suelo.

Abrió el portamonedas y vio que el compartimento frontal, de fácil acceso, donde debía estar la licencia de conducir, estaba vacío. Revisó el bolso, pero no pudo encontrar la tarjeta de identificación de la chica. Se inclinó hacia la derecha, manteniendo la caja afirmada contra el estante y espió por las cortinas de la puerta de servicio hacia la parte trasera de su casa. La cocina estaba vacía.

Frunció el ceño mientras pensaba en la posibilidad de que su esposa hubiera descubierto el secreto. Las implicancias eran desastrosas. Volvió a guardar el bolso en la caja, sin molestarse en cerrarlo. Dejó caer el portamonedas encima y luego arrojó las luces dentro de la caja. La dejó sobre el estante, buscó la cesta de picnic y dejó caer la tapa al suelo. Extrajo el mantel y vio que la cesta estaba vacía.

La dejó caer al suelo, salió por la puerta de servicio del garaje, cruzó el patio trasero y giró la manija de la puerta de la cocina. Estaba abierta.

—¡Angela! —gritó al entrar.

No obtuvo respuesta.

Oyó un golpe metálico en el sótano y se dirigió a las escaleras. Bajó rápidamente y al llegar abajo, vio luz en el lavadero. La secadora estaba encendida y la tapa de la lavadora estaba abierta. Angela estaba echando ropa dentro de la máquina.

Angela se sobresaltó cuando él se acercó y gritó. Comenzó a temblar y se dejó caer al suelo.

—Perdóname —dijo Thomas—. No respondiste cuando te llamé.

Angela levantó la mirada y se pasó una mano por el cabello.

—La lavadora y la secadora estaban encendidas. No te escuché.

—Lamento haberte asustado —dijo Thomas y extendió la mano para ayudarla a levantarse. Miró a su alrededor, evaluando la situación—. La puerta trasera estaba sin llave. Pensé que habíamos acordado en que dejaríamos las puertas cerradas.

—Uy —dijo Angela—, me debo de haber olvidado de echarle llave.

—¿Saliste?

—Sí, más temprano. Saqué la basura.

Thomas recordó el contenedor de basura con la tapa caída y el periódico que había desaparecido.

—¿Qué haces de vuelta en casa? —preguntó Angela.

La lavadora arrancó ruidosamente a girar, salpicando agua.

Angela bajó la tapa para ahogar el sonido. La secadora zumbaba y emanaba calor.

—Decidí que mejor iría mañana —dijo Thomas.

Angela asintió. Él sentía su nerviosismo, distinto del normal.

—Ven, subamos —dijo Angela, tomando la cesta de ropa vacía—. Te prepararé algo de almorzar.

Bajo la mirada de Thomas, atravesó el sótano y subió las escaleras. A solas en el lavadero, Thomas volvió a pasear la mirada por el lugar. Intuía que algo no estaba bien. Levantó la tapa de la lavadora y vio cómo el agitador giraba en el agua, moviendo la ropa hacia un lado y el otro y creando espuma. Permaneció inmóvil, prestando atención a los sonidos que lo rodeaban. Por fin su mirada se posó sobre la secadora. Escuchó el zumbido e identificó lo que no estaba bien. Lo que le había llamado la atención no era un ruido, sino la falta de él. La secadora zumbaba por lo bajo, pero no se oía el movimiento de la ropa en su interior. No tintineaban los botones ni los broches contra el interior de metal. No se oía el golpe sordo de la ropa mojada contra el tambor giratorio.

Se inclinó y abrió la puerta de la secadora. El aire seco y caliente brotó como un hongo de la máquina. Cuando se disipó, Thomas miró adentro. Estaba vacía.

CHICAGO

Agosto de 1979

ERA JUEVES POR LA MAÑANA, el día después de que Thomas volvió inesperadamente y la sorprendió en el garaje. Habían pasado veintidós horas desde que había visto el rostro de Clarissa Manning mirándola desde la licencia de conducir que había encontrado oculta en el garaje. Menos de un día desde que había identificado el misterioso collar que había descubierto hacía semanas como el de Samantha Rodgers. ¿Habría más joyas allí, pertenecientes a las otras mujeres cuyas biografías había armado? Angela había pasado gran parte de la noche del miércoles fingiendo dormir mientras imaginaba los estantes del garaje cargados con posesiones de las mujeres desaparecidas.

Como la presión dentro de una olla, su paranoia iba aumentando con cada hora que transcurría. Estaba convencida de que Thomas sabía de sus hallazgos. Había guardado las cajas de forma tan apresurada que sin duda se habría dado cuenta de que las había estado revisando. Thomas había cancelado el viaje a Indiana y hoy no había ido a trabajar. Su preocupación por que Angela viera al médico había sido sustituida por una nueva: el garaje. Angela lo observó toda la mañana desde la ventana de la cocina, jalándose las pestañas y pellizcándose las cejas. De vez en cuando Thomas aparecía en el marco de la puerta de servicio cuando salía del garaje a la camioneta estacionada en el callejón, cargado con cajas y cajones.

En el momento en que el motor de la puerta del garaje se había accionado la mañana anterior, Angela había guardado las cajas a toda prisa y había corrido a la cocina. Pensó en encerrarse en el baño y decir que no se sentía bien. Sin duda resultaría creíble, pues había estado muy mal en las semanas anteriores. Pero eligió el lavadero. Con la lavadora y secadora encendidas, podía argumentar que no lo había escuchado llegar luego de fingir asustarse cuando él la encontrara. Había tenido unos minutos adicionales para ocultar la licencia de Clarissa Manning, que guardó en el bolsillo delantero de sus pantalones. El collar de Samantha Rodgers había ido a parar a la lavadora, junto con la ropa que estaba en el suelo. Sintió hormigueo en todo el cuerpo cuando dejó a Thomas solo en el sótano. Después que ella subió, él permaneció allí un par de minutos y Angela temió que introdujera la mano en el agua espumosa y se topara con el collar.

Ahora, sentada en la cocina en la mañana del jueves, analizó desesperadamente sus opciones. Necesitaba huir de la casa y de su esposo. Pensó en las alternativas mientras observaba cómo Thomas vaciaba el garaje. Su primer instinto fue echar a correr, salir por la puerta principal y no detenerse. Pero ¿adónde podía ir? ¿A casa de Catherine? No. ¿A la policía? Tal vez, pensó. Pero imaginó sus caras desdeñosas cuando revelara sus teorías alocadas. Lo más probable era que la metieran en un patrullero y la llevaran de regreso con Thomas.

Sonó el teléfono. Thomas seguía cargando la camioneta, así que Angela fue hasta el aparato y levantó el tubo.

—¿Hola?

—Señora Mitchell, habla el doctor Solomon. He estado tratando de comunicarme con usted.

Angela calló, fastidiada consigo misma por haber respondido.

—¿Señora Mitchell, está ahí?

—Sí —respondió en voz baja—. Disculpe que no le devolví las llamadas.

—Señora Mitchell, necesito que deje de tomar el Valium que le receté.

El envase estaba vacío, por lo que eso no sería un problema.

—¿Señora Mitchell?

—Aquí estoy.

—Deje de tomar el Valium y venga a verme al consultorio.

El doctor Solomon siguió hablando y Angela sintió cómo la voz metálica por la estática le reverberaba en la mente mientras él le explicaba los resultados de los análisis. Soltó el auricular y dejó que se le deslizara por el hombro. Le rebotó contra el pecho y quedó colgando de la pared, girando en círculos. Creyó escuchar la voz del doctor Solomon preguntando otra vez si seguía allí. Se dejó caer al suelo, con la espalda contra la pared. Si el envase de Valium no hubiera estado vacío, habría tragado todo el contenido restante.

CHICAGO

Agosto de 1979

ANGELA ESTABA DESPIERTA EN LA cama el jueves por la noche, pensando en el garaje vacío. Lo único que quedaba era lo realmente importante: el collar de Samantha Rodgers y la licencia de conducir de Clarissa Manning, y había ocultado ambas cosas. Thomas casi no le había hablado desde que la encontró en el lavadero, por lo que no había forma de averiguar si sabía que había encontrado esos objetos.

Además de la imagen del garaje vacío grabada en la mente,

la voz del doctor Solomon también le daba vueltas sin cesar en la cabeza y los oídos, como un disco rayado. Hacía varias noches que no dormía y ahora, por fin, en la cama vacía —puesto que Thomas seguía vaciando la casa— el cansancio la venció y cayó en un sueño inquieto.

Soñó con el depósito oculto de Kenosha. Caminaba por el espacio en penumbra; la tenue luz gris de la mañana iluminaba apenas las ventanas altas entre las vigas. Cuando llegaba a la parte trasera del depósito, giraba la manija de la habitación oculta y la puerta se abría. Una vez que las bisagras cesaban su chirrido, Angela oía otra cosa. Un gemido suave. Entraba en la habitación tenebrosa y veía que Clarissa Manning colgaba de una de las horcas mellizas. *Ayúdame,* susurraba la chica. En los brazos sostenía algo. Angela se acercaba a ver qué era. Cuando sus ojos se adaptaban a la oscuridad, veía que se trataba de un bebé envuelto en la lona verde que había ocultado la puerta. Extendía la mano hacia la lona y el bebé comenzaba a chillar.

Angela se incorporó y abrió los ojos. Respiró hondo, como si saliera de debajo del agua. Los gemidos y las súplicas de Clarissa Manning en su pesadilla habían sido remplazados por el ronroneo del motor de la camioneta de Thomas. Se levantó y corrió hasta la ventana. Vio cómo Thomas salía por el callejón, con la camioneta llena de cajas y cajones del garaje y el sótano.

Se vistió a toda prisa. Sabía que tenía un margen de tiempo muy limitado. Bajó corriendo la escalera y vio que Thomas había revisado todos y cada uno de los rincones de la casa. Angela había dejado la carpeta con toda la información en la casa de Catherine el domingo por la mañana, al huir después del regreso de Bill. Ahora se alegraba de habérsela olvidado. Si la hubiera tenido en el baúl del dormitorio, donde la guardaba cuando no trabajaba en completarla, Thomas sin dudas la habría descubierto. Angela quería desesperadamente llevar la carpeta consigo, pero sabía que no había forma de recuperarla. No tenía tiempo.

La licencia de conducir de Clarissa Manning seguía en el bolsillo de sus pantalones. La recuperó y bajó corriendo al sótano. Al entrar, vio que Thomas había revisado todo el lugar. Las gavetas estaban abiertas y había cosas en el suelo. Las estanterías estaban vacías y ya no recordaba qué había habido en ellas. Sintió un escalofrío al pensar en todas las pruebas con las cuales podía haber estado conviviendo desde hacía dos años. Se preguntó cuántas otras pertenencias habrían estado guardadas allí y si podría haber hecho algo para desbaratar el reino de terror de Thomas, que estaba segura había comenzado hacía una década. En los estantes podían haber estado todas las pruebas que confirmarían su teoría. No obstante, creía que le alcanzaba con lo que tenía.

Corrió hasta la lavadora y levantó la tapa. La ropa que había puesto a lavar la mañana anterior seguía allí, aplanada y húmeda, pegada contra las paredes del tambor por el centrifugado. Liberó las prendas una por una hasta que oyó un ruido metálico. Introdujo la mano y encontró el collar de Samantha Rodgers. Sintió un leve alivio al comprobar que Thomas no lo había descubierto.

Cuando estuvo otra vez arriba, pasó treinta frenéticos minutos anotando todos sus hallazgos de la última semana. Había pasado las noches escuchando cómo Thomas se movía por la casa, desde el sótano a la camioneta, vaciándola de pruebas. Había escuchado y rezado, debatiéndose entre el pánico y períodos de sueño intermitente, en los que soñaba con Clarissa Manning colgada de una horca. Había luchado contra el impulso de huir, gritar y llorar. Conteniendo la respiración noche tras noche, había trazado un plan.

CAPÍTULO 19

Chicago, 27 de octubre de 2019

PARA RORY, CONOCER GENTE NUEVA era tan poco atractivo como tener que hacerse un tratamiento de conducto. Le iba mucho mejor cuando la persona desconocida ya no estaba en este mundo, cuando era una víctima que necesitaba de ella para que reconstruyera su muerte y descubriera qué le había sucedido. Relacionarse con personas vivas le resultaba mucho más difícil. Interactuaban, hacían preguntas y la juzgaban. Pero reunirse con Catherine Blackwell le ofrecía una oportunidad que no encontraría en ningún otro lado. La necesidad de hablar con alguien que había conocido a Angela Mitchell la consumía. No podía explicar por qué deseaba tanto saber todo sobre ella.

Ya era mediodía cuando subió los escalones de la casa estilo bungalow y tocó el timbre. Si bien no se había creado una imagen mental de Catherine Blackwell más allá de la descolorida fotografía de Facebook, se sorprendió al ver a una señora de cabello blanco cuando la puerta se abrió. Parecía de unos setenta años, quizá más. Las cuentas daban bien, si había sido amiga de Angela Mitchell en 1979.

—¿Rory? —preguntó Catherine.

—Sí. ¿La señora Blackwell?

—Llámame Catherine. Pasa.

Rory entró y siguió a la mujer hasta la cocina.

—¿Quieres darme tu abrigo?

Rory, inconscientemente, tenía el puño cerrado alrededor del botón superior que le rodeaba la base del cuello.

—No, gracias, estoy bien —respondió y con esfuerzo logró quitarse el gorro. Hasta allí llegaría.

—¿Quieres café?

—No, gracias.

Catherine se sirvió una taza y se sentaron a la mesa de la cocina, sobre la cual había varias carpetas con información.

—Me entusiasmé mucho al recibir tu mensaje —dijo Catherine—. No he tenido demasiado tráfico en mi página de Facebook últimamente.

—Me alegró dar con usted —respondió Rory, acomodándose los lentes sobre el puente de la nariz.

—A mi edad avanzada me he convertido un poco en detective —prosiguió Catherine—, y me enorgullece manejarme bien con la era digital, al revés de mucha gente de mi edad. Después de ver tu comentario en la página, estuve husmeando un poco. Tienes una gran reputación en el mundo de la investigación forense.

Rory asintió, desvió la mirada y volvió a tocarse el cuello del abrigo, para asegurarse de que el botón superior siguiera cerrado. La hacía sentirse segura, protegida, de algún modo anónima, aunque era una ilusión.

—Sí. Trabajo para la Policía de Chicago como asesora especial, digamos.

—Y también en el Proyecto de Responsabilidad de Asesinatos —añadió Catherine, sonriendo—. ¿Por eso me contactaste? ¿La policía de Chicago está investigando el caso de Angela otra vez?

Rory no respondió. *¿Investigando?*

—No, la verdad es que la curiosidad que siento por Angela Mitchell es puramente personal. —Rory se movió en la silla y se inclinó levemente hacia delante—. ¿Cómo conoció a Angela? Si no le molesta que le pregunte, claro.

Catherine sonrió y contempló el café humeante.

—Éramos muy buenas amigas. Fue hace muchísimo tiempo, en realidad. —Levantó la vista—. Tal vez ahora, cuando pienso en nuestra amistad, le doy más relevancia de la que tenía. Pero yo quería mucho a Angela. Era una mujer distinta, especial.

—¿Por qué especial? —preguntó Rory, a pesar de que creía conocer la respuesta.

—Era una amiga muy querida, pero también una mujer con muchísimos problemas. Tal vez por eso nos hicimos tan amigas. Ella no tenía apoyo: estaba distanciada de sus padres, por lo poco que me contó, y no tenía otros familiares en quienes apoyarse. Angela sufría de lo que hoy llamaríamos autismo, pero en aquel entonces nadie la comprendía, pobrecita. También tenía un trastorno obsesivo-compulsivo y brotes de paranoia que le impedían funcionar normalmente. Pero a pesar de todo eso, logramos tener una amistad normal que para mí era muy importante. Durante el verano de 1979, antes de su desaparición, estaba pasando por un período muy malo con sus trastornos y temo…

Rory aguardó un instante.

—¿Qué es lo que teme?

—Temo haberla tratado igual de mal que todas las personas a las que ella intentaba evitar.

—¿Qué sucedió?

Catherine bebió un trago de café para tranquilizarse.

—Seguramente estarás al tanto de las mujeres desaparecidas en el verano de 1979.

Rory asintió. Lane le había contado brevemente sobre esas mujeres. A ninguna habían podido relacionarla con Thomas Mitchell, aunque se especulaba que las había matado.

—Ese verano, Angela se obsesionó con las desapariciones. Elaboró una teoría sobre quién las había raptado y cómo las había matado. Pero eran ideas alocadas, consideradas quizá por algunos como teorías conspirativas: ella pensaba que el mismo hombre había matado a una cadena de mujeres a lo largo de diez años. Lo había investigado exhaustivamente. Tenía muchísimo material y hasta gráficos y un modelo detallado de cómo había sucedido todo. Mujeres similares asesinadas de forma parecida, siempre en una zona específica de la ciudad.

Rory contuvo el aliento. Pensó en su trabajo en el Proyecto de Responsabilidad de Asesinatos, en el esfuerzo que hacían ella y Lane para encontrar similitudes entre homicidas que apuntaran a tendencias y a asesinos seriales. Pensó en los casos que habían sido resueltos gracias a su algoritmo. Angela Mitchell había estado haciendo algo parecido antes de que se utilizaran las computadoras, antes de que se calcularan algoritmos, antes de que existiera Internet y se pudiera tener toda la información al alcance de la mano. Rory sintió que la curiosidad que le despertaba Angela Mitchell se arraigaba aún más en su mente.

—Aquí tienes —dijo Catherine—. Mira todo lo que investigó. —Empujó hacia ella una carpeta de tres anillos—. Esto es todo lo que Angela compiló aquel verano sobre las mujeres desaparecidas y sus teorías sobre lo que les sucedió.

Rory se acercó la carpeta y la abrió. Era extraño ver tanto material, mayormente manuscrito. Muchas páginas parecían haber sido fotocopiadas de libros, pues se veían las sombras de las viejas máquinas Xerox. Pero la mayoría de las anotaciones estaban escritas a mano con letra prolija. Recordó la horrible caligrafía de los detectives del caso de Camille Byrd. La letra de Angela Mitchell era impecable.

Volteó página tras página de descripciones y biografías completas de las mujeres desaparecidas en 1979. A Angela debía de haberle tomado horas compilarlas. Leyó los nombres, los detalles de sus vidas y de las desapariciones; su mente clasificó todo en categorías e imágenes, como siempre que leía algo. Solamente un cuerpo había sido hallado: el de Samantha Rodgers. Angela había descrito a la mujer en gran detalle.

Rory volteó otra página y se encontró con un meticuloso dibujo.

—¿Qué es esto?

Catherine se inclinó por encima de la mesa para ver mejor.

—Ah —respondió—. Esa fue una de las últimas teorías de Angela. Me contó que encontró ese aparato en el depósito de Thomas, oculto en una habitación trasera. Angela creía que lo usaba para matar a las mujeres, que las ahorcaba de algún modo con ese aparato. Eso ya fue demasiado para mí.

Rory estudió el estrambótico dibujo que mostraba lazos de horca enfrentados: la cuerda que los separaba pasaba por un sistema de poleas triple que tomaba la forma de una M y tenía aspecto medieval.

—Con gran tristeza debo admitir —prosiguió Catherine— que cuando Angela me mostró todo esto antes de desaparecer, le di la espalda. Le dije que sus teorías eran demenciales, que no podía tener razón. Que el asunto de las mujeres desaparecidas la había afectado demasiado y que iba por mal camino. Traté de convencerla de que no corría peligro. Pero después… —Catherine desvió la mirada hacia la taza de café. Cuando volvió a hablar, lo hizo en voz más grave y baja—. Después desapareció.

Rory no se dio cuenta de lo que sucedía al principio, pero después comprendió que Catherine Blackwell se había echado a llorar. Se revolvió en la silla, incómoda. Era incapaz de consolar a desconocidos.

—Bueno, bueno —se oyó decir, y se preguntó de dónde habrían salido las palabras y qué diablos significaban.

Carraspeó y continuó—. ¿Por qué tiene en su poder todas las anotaciones de Angela?

—Justo antes de desaparecer, las dejó en mi casa; nunca supe si se las olvidó o lo hizo adrede.

—¿Por qué no las llevó usted a la policía?

—Porque la policía no iba a acusar a Thomas de nada, salvo del asesinato de Angela. Eso quedó claro desde un principio.

—Pero este dibujo. —Rory señaló la hoja—. ¿La policía no encontró este aparato en el depósito de Thomas?

—El depósito se incendió. Él se aseguró muy bien de que no quedara nada que pudieran encontrar.

Rory echó un último vistazo a las notas de Angela y luego cerró la carpeta.

—Me intriga el asunto de la página de Facebook. Usted la llama *Justicia Para Angela* y pide que cualquiera que tenga información se ponga en contacto. ¿Qué es exactamente lo que busca después de tantos años?

Catherine se compuso y miró a Rory.

—Respuestas —dijo, secándose los ojos con un pañuelito de papel—. Hace décadas que busco respuestas. La página de Facebook es solo una forma de hacer más pública mi búsqueda.

—Pero eso es justamente lo que no logro entender. ¿Qué clase de respuestas? Hubo un juicio y una condena.

Catherine sonrió, pero era más una mueca de desilusión que otra cosa.

—El juicio no cerró nada. Solamente le dio un poco de tranquilidad mental a la ciudad de Chicago y a sus residentes aterrados. Pero no respondió ni una sola pregunta sobre Angela Mitchell. Han pasado cuarenta años y yo sigo queriendo saber qué le sucedió.

Rory entornó los ojos, ladeó la cabeza y miró a Catherine Blackwell.

—Pero… la mató su esposo.

—No, no —replicó Catherine, meneando la cabeza—. Justamente: eso no es cierto. Mira, hay algo que tienes que saber sobre Angela.

Rory aguardó.

—¿Qué cosa?

—Tenía una inteligencia descomunal. Era demasiado inteligente como para dejarse matar por Thomas. Angela desapareció por propia voluntad. Yo le di la espalda justo antes de eso y nunca me lo perdoné. Espero algún día poder decirle cuánto lamento la forma en que la traté.

Rory se echó hacia adelante y apoyó los codos sobre la mesa de la cocina.

—Pero… ¿piensa que Angela está viva?

Catherine asintió.

—Claro que está viva, no lo dudo. Y ruego que me ayudes a encontrarla.

CHICAGO

Agosto de 1979

Era casi medianoche cuando Thomas Mitchell detuvo el coche en el aparcamiento del depósito de Kenosha. El largo camino industrial que llevaba a su lote recluido siempre había sido excelente para cubrirse. Durante el día, podía ver si se acercaba un coche en cuanto tomaba el camino y comenzaba a levantar polvo. Por la noche, las luces delanteras anunciaban la presencia de un vehículo con la misma claridad que un faro costero. Y si alguien intentaba acercarse sigilosamente, el ruido del automóvil sobre el ripio delataría al visitante antes de su llegada.

Hasta hacia muy poco, sin embargo, nunca había tenido que preocuparse por ese tipo de cosas. Había tomado recaudos para no dejar rastros y distribuido los cadáveres a buena distancia del depósito. Pero el gran error había sido subestimar a su esposa. No había tomado en cuenta su sagacidad. Ahora tendría que tomar precauciones mientras decidía cuál sería la mejor forma de ocuparse de ella. Dejarla sola en la casa era un riesgo, pero se le había tornado indispensable la visita al depósito. Lo que no sabía, por supuesto, era cuánto había descubierto Angela y qué era exactamente lo que sabía. Lo más seguro era suponer que sabía todo, aunque eso era imposible.

Pensó brevemente en la noche anterior cuando había vaciado la casa. Se le había ocurrido traerla aquí al depósito para terminar las cosas como correspondía, pero se le presentaron varios obstáculos. El más importante era que luego tendría que dar aviso a la policía por la desaparición de su esposa. La añadirían a la lista de posibles víctimas del hombre al que llamaban El Ladrón y lo incomodarían con atención y presión. En parte, le fascinaba fingirse afligido por el horror que asolaba la ciudad este verano. Pero la logística de esa decisión era complicada y Thomas había optado por un camino diferente: vaciar el garaje y el subsuelo de lo que había ido acumulando —una década de objetos, muchos de los cuales ya no recordaba— y trasladar todo a la habitación oculta del depósito.

Desde el comienzo había tomado recaudos por si las cosas comenzaban a desmoronarse o por si cometía un error; lo que nunca se le había ocurrido era que la amenaza vendría desde adentro de su propio hogar, y el dilema lo había desconcertado. Su esposa era, por lo general, una persona sumamente predecible. A él no le resultaba difícil manipularla ni controlarla. Estaba seguro de que, con tiempo, se enteraría de todo lo que ella había descubierto y podría darlo vuelta de tal forma que ella terminaría convencida de que había cometido un gran error. Pero eso requería tiempo, y no sabía con cuánto contaba.

Cuando terminó de vaciar la caja de la camioneta, se metió debajo de los camiones mezcladores y perforó los tanques de combustible. Diez minutos más tarde, cuando cerró las puertas con llave, el olor a gasolina ya era penetrante. Mientras se alejaba del complejo por el camino polvoriento, vio por el espejo retrovisor cómo el brillo de las llamas comenzaba a elevarse desde el depósito.

CHICAGO

Agosto de 1979

EL PAQUETE LLEGÓ EL SÁBADO por la mañana, junto con una gran pila de correspondencia, a la recepción de la estación de policía. Quedó allí, olvidado, durante dos horas, hasta que la empleada se puso a clasificar la correspondencia. El sobre de papel manila grande, grueso y acolchado, terminó por fin en el buzón de los detectives, donde permaneció durante otra hora. Después del almuerzo, uno de los detectives lo recogió y lo inspeccionó. Había un nombre y una dirección en el extremo superior izquierdo.

Eructando el exceso de comida rápida y de refrescos, lo llevó a su escritorio, se sentó y lo abrió. Espió adentro y después volcó el contenido sobre el escritorio. Sobre el papel secante cayeron una licencia de conducir con fotografía, un collar con brillantes y una gema verde, recortes de periódicos y una carta escrita a mano. El detective inspeccionó el collar y quedó paralizado al ver el nombre en la licencia de conducir.

Cuando por fin leyó el artículo y la carta, levantó de inmediato el teléfono y marcó un número. Era sábado por la tarde y había poco personal presente.

—Hola, jefe —dijo el detective—. Discúlpeme por molestarlo un fin de semana, pero tiene que venir a ver lo que llegó.

Dos horas más tarde, ya se habían hecho las llamadas pertinentes y se habían verificado los hechos; a las tres de la tarde del sábado, los detectives volvieron a guardar todo en el sobre, se calzaron las pistolas y las chaquetas y salieron del precinto.

CHICAGO

Agosto de 1979

Dos DÍAS DESPUÉS DE QUE el fuego consumió el depósito, Thomas Mitchell se encontraba consternado. Estaba sepultado bajo informes policiales, reclamos a la aseguradoras, solicitudes de pago a empleados y clientes, y trabajos que debían terminarse. Había anticipado todo eso, sabía que era esperable. Pero no era eso lo que lo tenía mal. Después de haber incendiado el depósito, había vuelto a su casa a altas horas de la noche, con aliento a whisky debido a la escala en el bar y se había dejado caer, semiinconsciente, sobre el sofá.

Cuando despertó tarde el sábado por la mañana, tenía una larga lista de cosas que hacer. Esa tarde se percató por primera vez de la presencia del patrullero estacionado del otro lado de la calle. Cuando se dirigió a la oficina de la aseguradora, vio por el espejito retrovisor que el patrullero lo seguía. Tenía que ir a otros sitios, pero no se atrevía a arrastrar con él a la policía; no era seguro. Horas más tarde, después de estacionar de nuevo en el garaje, fue hasta la sala y espió por la cortina. El patrullero estaba otra vez en su sitio, del otro lado de la calle.

Al caer la noche, comenzó a hacer llamados, como correspondía a un esposo preocupado. Llamó a Catherine Blackwell y hasta a los padres de Angela. Nadie había sabido de ella, como esperaba. Pero quería dejar constancia de su preocupación de manera tal que, si alguien verificaba, vería intentos desesperados por encontrar a su esposa.

A las nueve de la noche había agotado todas las opciones y comprendió que el siguiente paso lógico sería informar a la policía. Tragó con fuerza ante la sola idea. Se había encargado del depósito, y el garaje y el sótano estaban vacíos. A pesar de las precauciones, tenía la sensación de que todo comenzaba a colapsar y que tal vez debería pensar en el último recurso: huir.

Tenía dinero guardado justamente para eso, pero antes de que pudiera dedicarle más tiempo a la idea, oyó golpes a la puerta principal. Recorrió la casa vacía con la mirada, luego fue hasta el vestíbulo y abrió la puerta. En el porche de la casa había dos hombres de traje. El calor húmedo de la noche estival les perlaba la frente de sudor.

—¿Thomas Mitchell?

—¿Sí?

El hombre extrajo una placa de identificación de la cintura y la sostuvo delante del rostro de Thomas.

—Policía de Chicago. Nos gustaría hablar con su esposa.

Una sombra cubrió el rostro de Thomas, que se esforzó por disimular la angustia del instinto de supervivencia y convertirla en algo que pasara por preocupación conyugal. Carraspeó y respondió:

—Desde esta mañana que no sé nada de ella.

CAPÍTULO 20

Chicago, 27 de octubre de 2019

SEGUÍAN SENTADAS EN LA COCINA de Catherine Blackwell. Ella se había servido otro café. Rory había vuelto a rechazar el ofrecimiento.

—Es que más allá de una búsqueda estándar en Google —explicaba Catherine—, creo que no soy buena detective. Han pasado más de cuarenta años y sigo sabiendo lo mismo sobre lo que le sucedió a Angela que lo que sabía en aquel entonces. La página de Facebook fue mi intento de incluir a otros en mi búsqueda, por eso me entusiasmé tanto cuando me dejaste un mensaje.

—No estoy segura de poder ayudarla —dijo Rory.

Se dio cuenta de lo absurdo de su declaración en el momento en que pronunció las palabras. Era, por supuesto, la persona ideal para ayudar a Catherine a encontrar respuestas. Se ganaba la vida reconstruyendo asesinatos. Armaba el rompecabezas con pruebas y trocitos de evidencia que todos pasaban por alto. Leía información y encontraba respuestas allí donde todos veían preguntas. Si Angela Mitchell estaba viva, Rory estaba mejor preparada que nadie para encontrarla.

—¿Entonces por qué me contactaste?

Rory se acomodó los lentes.

—Me enteré de este caso —mintió—. Estuvo en las noticias últimamente, debido a la inminente liberación de Thomas Mitchell. Sentí curiosidad, nada más. Lamento mucho haberle despertado esperanzas, pero no soy la persona indicada para ayudarla y... —Hizo una pausa, luego prosiguió—: Catherine, no quiero restarle importancia a nada de esto, pero ¿se ha puesto a pensar que tal vez la razón por la que no encontró respuestas en cuarenta años es que no las hay? ¿Se ha puesto a pensar que Thomas Mitchell pudo haber asesinado a Angela, como se determinó en el juicio?

—Muchas veces, mi querida. Muchas, muchas veces en todos estos años. Pero hay una cosa que siempre me hizo pensar lo contrario, algo que me da la certeza de que está viva.

—¿Qué cosa?

—Un par de años después de la desaparición de Angela, apareció un hombre haciendo averiguaciones. Me contactó para preguntarme sobre ella. Parecía saber bastante sobre mí y sobre nuestra amistad.

—¿Después del juicio? ¿Dice que este hombre apareció después de la condena?

—Sí —replicó Catherine. De la pila de carpetas, extrajo una con tapa de cuero que tenía adelante y volteó las hojas—. En aquel entonces registré todo con fechas. Sí, aquí está. El 23 de noviembre de 1981 recibí la visita de alguien que alegó estar investigando la muerte de Angela Mitchell.

Rory guardó silencio un instante, mientras procesaba la información.

—Si este hombre vino después del juicio, ¿qué estaba buscando?

—En ningún momento lo dijo claramente, pero yo me di cuenta de la situación. Él pensaba que Angela estaba viva y la estaba buscando.

Rory sintió un aleteo en el pecho.

—¿Y usted qué le dijo?

—Nada. Me negué a hablar con él. Sabía muy bien qué estaba sucediendo y no iba a contribuir de ninguna manera.

Rory entornó los ojos.

—No entiendo… ¿qué estaba sucediendo?

—Thomas estaba buscando a Angela, claro. Si lograba encontrarla, le revocarían la sentencia y quedaría libre, a pesar de las otras mujeres a las que había matado, las que Angela había descubierto, las que la obsesionaban. Thomas contrató a ese sujeto para encontrar a Angela, estoy segura. Desde ese momento, comprendí que está viva y que se ha estado ocultando durante cuarenta años.

Rory sintió mareos. Una nebulosa en la cabeza intentaba empañarle la mente. Tal vez fuera un mecanismo de defensa. Pero el pensamiento le brotó con total claridad y supo la respuesta a la pregunta aun antes de formularla.

—¿Cómo se llamaba?

—¿Quién?

—El hombre. El hombre que vino a tratar de hacer averiguaciones. ¿Sabe cómo se llamaba?

—Sí, anoté todo —respondió Catherine y buscó en la hoja que tenía adelante. Pasó el dedo por los renglones y se detuvo casi al final. Levantó la vista hacia Rory.

—Su nombre era Frank Moore.

PARTE II
LA RECONSTRUCCIÓN

CHICAGO

Noviembre de 1981

FRANK MOORE HABÍA DEJADO SU trabajo en la oficina de la defensoría pública del condado de Cook hacía dos años, cuando ingresó en el bufete Garrison Ford. El paso por la defensoría pública era casi una obligación para la mayoría de los abogados penalistas, una manera de adquirir rápidamente experiencia con muchos casos, aprender la ley, exponerse frente a jueces y curtirse con desopilantes fracasos en los tribunales. Era parte del crecimiento de los grandes abogados penalistas, una dolorosa educación de posgrado necesaria para forjarse una carrera exitosa defendiendo a delincuentes. Los antecedentes de Frank en sus primeros dos años de carrera fueron lo suficientemente buenos como para que consiguiera empleo en Garrison Ford, uno de los bufetes penalistas más importantes de Chicago. Ingresó en el verano de 1979 con grandes aspiraciones, objetivos ambiciosos y verdadera pasión por proteger los derechos de aquellos que buscaban su ayuda. Si alguien le hubiera dicho a Frank Moore en aquel entonces que pasaría la mayor parte de su carrera manejando su propio bufete, solo, bien lejos de los reflectores potentes de los casos renombrados de Garrison Ford, no le habría creído. Era joven, estaba hambriento y lleno de fuego. Nada se iba a interponer entre él y sus ambiciones. Hasta que le asignaron el caso que cambiaría su vida para siempre.

El verano del '79 había estado marcado por la desaparición de seis mujeres y la ciudad estaba tensa. Cuando la policía encontró al culpable, sonó el teléfono de Frank. Su jefe, un socio del bufete, necesitaba ayuda en un caso delicado: un hombre llamado Thomas Mitchell, apodado El Ladrón, había contratado a Garrison Ford para que lo defendieran del cargo de haber asesinado a su esposa. Para un bufete de alto perfil, era un sueño hecho realidad. Frank Moore, joven, brillante y ambicioso, se encargaría de la investigación y de los escritos. Frank no dudó en aceptar la oportunidad.

Durante los siguientes dos años, entre el verano de 1979 y el otoño de 1981, el caso tomó varios giros desagradables y complicados. Garrison Ford falló en la defensa de Thomas Mitchell y El Ladrón fue condenado a sesenta años de prisión por el asesinato de su esposa. Después del juicio, Frank Moore quedó a cargo de las apelaciones. Fue durante ese proceso, durante el que se reunía a menudo con su cliente para hablar de estrategias, que Frank comenzó a pensar que la esposa de Thomas Mitchell podía estar viva.

—Presenté el pedido de apelación —anunció Frank—. Ahora terminaré el escrito y lo presentaré también, dentro de una semana o diez días.

—¿Y el escrito la ataca a ella? —preguntó Thomas Mitchell.

Estaban sentados en una sala de entrevistas privadas del Centro Correccional de Stateville, que se reservaba para reuniones entre abogados y clientes. Frank estaba a un lado de la mesa y su cliente —esposado y con un enterizo anaranjado— del otro. Frank era consciente de que existía la posibilidad de que alguien de la prisión estuviera escuchando la conversación, pero era poco probable. Además, no le importaba, realmente.

—Ataca a la defensa por cómo obtuvieron las supuestas pruebas en tu contra. Y ataca la decisión del juez de permitir que esas pruebas fueran presentadas en el juicio.

—Bien. Ve tras el juez y las pruebas, pero ve tras ella también. Cuando me hizo esto, estaba teniendo un colapso nervioso. Tomaba Valium en dosis tres veces más altas de lo que le habían recetado. Además, tenía problemas mentales.

—Tenemos mucha munición, Thomas. Mi primer escrito se basará mayormente en la legalidad de las pruebas presentadas en tu contra, que eran totalmente circunstanciales, y en el argumento de que nada de eso debió permitirse en un juicio. Si nos rechazan la apelación inicial, como es bastante probable que suceda, en la siguiente incluiremos detalles del estado mental de tu esposa cuando desapareció. Recuerda que el proceso de apelaciones nos permite pasar al nivel federal a través de un habeas corpus, si es necesario. Y tenemos mucho para hacer en el nivel estatal antes de considerar esa posibilidad. Con suerte, alguien lógico del tribunal de apelaciones tomará una decisión justa y sensata en este aspecto. Así que haré una fuerte argumentación en esta primera apelación estatal. Dejaremos los detalles sobre tu esposa para más adelante, si los necesitamos, junto con el hecho de que te condenaron por asesinato en primer grado sin que la fiscalía pudiera presentar un cadáver.

—No pueden producir un cadáver porque no lo hay. ¿Cómo estamos sobre ese tema? ¿Hubo algún avance?

Frank recogió unos papeles y los guardó en su maletín. Extrajo otra pila y la revisó.

—Sus padres no aportaron nada. Hacía años que no la veían cuando desapareció. Me dijeron que, desde que cumplió dieciocho años, solo la habían visto algunas veces.

—¿Pudiste darte cuenta si te estaban mintiendo? —quiso saber Thomas.

—No mentían.

—Pero alguien tuvo que ayudarla. Una mujer como Angela no desaparece como si nada por su cuenta. Tendría terror. A veces ni se atrevía a salir de casa. Y ahora pretenden que crea que desapareció por su propia cuenta. No, alguien la ayudó. Alguien la sigue ayudando. Sus padres, seguramente. ¿Les dijiste que la estabas buscando?

—Thomas —Frank apoyó los codos sobre la mesa y se inclinó hacia su cliente—. Estaban muy alterados. Al igual que el resto del país, piensan que Angela está muerta. No les dije quién era ni que pensaba que su hija seguía viva. Inventé una historia sobre la posibilidad de un juicio civil.

—Tal vez deberías haberles dicho lo que realmente buscabas.

—No es el enfoque adecuado. Ellos creen que su hija está muerta. No voy a darles falsas esperanzas.

—No son falsas esperanzas. Está viva.

Frank asintió.

—No voy a ser yo quien se los diga. Manejaré la búsqueda de Angela de la forma en que me parezca mejor.

—¿Hablaste con Catherine?

—Catherine Blackwell, la esposa de tu socio. Sí. La visité hace un par de semanas. Se angustió mucho hablando de ti y de Angela. No tuvimos una conversación fructífera.

—Frank, ¿me crees?

Frank contempló a su cliente, condenado por matar a su esposa y acusado de matar a muchas otras mujeres, y tardó en responder. Demasiado.

—La estoy buscando, ¿no? Si no te creyera, ¿piensas que dedicaría mi tiempo a esto? A propósito, tengo que comenzar a cobrarte por mi tiempo.

—Tengo dinero.

—Va a ser costoso.

—Pagaré lo que sea necesario para encontrarla. Pero quiero que lo hagas por tu cuenta. No involucres a tu firma. Te pagaré por separado.

—Ni siquiera le conté a mi mujer lo que estoy haciendo. ¿Crees que voy a decírselo a los socios de Garrison Ford? Para todo el mundo, tú y yo estamos trabajando en las apelaciones. En privado, tú me contratas de manera independiente para investigar un asunto personal, pagar tus deudas, administrar tus finanzas, negociar la salida de la compañía de la cual todavía eres dueño, encargarme de tus bienes, etcétera. Redactaré todos los papeles.

—¿Y ahora qué vas a hacer, entonces? —preguntó El Ladrón.

—Presentaré la apelación esta semana.

—No. ¿Qué vas a hacer ahora para encontrarla?

—Ah —dijo Frank, mientras recogía los papeles y se disponía a marcharse—. Iré a la clínica psiquiátrica donde pasó su adolescencia.

CAPÍTULO 21

Chicago, 28 de octubre de 2019

Lane Phillips atizó las brasas y dio vida a los troncos ardientes. Puso dos trozos más de madera, observó cómo crecía la llama y se sentó en el sofá, donde tenía la computadora, abierta. Rory estaba a su lado, tipeando en su propia computadora. El otoño había llegado rápidamente, descendiendo de los cielos en un frío aire canadiense que se esparcía por el medio-oeste bajando las temperaturas a menos de diez grados. Era demasiado temprano como para encender la calefacción, por lo que habían optado por el primer fuego de la temporada.

—¿Así que tu padre estaba atado de por vida a este hombre y ahora tú también lo estás?

—No de por vida —aclaró Rory—. Pero al menos durante los próximos dieciocho meses. Voy a representarlo en la audiencia final, revisaré todas las condiciones una última vez y luego se lo entregaré al oficial de libertad condicional. El juez ordenó que me ocupe de supervisar sus finanzas y preparar informes mensuales durante un año y medio, ya que tiene una buena fortuna acumulada y mi padre era su apoderado. Así que tendré que asegurarme de que no malgaste el dinero y se funda. A partir de allí, me desligaré de él.

—¿Y por qué tienes que ir a Starved Rock?

—El juez le concedió la solicitud de no vivir en una casa compartida y supervisada, debido a su notoriedad. En los años noventa, un tío le dejó en herencia una cabaña cerca de Starved Rock. Mi padre la puso en un fideicomiso con administración externa. Durante todo este tiempo, se ha estado alquilando como sitio de vacaciones. Va a vivir allí, así que el juez me ordenó que vaya con la asistente social y el oficial de libertad condicional a ver el lugar antes de que lo liberen y verificar que cumpla con todos los requisitos.

—Voy contigo —declaró Lane.

Rory no le había contado sobre su reunión con Catherine Blackwell. Dejó que creyera que su nerviosismo había comenzado con la visita a la prisión de Stateville. Era una conclusión lógica, comparada con el origen real de su angustia: que su padre había estado buscando a Angela Mitchell antes de morir. Y más preocupante era lo que el descubrimiento en sí mismo le estaba provocando a Rory: el compartimento estanco de su mente había sido alcanzado por las aguas, que corrían ahora turbias de fango y suciedad. La única forma de devolverles claridad sería averiguar qué había descubierto su padre. La única forma de calmar esas aguas y aquietar ese lugar en su mente era ponerse ella misma a buscar a Angela. Ignorar esa necesidad sería atizar las llamas de una enfermedad que había logrado controlar durante muchos años. Sabía que la mejor forma de aplacar el impulso era alimentarlo, como le había enseñado la tía Greta de niña, cuando Rory había desactivado sus obsesiones e impulsos descontrolados aprendiendo a dominar la técnica de restaurar muñecas de porcelana. La pregunta crucial, ahora, era si estaría reconstruyendo una muerte o siguiendo los pasos de una mujer que estaba viva.

—Perfecto —concordó Rory—. Ven conmigo—. Levantó la vista de la computadora, dejando ver un atisbo de emoción. Gracias—. No quería ir sola.

Sintió un hormigueo de culpa en la nuca por no contarle toda la verdad a Lane. No había hecho otra cosa que amarla, con todos sus defectos, durante casi una década. ¿No merecía acaso enterarse de esa parte de su vida? Tal vez, pero por algún motivo no podía contárselo. Señaló la computadora de Lane y luego desvió la mirada hacia la propia.

—Vamos, estamos muy atrasados. ¿Qué tienes?

Lane se quedó mirándola un instante, como si intuyera que había algo más que ella no le estaba diciendo. Rory sintió su mirada, pero mantuvo los ojos fijos en la pantalla.

—De acuerdo —dijo Lane, y bajó la vista a la computadora. Desplazó las páginas hacia arriba y hacia abajo—. Estuve vigilando una zona fuera de Detroit, la parte sudeste de la ciudad y los condados vecinos. Estuvo apareciendo mucho en el algoritmo. Varias veces en los últimos cuatro meses. Hubo doce femicidios en los últimos dos años, en los que las víctimas fueron mujeres que viven en la calle o son prostitutas, siempre afroamericanas. Sin apoyo familiar o con muy poca familia; unas pocas fueron identificadas en la morgue por las huellas digitales y se las confrontó con el programa de huellas de asesinos convictos de Michigan. O sea, nadie se enteró de que las habían matado. No tenían familiares ni amigos.

Rory tipeaba en la computadora.

—Víctimas fáciles con poco riesgo.

—Exacto —dijo Lane.

—¿Cómo las recogió el algoritmo?

—Por la forma de muerte.

Todas las semanas, Lane y Rory revisaban las tendencias recogidas por el algoritmo que Lane había creado. Tomaba en cuenta varios factores diferentes de informes de asesinatos en el país y buscaba tendencias y similitudes. Hacer eso les permitía reconocer coincidencias entre homicidios en una región geográfica en particular. Cuando aparecían suficientes marcadores y etiquetas en la misma ubicación, Lane y Rory recibían una alerta y se ponían a investigar. Hasta la fecha, el Proyecto de Responsabilidad de Asesinatos había identificado a doce asesinos seriales (definidos como una misma persona que había cometido al menos tres homicidios) en los Estados Unidos y llevado a su arresto. Había bastantes otras tendencias, sobre todo en sitios donde la policía local estaba investigando pistas. La actividad de esa noche era habitual todas las semanas, cuando Rory y Lane se reunían para identificar los marcadores que eran tendencia en el software. En ocasiones era un grupo de homicidios en una zona muy delimitada, o varios grupos de crímenes realizados supuestamente con la misma arma, o en detrimento del mismo tipo de víctima. A veces podía ser la forma en que el asesino se había deshecho de la víctima. En otras ocasiones, la ocupación de las víctimas. El algoritmo funcionaba con más de cinco mil indicadores que buscaban similitudes.

Cuando lograban armar un caso lo suficientemente sólido, Rory y Lane se lo informaban a las autoridades locales. Debido a la reputación de Lane como psicólogo forense y elaborador de perfiles de criminales para el FBI, y la de Rory como reconstructora que trabajaba con los hallazgos que el algoritmo buscaba, constituían el equipo perfecto. Los departamentos de policía prestaban atención a sus conclusiones y muchos habían comenzado a usar por su cuenta el software de Lane para rastrear homicidios.

—Todas murieron por golpes en la sien con un arma no filosa y sus cuerpos fueron dejados en contenedores de escombros.

El timbre sonó cuando estaban registrando los nombres de las doce víctimas de Detroit y clasificando los resultados. Rory miró el reloj. Eran casi las diez de la noche. Fue hasta la puerta y espió por la mirilla. Ron Davidson estaba en el porche.

—Uy, mierda —masculló Rory antes de abrir la puerta—. Hola, Ron.

—Gris —dijo él con tono lacónico—. No me estás devolviendo las llamadas.

Rory exhaló ruidosamente.

—Perdóname. Estuve ocupada con un… un asunto. De mi padre.

—Sí, me enteré de todo eso, porque me pediste tres cajas de información. —Se inclinó hacia la puerta de tela metálica—. Caray, Gris. ¿Tu padre representaba al tipo ese?

Rory asintió.

—Así parece, sí.

—¿Encontraste lo que necesitabas en esas cajas de 1979?

—Sí. Bueno… no lo sé, en realidad. No pude revisarlas a todas aún. —Por lo general, se acomodaba los lentes en un gesto automático, pero se dio cuenta de que no los llevaba puestos. Nunca se los ponía cuando estaba a solas con Lane—. Gracias por conseguírmelas.

—De nada. En realidad, te debía una por tomar el caso de Camille Byrd.

Permanecieron en silencio un instante, uno a cada lado de la puerta de tela metálica.

—¿Puedo pasar?

—Sí, claro, discúlpame. Por supuesto —dijo Rory y abrió la puerta.

—Llevó a su jefe a la sala, donde Lane seguía tipeando en la computadora, sentado frente al fuego encendido.

—Lane —dijo Rory—. Vino Ron, tenemos que hablar.

Lane levantó la vista.

—Ron, ¿cómo estás?

—Todo bien, doc.

Se estrecharon la mano.

—Siento interrumpirlos —se disculpó Ron—. Es solo un minuto.

—No hay problema —dijo Lane.

—Por aquí —indicó Rory y atravesó con el detective

Davidson el estudio en sombras, donde estaban las muñecas en los estantes, hasta su despacho. Además de las tres cajas de 1979 que descansaban junto al escritorio y cuyo contenido estaba desparramado sobre la superficie, la foto de Camille Byrd colgaba de la plancha de corcho con las pocas notas que había tomado Rory hacía más de dos semanas, sobre los hallazgos de la autopsia.

—Walter Byrd se contactó conmigo —dijo Ron—. Dice que no ha sabido nada de ti. Que llamó varias veces, pero nunca le devolviste los llamados. Me suena muy conocido.

—Es que no tengo nada para decirle todavía.

—Entonces díselo, Rory. Pero dile *algo*.

—Es que me siento súper mal, Ron. Acepté hacer la reconstrucción, después murió mi padre y he estado hasta la coronilla con disolver la firma legal y… todo lo demás con lo que me encontré. Casi no le he dedicado tiempo al caso de Camille.

—Lamento cómo se te juntó todo, Rory. Veo que estás tapada de cosas.

Rory contempló su escritorio y vio los restos de su investigación del caso de 1979 desparramados sobre la superficie. Recordaba haber estado sentada allí hacía varias noches, leyendo las notas de su padre y preguntándose qué había estado haciendo para Thomas Mitchell durante todos los años en los que lo había representado. Ahora lo sabía.

—Me dedicaré a Camille Byrd en cuanto pueda. Te lo prometo.

—¿Pudiste interiorizarte del caso?

—Un poco —respondió Rory. Había leído el informe forense y recordaba la imagen del cuello magullado y dañado de Camille. Fijó la vista en la fotografía de Camille en la pared y sintió cómo los tentáculos de culpa le subían por la espalda. Dos noches atrás había soñado que se encontraba con Camille Byrd, en Grant Park. Rory había querido disculparse con ella por no dedicarle atención al caso, pero cuando fue a despertarla en su sueño, la chica estaba muerta y congelada. Al mirar ahora en la fotografía los ojos sin vida de la muchacha, Rory sintió la necesidad urgente de ocultarse detrás de los lentes, levantarse el cuello del abrigo y desviar la mirada.

—Le dedicaré tiempo.

—¿Cuándo?

—Pronto, te lo prometo.

Le sonó el teléfono en el bolsillo trasero. Rory levantó un dedo.

—Discúlpame. —Extrajo el teléfono y miró el número. Aunque no estaba en su lista de contactos, lo reconoció de inmediato. Se le había grabado en la memoria como sucedía con todo lo demás, pero este número en particular era mucho más significativo que su memoria extraordinaria. La última vez que había recibido un llamado de esta línea, se había enterado de que su padre había muerto. Qué ironía, pensó Rory, que también estuviera con Ron Davidson en aquel momento.

—Celia —dijo Rory a la asistenta de su padre—. ¿Sucedió algo?

—Ah, hola —respondió Celia, desconcertada—. No, no, nada malo. Bueno, no lo sé en realidad. Necesito verte. Tengo algo de tu padre y no sé muy bien qué hacer. ¿Podemos reunirnos esta semana?

Rory repasó mentalmente su agenda. Tenía que ir a la cabaña de Thomas Mitchell, reunirse con el juez Boyle y la junta de libertad condicional antes de la audiencia final, terminar el papeleo para sacar a su único cliente de prisión, para lo que faltaba solamente una semana y ahora, además, trabajar en la reconstrucción de la muerte de Camille Byrd. Todo eso sin hablar del deseo consumidor de comenzar a buscar a Angela Mitchell y enterarse de qué había sucedido con ella.

—Estoy tapada de trabajo, Celia —dijo Rory, sabiendo que ya no quedaba nada importante por resolver relacionado con la firma legal de su padre, salvo el asunto de Thomas Mitchell—. ¿Podemos dejarlo para dentro de un par de semanas?

Hubo una pausa y luego la voz suave respondió:

—Realmente necesito verte, Rory.

Le pareció escuchar un llanto suave. Recordó las lágrimas de Celia cuando la había abrazado en el despacho de su padre.

—Entiendo —respondió—. Entonces nos reuniremos esta semana. Te llamo mañana para encontrar el mejor momento.

Oyó un poco más de lloriqueo y cortó la llamada sin esperar confirmación. Guardó el teléfono en el bolsillo trasero y miró a su jefe.

—Dame otra semana, Ron. Mientras tanto, llamaré al señor Byrd y lo pondré al tanto.

El detective asintió.

—De acuerdo. Pero voy a necesitar algo pronto, Rory. Alguna novedad. Cualquier cosa.

—La semana que viene te enviaré algo —le aseguró.

CHICAGO

Noviembre de 1981

FRANK MOORE HABÍA RASTREADO LA genealogía de Angela Mitchell hasta donde había podido. Si estaba viva, seguramente dependería de amigos o familiares. Al menos, esa era la esperanza de Frank. Porque la otra posibilidad —que hubiera desaparecido por su propia cuenta— presentaba un obstáculo irremontable para él. ¿Cómo la encontraría si simplemente se había hecho humo? ¿Y si se había ido de la zona para esconderse en algún rincón remoto del país donde nadie la buscara? Teniendo en cuenta lo que Frank sabía sobre la mujer, era muy posible que lo hubiera hecho.

Angela Mitchell había vivido en soledad siempre: de la casa de sus padres había pasado a una clínica psiquiatra hasta que ella misma se había dado de alta al alcanzar la mayoría de edad a los dieciocho años. De allí en más, la investigación de Frank se estancó. Después de que ella se independizó, sus padres dejaron de ser relevantes y la excursión hasta St. Louis para hablar con ellos había sido un fracaso. Hacía años que los padres de Angela Mitchell no sabían nada de ella. Ni siquiera sabían que se había casado. Angela volvió a aparecer en el mapa de Frank cuando conoció a Thomas Mitchell en Chicago y después de un breve noviazgo se casó con él. No tenía amigas, salvo una mujer llamada Catherine Blackwell, casada con el antiguo socio de Thomas. La visita a la casa de los Blackwell tampoco había arrojado ningún resultado y había sido incómoda; una pérdida de tiempo y energías.

Gracias a información de archivos en la biblioteca y algunos nombres que le dieron los padres de Angela, Frank preparó una lista de parientes lejanos a quienes llamar: primos, hermanos y primos de sus padres que en algún momento de la vida habían estado cerca de Angela Mitchell antes de que conociera a Thomas.

Durante los últimos tres meses, Frank había estado buscando cualquier indicio de que la esposa de su cliente pudiera estar viva, como lo aseguraba Thomas Mitchell. Como abogado asociado, a sus veintiocho años, Frank estaba ansioso por demostrar su valía en Garrison Ford. Llenaba los días trabajando en investigaciones y escritos y aparecía de tanto en tanto en los tribunales para ayudar al socio que le asignaban. Pasaba las noches tratando de rastrear a una mujer que podía estar muerta y sepultada. Recién casado, con una esposa enfermera que trabajaba durante el turno tarde en el hospital, tenía tiempo para la búsqueda. Le gustaba que le pagaran por perseguir un fantasma. Santo Dios, lo que sucedería si la llegara a encontrar: su cliente quedaría libre, la condena se revocaría y las acciones de Frank en Garrison Ford subirían rápidamente. Tal vez lo nombrarían socio antes de los cuarenta años.

La pista más reciente, un nombre y una dirección, estaba escrita en un trozo de papel y pegada con cinta adhesiva al tablero del coche. El camino rural, una hora y media hacia el oeste de la ciudad, estaba desierto. Frank no imaginaba que ese páramo pudiera tener tránsito alguna vez, por lo que conducía relajadamente, con el sol poniente frente a él. A cada lado se extendían interminables campos de trigo. Los tallos habían sido cosechados y cortados casi al ras. Grandes fardos, enrollados en espirales ajustadas, salpicaban los campos.

Llegó a una intersección en el camino, revisó el mapa y tomó hacia la izquierda. Anduvo unos tres kilómetros y finalmente vio la cima del edificio de dos pisos elevándose sobre el terreno plano. La propiedad ocupaba varias hectáreas y allí, en medio de la nada, la estructura blanca se asemejaba a una prisión. Frank no dudaba de que así la sentirían los pacientes. Se dirigió a la playa de aparcamiento y pasó junto al letrero que indicaba que había llegado a la CLÍNICA PSIQUIÁTRICA JUVENIL GRUPO BAYER. Detuvo el coche y entró.

—¿A qué residente viene a visitar? —preguntó la recepcionista mientras registraba su ingreso.

—A ninguno —aclaró Frank; tenía el traje arrugado luego del largo viaje desde las oficinas de Garrison Ford—. Vengo a ver al doctor Jefferson.

—¿Tiene una cita?

—Sí. Llamé hace unos días.

—Lo busco —respondió la recepcionista.

Frank caminó ida y vuelta por la sala de espera durante cinco minutos hasta que se abrió la puerta.

—¿Señor Moore?

Se volvió y vio a un hombre delgado, con lentes pequeños y un uniforme blanco.

—Soy Dale Jefferson; hablamos por teléfono.

—Sí. —Frank se acercó y le estrechó la mano—. Gracias por recibirme.

—Lamento que no sea en mejores circunstancias —dijo el doctor Jefferson—. Venga, pase a mi oficina.

Frank siguió al médico por un corredor blanco largo, hasta su oficina, que estaba decorada como una sala: había un diván, una mesa baja y dos sillones individuales. Una pared estaba ocupada por una biblioteca empotrada que contenía bibliografía médica. El doctor Jefferson se sentó en uno de los sillones e indicó a Frank con la mano que se sentara en el sofá. Sobre la mesa se veía una carpeta. El doctor Jefferson la recogió mientras se sentaba.

—Qué desgracia lo de Angela. Al principio, no me enteré de la situación porque los medios en ningún momento utilizaron su apellido de soltera. Y lamentablemente, Thomas Mitchell ha recibido más atención que cualquiera de sus víctimas. La sociedad parece interesarse más por El Ladrón que por las vidas que se robó.

Frank no había ido hasta allí para discutir sobre la psicología de la sociedad y no pensaba mencionar que su cliente había sido acusado de matar solamente a una mujer y no a varias. De hecho, Frank no le había mencionado su relación con Thomas Mitchell a ninguna persona relacionada con la búsqueda de Angela que llevaba a cabo desde hacía meses. La opinión pública había culpado a Thomas Mitchell de la desaparición de todas las mujeres del verano de 1979 y Frank sabía que era necesario ocultar los motivos por los que hacía averiguaciones sobre una mujer a la que supuestamente habían asesinado más de dos años antes.

—Sí —concordó—. Es una desgracia.

—¿Dice que la familia de Angela está interesada en iniciar acciones legales?

—Así es —respondió Frank y cruzó las piernas, cosa que un jugador de póquer reconocería como un gesto de nerviosismo para ocultar la mentira—. Estoy averiguando por mi cuenta para ver si, en las circunstancias actuales, sería posible iniciar una demanda civil.

—Mire —dijo el doctor Jefferson—, ese hombre debe de estar muy perturbado, pero si no lo van a condenar a muerte por lo que hizo, entonces por mí que lo encierren de por vida y le quiten todo lo que tiene.

—Bien —respondió Frank y carraspeó—, voy a ver qué puedo hacer.

—¿Usted representa a los padres de Angela?

Frank hizo una pausa.

—Sí.

—Por lo que recuerdo, no tenían buena relación con ella. Es terrible cuando se quiebran los vínculos entre padres e hijos. Y ahora, ya es imposible repararlos.

—Sí. Terrible —concordó Frank.

—¿Tiene hijos, señor Moore?

—Me casé hace poco. Tal vez en un par de años, mi esposa y yo lo intentemos.

El doctor Jefferson levantó la carpeta.

—¿En qué lo puedo ayudar?

—Las demandas civiles pueden ponerse desagradables, así que quiero averiguar todo lo posible sobre Angela. Sé que pasó tiempo aquí durante la adolescencia y quería saber si podía hacerle algunas preguntas.

—Desde luego.

Frank extrajo una hoja de papel del bolsillo superior de la camisa.

—Angela vino aquí en 1967 cuando tenía diecisiete años.

—Así es.

—¿Cuánto tiempo permaneció internada?

—Siete meses. Se marchó cuando cumplió dieciocho años. Lamentablemente, no pudimos ayudar a Angela como esperábamos sus padres y nosotros.

—¿Entonces en cuanto cumplió la mayoría de edad se marchó por su cuenta?

—Sí. La Clínica Bayer es una clínica juvenil. Tratamos a adolescentes menores de dieciocho años con la supervisión de un progenitor o un tutor. Una vez que alcanzan la mayoría de edad, se quedan solamente por propia elección. Angela eligió marcharse.

—¿Y cuál fue el diagnóstico por el cual la internaron aquí?

El doctor Jefferson leyó de la carpeta.

—"Trastorno negativista desafiante, fobia social y trastorno obsesivo-compulsivo". También padecía autismo, lo que complicaba el tratamiento.

—¿Entonces cuando Angela cumplió dieciocho años y ya no la pudieron retener, sus padres vinieron a buscarla? ¿Sabe qué sucedió con ella después de que se marchó de aquí?

—No, no vinieron sus padres —explicó el doctor Jefferson—. Como le dije, estaban distanciados. Durante el tiempo en que Angela estuvo aquí, sentí que estábamos logrando tan poco que les sugerí que tal vez fuera mejor que volviera a casa y regresara cuando tuviera una actitud más receptiva a la idea de recibir ayuda. Sus padres se opusieron. Creo que a esa altura ya no tenían más paciencia.

Frank se inclinó hacia adelante.

—¿Y entonces? ¿La dejaron abandonada aquí?

El doctor Jefferson se encogió de hombros.

—No diría eso. Querían ayuda para Angela y no podían brindársela ellos.

—Bien, entonces cumple dieciocho y decide irse. ¿Adónde va? ¿Vuelve a casa?

El doctor Jefferson negó con la cabeza.

—No, se le dio de alta sin los padres, porque ya era mayor de edad.

—Sí, pero tenía apenas dieciocho años, no tenía trabajo, dinero ni medio de transporte, supongo. ¿Dónde fue? ¿Se fue caminando por el campo?

—Una de nuestras orientadoras trató de hacerle un seguimiento durante varias semanas, pero nunca más supo de ella. La última dirección que tenemos de ella es en Peoria, estado de Illinois.

—¿Qué había en Peoria?

—Si mal no recuerdo, una amiga de ella vivía allí. Vino a buscarla el día que se marchó; la ayudó a empacar y según nuestros registros, Angela se fue con ella.

—¿Conoce el nombre de esta mujer? —preguntó Frank atolondradamente y de inmediato intentó controlar su entusiasmo. Era la primera pista con la que se encontraba desde que había comenzado a buscar a cualquiera que hubiera conocido a Angela Mitchell en su vida adulta—. Si es familiar, tal vez podamos añadir su nombre a la demanda legal.

—Por supuesto —respondió el doctor Jefferson y revisó la carpeta hasta que encontró un trozo de papel, que alcanzó a Frank—. Su apellido era Schreiber. Era una de nuestras enfermeras de guardia. No sé si esta sigue siendo su dirección, fue hace varios años.

CAPÍTULO 22

Chicago, 29 de octubre de 2019

RORY Y LANE FUERON JUNTOS en el coche, detrás de otro automóvil en el que viajaban la asistente social y el oficial de libertad condicional. Thomas Mitchell había heredado la cabaña en 1994, después de la muerte de su tío. Rory había averiguado todo lo posible sobre la propiedad gracias a los documentos de su padre. El tío había muerto de cáncer de páncreas y había legado la cabaña a su sobrino. El padre de Rory la había puesto en un fideicomiso. Una empresa de alquiler de propiedades la había cuidado bien y, según los documentos financieros que halló en los archivos, la propiedad había dado una buena renta en todos esos años. Era una cabaña en estilo alpino de dos dormitorios en las afueras del Parque Estatal Starved Rock, a una hora de la ciudad.

Gracias a su proximidad con el parque y con el río Illinois, la cabaña siempre se había alquilado con facilidad. Los ingresos por alquileres habían sido suficientes para pagar todos los gastos y mantener la casa en buen estado. El año anterior, el padre de Rory había prescindido de la empresa que la administraba y se había ocupado personalmente, registrando con minuciosidad las visitas mensuales para su mantenimiento, seguramente pensando en que liberación de su cliente era inminente.

Cuando llegaron a las afueras de Starved Rock, la asistente social aminoró la velocidad delante de Rory, seguramente para consultar el GPS. Luego emprendió la marcha de nuevo y Rory la siguió por caminos sinuosos en la zona norte del parque. Cruzaron varios puentes sobre pequeñas cascadas rodeadas de pinos que se elevaban hacia el cielo despejado de octubre. Si no hubiera estado yendo a ver el futuro hogar de un sospechoso de asesinatos seriales, el panorama le habría resultado majestuoso.

Después de quince minutos de marcha lenta y de detenerse en cada intersección antes de decidir hacia dónde tomar, Rory y Lane llegaron al inicio de un camino de entrada sin pavimentar, custodiado por árboles frondosos cuyo follaje había comenzado a cambiar de color. Al lado se veía un buzón solitario; Rory ya podía tildar uno de los requerimientos del juez. Si alguien deseaba enviarle una carta a El Ladrón, este la recibiría a través del Servicio Postal de los Estados Unidos.

Tomaron por el camino de entrada y siguieron el coche de la asistente social durante unos cien metros. Los árboles dieron lugar a un claro en el que estaba la cabaña de estilo alpino. El lugar era precioso: dos hectáreas de césped, grava y arcilla que terminaban en el bosque frondoso de alrededor. El camino de entrada formaba un círculo alrededor de la cabaña. Mientras conducía lentamente, Rory vio el río entre los árboles a la derecha. Un sendero llevaba hasta la orilla y unas escaleras bajaban hasta un muelle.

—Vaya —dijo Lane desde el asiento del pasajero, contemplando el paisaje por la ventanilla—, no se puede negar que es el sitio ideal para que un supuesto asesino serial se oculte durante el resto de su vida.

Rory meneó la cabeza.

—Solo puedo pensar en lo lindo que les debe de haber

resultado este lugar a las familias que lo alquilaron durante tantos años.

—Mentira —bromeó Lane—. Si pensaras eso realmente, no te ganarías la vida reconstruyendo muertes violentas.

Rory dio la vuelta a la cabaña y aparcó el coche. Tomó los lentes de marco grueso del tablero, se los colocó, y se bajó el gorro hacia la nariz.

—Sí, tienes razón —dijo, mientras abría la puerta—. Este lugar me da mala espina. Enseguida vuelvo.

Rory descendió del coche y fue a encontrarse con Naomi Brown, la asistente social, en la puerta de entrada. Mientras caminaba hacia allí, inspeccionó la propiedad. Tenía la llave que había encontrado en la oficina de su padre.

—¿Ya has estado en la propiedad de tu cliente? —preguntó Naomi.

—No es mi cliente, exactamente —se defendió Rory y se acomodó los lentes—. No, nunca estuve aquí.

La asistente social se quedó mirándola un instante con ese aire de desconcierto que Rory detestaba.

Rory hizo un ademán con la mano y señaló la cabaña.

—Terminemos con esto de una vez.

—Hay una lista de requisitos —dijo Naomi—, que incluyen línea telefónica, dirección postal y otras cosas. Básicamente es una formalidad, pero como el juez accedió a que viva aquí, tenemos que asegurarnos de que esté todo en orden.

—Hagámoslo, entonces —dijo Rory, mientras subía los escalones del porche. La madera crujió bajo su peso. Introdujo la llave en la puerta y la abrió. Ezra Parker, el oficial de libertad condicional, tomó fotografías del exterior antes de ingresar. Dentro, se encontraron con una casa bien mantenida, amoblada como suelen estarlo las propiedades de alquiler, con un sofá y sillones alrededor de un hogar de piedra en la habitación del frente. A la izquierda había una cocina con comedor separado. En la parte trasera, una galería cerrada ofrecía una amplia vista al terreno que llevaba al bosque. Entre los árboles se veía el río que reflejaba el cielo de octubre. Una escalera llevaba al piso superior, en el que había dos dormitorios.

El grupo tardó media hora en inspeccionar el sitio. Naomi Brown tildó todos los requerimientos del juez. Ezra Parker tomó las fotos necesarias.

—Hasta que tu cliente adquiera un automóvil —dijo Naomi—, hay una tienda a un kilómetro de aquí.

Rory asintió. Al tomar conciencia de que su autoridad sobre las finanzas de Thomas Mitchell seguramente requeriría que lo ayudara a adquirir bienes, como por ejemplo un coche, sintió una repentina necesidad de abandonar el sitio. Al dirigirse a la puerta de entrada, notaron que todos habían marcado el suelo con pisadas color sangre. Rory se miró los borceguíes y notó por primera vez que estaban cubiertos de polvo rojizo.

—Uh, que pena —dijo Naomi—. Deberíamos habernos quitado los zapatos.

—¿Qué demonios es? —preguntó Rory, levantando un pie para examinar la suela de la bota.

—Arcilla roja —dijo Ezra—. Es muy común en la zona de Starved Rock. El suelo está saturado de arcilla, se mete en todas partes. Tu coche va a ser un desastre, también.

Rory contempló las pisadas rojizas.

—Vámonos —dijo—. Me encargaré de que alguien limpie la cabaña antes de que lo liberen.

CHICAGO

Noviembre de 1981

DESPUÉS DE TRES DÍAS DE llamar por teléfono y no obtener respuesta, Frank decidió hacer el viaje hasta Peoria para ver qué encontraba. Angela Mitchell había sido dada de alta de la Clínica Bayer en 1968, hacía trece años, y era muy posible que la persona que había vivido en aquel entonces en la dirección que le había dado el doctor Jefferson ya no estuviera allí. Pero como era el primer descubrimiento fehaciente que había hecho desde que se había puesto a rastrear a Angela, valía la pena hacer el viaje para averiguarlo.

Lo emprendió el sábado por la mañana, cuando el tránsito de salida de la ciudad era liviano y la duración estimada del viaje era de poco más de dos horas. A los lados de la carretera había campos de trigo cosechados, nada diferente de la excursión a la clínica del otro día. Se veían tractores en los campos y cada tanto unos silos se elevaban contra el horizonte plano. Cuando tomó por una carretera rural, vio que las direcciones estaban pintadas sobre los buzones junto a largos caminos de entrada que llevaban a casas aisladas situadas sobre grandes extensiones de tierra, a buena distancia las unas de las otras. Buscó la dirección que figuraba en la carpeta de Angela Mitchell.

Tomó por una entrada sinuosa. Cuando detuvo el coche, salieron perros desde detrás de la casa y se le acercaron. Frank abrió la puerta lentamente. Dos pastores alemanes lo saludaron con ladridos, intentando colocar las cabezas bajo su mano. Frank los acarició mientras contemplaba la casa.

La puerta del frente se abrió; una mujer salió al porche y se quedó mirándolo. Frank levantó una mano en un saludo amistoso y caminó hacia ella. Los perros lo siguieron, ladrando, saltando y apoyándose contra sus piernas.

—No le harán nada —dijo la mujer desde el porche—. ¡Basta, déjenlo en paz, vayan para atrás! —ordenó a los perros.

Los perros dejaron de jugar y desaparecieron hacia el jardín trasero. Frank caminó hasta los escalones del porche.

—¿Señora Schreiber? ¿Tengo bien su nombre?

Al acercarse, Frank pudo ver con claridad a la mujer; le pareció que tendría unos sesenta años.

—Sí, soy yo. ¿Qué puedo hacer por usted? —preguntó—. ¿Vende enciclopedias o aspiradoras o algo de eso?

—No —rio Frank—. Me llamo Frank Moore, soy abogado. Quería hacerle unas preguntas sobre Angela Mitchell. O Angela Barron, como era su apellido de soltera. ¿Entiendo que usted la conocía?

Frank vio que el rostro de la mujer se desfiguraba; la mandíbula se le aflojó y quedó boquiabierta. Los ojos se le agrandaron como si Frank hubiera extraído una pistola del cinturón y la estuviera apuntando hacia ella. Dio un paso hacia atrás y, con la mano libre, buscó la manija de la puerta.

Frank levantó las manos.

—Solo vine a hablar.

—No tengo nada que decir. Salga de mi propiedad o llamaré a la policía.

—No vine a causar ningún tipo de problema, señora. Solo estoy aquí por un juicio civil que podría ayudar a la familia de Angela.

—¡Quiero que se marche ya! —Los ojos de la mujer parecían los de una fiera salvaje. Frank no había previsto una reacción de este tipo.

—De acuerdo —dijo. Buscó dentro del bolsillo y extrajo una tarjeta profesional—. Si cambia de idea y decide hablar sobre Angela, llámeme. Aquí está mi nombre.

—¡Tubs! ¡Harold!

Al oír sus nombres, los perros salieron como proyectiles desde detrás de la casa, pero con actitud agresiva esta vez. Sus ladridos juguetones se habían convertido en gruñidos. Frank dejó caer la tarjeta y corrió hacia el coche, con los perros mordiéndole los talones. Cuando se encerró en el vehículo, vio cómo mostraban los dientes. Encendió el motor, con la frente empapada de sudor, y miró hacia la casa. La mujer había desaparecido, pero Frank vio que se movían levemente las cortinas de la ventana.

El puntito blanco de su tarjeta le llamó la atención. Estaba en el suelo, allí donde la había dejado caer. Hizo un giro en U y tomó el camino de salida, alejándose de los perros, que seguían ladrando. Comprendió que había descubierto algo, pero no tenía idea de qué se trataba.

CAPÍTULO 23

RORY CONDUJO HACIA LA SALIDA sur de la ciudad con la muñeca de porcelana sobre el asiento del pasajero. Tomó la autopista Kennedy hasta que se convirtió en la Interestatal 94 y luego se desvió por la Interestatal 80 hacia el este y salió en la Avenida Calumet. Llegó al pueblo de Munster, en el estado de Indiana, cincuenta minutos después de haber salido de su casa en Chicago. La Cervecera Three Floyds estaba cerrada cuando llegó al aparcamiento. La última vez que había visitado el lugar había sido en mayo, para el Día de la Cerveza Negra Dark Lord, un evento de doce horas para el que había que adquirir boletos, en el que los amantes de la cerveza negra tenían la única oportunidad del año de comprar su bebida favorita. Rory asistía porque era uno de los pocos eventos públicos que le gustaban; la cerveza fluía libremente y a Lane también le agradaba ir. No iba por el motivo por el que iban todos los demás, comprar grandes cantidades de Dark Lord, aunque también hacía eso. La mayoría de las personas, cuando se quedaban sin cerveza Dark Lord, tenían que esperar hasta el año siguiente para comprar más. Rory, por fortuna, no pertenecía a esa mayoría.

Tomó la muñeca del asiento del pasajero y descendió del coche. Su aliento era visible en el aire frío de la noche. Se bajó el gorro sobre la frente, se acomodó los lentes y echó a andar hacia el edificio. El aparcamiento estaba iluminado por una única luz halógena amarilla en la cima de un poste central. Mientras caminaba por el pavimento, el brillo dorado del farol se mezclaba con las pisadas rojas de arcilla, creando un caminito anaranjado que comenzaba en el coche. Rory notó que todavía dejaba pisadas y sacudió los borceguíes para eliminar los restos de arcilla roja del viaje a Starved Rock que había hecho más temprano. El recuerdo de las pisadas color rojo sangre que había dejado en la cabaña le daba escalofríos. Por eso había decidido ir a Munster a calmar los nervios. El refrigerador de su casa estaba vacío de cerveza.

Se dirigió a una puerta lateral metálica color gris y golpeó. La puerta se abrió casi de inmediato.

—¡Rory, la Dama de las Muñecas! —la saludó un hombre corpulento, con una tupida barba canosa que le llegaba hasta el pecho. Llevaba una gorra con visera con la inscripción *Cervecera 3 Floyds*—. Casi llegaste a durar seis meses.

En mayo, en el Día de la Cerveza, Rory había comprado lo que muchos considerarían cerveza para un año. Pero había estado de licencia casi todo ese tiempo y siempre que no trabajaba, su consumo de alcohol aumentaba. Y los sucesos más recientes de su vida la habían hecho consumir prematuramente el resto.

—Kip —lo saludó Rory—. Qué gusto volverte a ver. —Levantó la muñeca—. Marca Simon y Halbig. Alemana, muy difícil de conseguir y en perfectas condiciones.

El hombre tomó la muñeca y la inspeccionó con mirada experta, mientras se acariciaba la larga barba.

—¿Esto no lo venden en Walmart?

—De ninguna manera.

—Taylor me ha estado pidiendo una. Se enteró de la muñeca que le regalé a Becky para las fiestas.

Rory sabía que Kip tenía varias nietas. Como siempre quería destacarse por encima de los otros abuelos en los cumpleaños y en Navidad, en los últimos años había comenzado a regalarles muñecas de porcelana restauradas. Eran poco comunes, costosas e insuperables. Rory no sabía qué haría cuando Kip hubiera terminado de conquistar a todas sus nietas con las muñecas. Tendría que racionar su cerveza Dark Lord como todos los demás. Por ahora, hacía trueque.

—¿Cuánto valdría en el mercado? —quiso saber Kip.

—Cuatrocientos dólares, probablemente.

—¿Y tú cuánto pides?

—Dos cajones.

—¿Nada más? —dijo Kip.

—Estoy generosa hoy.

Kip se acarició la barba una vez más mientras contemplaba la muñeca.

—¿Tienes papeles de autenticidad?

—Por supuesto —respondió Rory y extrajo del bolsillo del abrigo los papeles originales que describían la muñeca. La había comprado el año anterior en una subasta por muy poco dinero. Estaba en pésimo estado, con fracturas múltiples en la porcelana y partes de la cabeza sin cabello. Rory había reparado las fracturas y las había dejado casi invisibles. Le dejó a la tía Greta el desafío de pensar en una solución para el cabello y, por supuesto, ella lo había encontrado. La muñeca que Rory le estaba ofreciendo a Kip parecía nueva. Si la hubiera llevado a la misma subasta donde la había comprado, la habría vendido por mucho más que cuatrocientos dólares.

Kip tomó los papeles y asintió.

—Enseguida vengo.

Instantes más tarde, atravesaban el aparcamiento. Kip empujaba un carrito con dos cajones de cerveza apilados encima.

Los cargó dentro del coche de Rory y cerró el maletero. Rory se subió detrás del volante y encendió el motor. Bajó la ventanilla cuando Kip golpeó el cristal.

—¿Estuviste caminando por un cultivo de calabazas antes de venir aquí? —preguntó, observando las pisadas rojizas, de aspecto lunar, alrededor del coche.

—No era un cultivo de calabazas —respondió Rory—, pero vaya si fue un enchastre. —Sonrió—. Por eso vine hasta aquí a medianoche… pero mejor, dejémoslo así.

—Entiendo. Cuando llamaste, imaginé que estabas necesitando una buena dosis.

—Es cerveza, Kip. No heroína.

—Una dosis es una dosis.

Kip buscó dentro del bolsillo de su abrigo y extrajo una botella recién salida del refrigerador. Del otro bolsillo, sacó una navaja suiza con el emblema de Dark Lord. La abrió; de un lado, la hoja tenía el filo de un bisturí. Del otro, era un abrebotellas. Kip quitó la tapa y le entregó la botella a Rory por la ventana.

—Ve con cuidado por la I-80. Los malditos policías estatales tienen vista de lince.

Rory sonrió y tomó la botella helada.

—Gracias, Kip. Nos vemos en mayo.

—Toma —añadió él, entregándole también la navaja. Sé que esa muñeca vale mucho más que un par de cajones de cerveza.

Rory le agradeció con un ademán de la cabeza y luego salió del aparcamiento para dirigirse a la carretera de Indiana. Instantes después estaba en la autopista, con el control de velocidad puesto cuatro kilómetros por debajo del límite permitido. Bebió la cerveza lentamente, disfrutando del viaje de regreso a la ciudad.

***

Rory aparcó el coche delante de la casa de su padre. Era casi la una de la mañana. Tenía que admitir que se estaba obsesionando de manera excesiva con la mujer de 1979. De algún modo, Angela Mitchell había viajado a través del tiempo para apoderarse de una parte de su mente. Las vibraciones del misterio que rodeaba a la mujer, como las de un diapasón, eran al mismo tiempo casi inaudibles, pero imposibles de ignorar.

Al principio no logró comprender por qué Angela Mitchell se le había metido de esa forma en la cabeza. O, por lo menos, no quiso admitirlo. Hacerlo requería reflexionar y reconocer sus propias falencias y dificultades. Abrir el alma siempre le había resultado difícil, aunque fuera con ella misma. La conexión con Angela había comenzado cuando se había enterado de que padecía autismo. Se sintió más identificada aún al leer las descripciones que la mostraban como una mujer introvertida, que no lograba insertarse en la sociedad, alguien que nunca había encajado y que casi no se relacionaba de manera significativa con otras personas, o lo hacía con muy pocas. Una mujer que había tenido miedo de acudir a las autoridades aun después de comenzar a sospechar que su esposo era un asesino. Desde que se había enterado de que Catherine Blackwell creía que Angela Mitchell podía estar viva, la mente de Rory no había cesado de darle vueltas al asunto. El hecho de que su padre tal vez se hubiera pasado la vida buscándola le producía una obsesión malsana con la mujer. Una pregunta se le formó en la cabeza: ¿qué había descubierto su padre? Era demasiado como para poder aislarlo en un compartimento de la mente y olvidarlo. Rory sabía que no se detendría hasta averiguarlo y que utilizaría todos sus recursos y talentos para reconstruir el paradero de Angela.

Descendió del coche y se colgó la mochila del hombro. Abrió el maletero, tomó una botella de cerveza de uno de los cajones y luego utilizó la llave para entrar en la casa de su infancia. De pronto, la golpeó una oleada de emociones. No recordaba la última vez que había llorado. Es más, no sabía si lo había hecho alguna vez durante su vida adulta. No lo creía, y no pensaba comenzar a llorar ahora solamente por cruzar el umbral de su niñez. Su padre ya no estaba. Y se había llevado un gran secreto, lo que le despertaba gran curiosidad. Llorar no serviría de nada.

Cerró la puerta detrás de sí, entró en el despacho de su padre y se sentó detrás del escritorio. Con la navaja de Kip abrió la cerveza y paseó la mirada por la habitación en penumbras. El mayor talento de Rory era la capacidad de armar pieza por pieza los casos que parecían estancados, imposibles de resolver; revisar una y otra vez los hechos y descubrir lo que otros investigadores habían pasado por alto, hasta que una imagen del crimen —y del asesino, a veces— se le formaba con claridad en la mente. Comprendía la forma de pensar y el motivo del asesino después de estudiar los estragos que dejaba. La frustración que sentía respecto de la reconstrucción del caso de Angela Mitchell se debía a que no había nada que estudiar o analizar. Thomas Mitchell no había dejado un cadáver, lo que la hacía preguntarse sobre la culpabilidad del hombre. ¿Acaso era posible que hubiera pasado cuarenta años preso por un crimen del que era inocente? Lo más desconcertante del dilema era si lo habrían condenado a décadas de encierro por un asesinato que en realidad nunca había sucedido.

Encendió la lámpara de escritorio del despacho de su padre y extrajo la tesis de Lane Phillips de la mochila. Él la había escrito para su disertación hacía más de diez años. Era una mirada oscura y ominosa dentro de las mentes de asesinos condenados. Una obra magistral, resultado de la cruzada de dos años de Lane, en la que había entrevistado de manera personal a más de cien asesinos seriales presos en todo el mundo. La tesis todavía se utilizaba en el FBI, aun a pesar de que hacía mucho tiempo que Lane ya no trabajaba allí realizando perfiles. Rory la usaba como material de referencia cuando necesitaba recordar cómo pensaba un asesino, técnica que le resultaba útil para reconstruir un crimen. Bebió un sorbo de Dark Lord y leyó la cubierta: *Hay quienes eligen la oscuridad*, por Lane Phillips.

Había leído la tesis varias veces y siempre volvía a la misma sección, que buscó nuevamente ahora. El título siempre le causaba un estremecimiento en el pecho: "Por qué matan los asesinos".

Leyó los postulados de Lane sobre qué hacía que una persona decidiera poner fin a la vida de otro ser humano: la racionalización que se llevaba a cabo, el bloqueo de emociones, el envío de normas societarias y obligaciones morales a un agujero negro de la mente. El concepto retomaba el meollo de la tesis: en algún punto de la existencia de todo asesino, se lleva a cabo una elección. Hay quienes eligen la oscuridad, otros son elegidos por ella.

Rory terminó la cerveza sentada en el despacho en penumbras de su padre. Paseó la vista por la casa de su infancia; el silencio de las habitaciones vacías le permitió dar forma a las preguntas que la carcomían. Pensó en Angela Mitchell. Se preguntó si la mujer habría elegido la oscuridad tantos años antes, o si la oscuridad la habría elegido a ella.

CHICAGO

Noviembre de 1981

Frank Moore mantenía en secreto su búsqueda del fantasma de Angela Mitchell; no había mencionado la investigación a sus jefes en Garrison Ford. Ni a su esposa, por el momento. Lo habían puesto a cargo de las apelaciones de Thomas Mitchell, tarea que llevaba a cabo con eficiencia y pericia. Frank no había dicho a nadie que Mitchell lo había contratado también para que buscara a su esposa desaparecida. Al principio había recibido la solicitud con perplejidad y sospechas, pero desde el extraño encuentro en la granja de Peoria —y tal vez por primera vez—, Frank había comenzado a pensar que tal vez Angela Mitchell estuviera realmente viva.

Sentado ante su escritorio en Garrison Ford, se llevó el teléfono a la oreja. Tenía a su lado la gruesa carpeta de la investigación, que contenía toda la información que había recolectado hasta el momento sobre Angela Mitchell: su adolescencia complicada, el paso por la Clínica Psiquiátrica Juvenil Bayer a los diecisiete años y la conversación con el doctor Jefferson. La carpeta terminaba con la dirección de la granja en Peoria y el nombre de la mujer que había buscado a Angela en la clínica el día en que ella decidió irse al cumplir dieciocho años: Margaret Schreiber.

Pasó una semana investigándola. De los llamados a la municipalidad y los documentos públicos que pudo examinar, averiguó que hacía once años que era dueña de esa propiedad. Tenía una hipoteca y estaba al día con los impuestos. Era enfermera y partera certificada en el hospital local de Peoria. En los últimos días, Frank había investigado permisos y licencias profesionales del Departamento de Regulación Profesional de Illinois. Hizo llamadas bajo pretextos falsos para averiguar sobre los servicios del hospital, lo que le permitió armar una biografía detallada de Margaret Schreiber.

—Abandonó la clínica psiquiátrica al cumplir dieciocho años —dijo Frank en el teléfono. Encontré a la mujer que la pasó a buscar.

—¿No fueron sus padres? —preguntó Thomas Mitchell con voz metálica desde la línea cargada de estática de la prisión.

—No, se dio de alta ella misma, pero una mujer llamada Margaret Schreiber la ayudó. Hasta ahora, es la única pista que tengo. La única persona fuera de su familia con la que la pude relacionar antes de que te conociera. Voy a seguir investigando esa conexión por el momento.

—¿Hablaste con ella?

—Muy brevemente —respondió Frank.

—¿Le preguntaste por Angela?

—La mencioné, sí.

—¿Y? ¿Te pareció que sabe algo?

Frank recordó a Margaret Schreiber mientras retrocedía hacia la puerta principal de la granja. Recordó el miedo en sus ojos y el movimiento leve de las cortinas cuando espió cómo él se alejaba en el coche. La mujer ocultaba algo, y Frank creía saber de qué se trataba.

—No lo sé —respondió por fin—. Cuando tenga más información, me comunicaré contigo otra vez.

Frank colgó el teléfono y anotó la llamada de quince minutos en la carpeta de Thomas Mitchell para facturarla como parte de las apelaciones. La secretaria ingresó en la oficina.

—Me voy a almorzar —anunció—. Aquí tiene los mensajes de esta mañana. —Levantó unos papelitos amarillos—. Llamó su esposa. Tiene que ir a trabajar temprano, por lo que no lo verá esta noche. Howard Garrison pasó por aquí y quiere verlo. Y un mensaje extraño de una mujer que no quiso dar su nombre. Dijo que… a ver, aguarde… fue bastante raro.

Frank sintió que se le entumecía el cuerpo mientras la secretaria buscaba entre los papeles.

—Aquí está. Dijo… —levantó la vista del mensaje para mirar a Frank, con las cejas arqueadas—. "Me disculpo por los perros". Y que le gustaría hablar con usted lo antes posible. —La secretaria le entregó el mensaje—. ¿Tiene idea de lo que le estoy hablando?

—Sí, es una historia larga —respondió Frank. Se puso de pie y rodeó el escritorio a toda prisa—. Llamaré a mi esposa más tarde. Dígale al señor Garrison que me surgió algo, que lo veré mañana.

—No quiso dejar un número de teléfono —dijo la secretaria mientras Frank abandonaba la oficina.

—No hay problema, no lo necesito.

Salió a toda prisa y se lanzó en persecución del fantasma de una mujer que había desaparecido hacía dos años.

CAPÍTULO 24

Chicago, 30 de octubre de 2019

DESPUÉS DE LA MUERTE DE Marla, la madre de Rory, hacía seis años, su padre había amenazado con achicarse y mudarse a un condominio, pero nunca se había decidido a hacerlo. Mantuvo la casa de tres dormitorios donde Rory se había criado y siguió viviendo en ella, a pesar de que era demasiado grande para él, a fin de mantener vivo el recuerdo de su esposa. Rory había tomado conciencia la noche anterior de que, ahora que su padre había muerto, iba a tener que vaciar la casa como había hecho con el bufete, guardar todo en cajas y poner un letrero de EN VENTA en el jardín delantero. Después de varias cervezas, con la cabeza ligera, se había recostado en el sofá para pensar en la triste tarea de vaciar la casa de su infancia de todos sus recuerdos, para que otra familia comenzara el proceso de pintar una nueva historia sobre la que le pertenecía a ella. El alcohol había servido para entumecerle los sentidos. Con el correr de las horas, se durmió y se olvidó del mundo.

Cuando despertó, el sol entraba por la ventana del despacho de su padre y le iluminaba la cara, por lo que tuvo que protegerse los ojos. Se incorporó en el sofá, con un dolor de cabeza sordo, y se masajeó las sienes. Frank Moore había muerto en esta habitación. Aquí lo había encontrado Celia y Rory experimentaba una paz catártica por haber pasado la noche allí. Tal vez le había brindado una noche de compañía al espíritu de su padre. O tal vez seguía ebria de cerveza.

Las botellas vacías estaban sobre el escritorio y la computadora mostraba su último intento de descubrir lo que Frank Moore había averiguado sobre Angela Mitchell antes de morir. Si había encontrado algo, no lo había registrado en la computadora. Rory quitó las botellas del escritorio y se volvió a sentar en la silla donde había muerto él. Utilizó el móvil para buscar los sitios web de tres empresas de mudanzas y anotó los números de teléfono sobre un papel adhesivo. Había varios depósitos de alquiler en la zona y eligió algunos al azar. Pasó media hora haciendo llamadas y organizando horarios. Cuando terminó, cerró la computadora y echó un vistazo a la habitación. Con la luz matinal, el despacho se veía distinto de la noche anterior. Notó que la puertita del gabinete en la parte inferior del escritorio estaba entreabierta y vio que, por la rendija entre el borde de la puerta y el marco del escritorio, asomaba la perilla de una caja de seguridad. Rory abrió la puerta.

La caja de seguridad estaba empotrada; comenzó a hacer girar el dial de inmediato, intentando combinaciones habituales de números, pero todas fallaron. Probó con su fecha de nacimiento, luego las de sus padres. Cuando por fin utilizó la fecha del aniversario de bodas de ellos, la puerta se abrió. Rory se agazapó debajo del escritorio y espió dentro de la caja de seguridad. Sobre el estante había una gruesa carpeta. La recuperó y la colocó sobre el escritorio. Al abrirla, encontró cartas sobre la libertad condicional de Thomas Mitchell con fechas que iban dos décadas hacia atrás, todas con el sello de RECHAZADA. Las cartas de apelación de su padre estaban abrochadas a cada rechazo. Cuando llegó al final de la pila, Rory encontró una carta de la junta de libertad condicional que sugería que el cliente de Frank Moore había realizado grandes progresos y que el parecer de los miembros de la junta había cambiado. Otras dos cartas elogiaban la evolución y rehabilitación de Thomas Mitchell y, al final de todo, había una carta con el sello de APROBADA.

Rory volvió a revisar el montón de correspondencia y verificó las fechas en la parte superior de cada carta; catalogó mentalmente el día, el mes y el año. Su padre había estado involucrado en todas las audiencias y apelaciones desde la década de 1980.

Corrió las cartas hacia un costado. El siguiente montón de papeles eran cartas escritas a mano por Thomas Mitchell, en mayúsculas de imprenta perfectas que parecían hechas con una máquina de escribir antigua. Rory recordó la mala caligrafía de los detectives y se asombró ante el contraste con la letra de Thomas Mitchell, que dejaba en evidencia que era un hombre a quien le sobraba el tiempo. No había indicios de urgencia en su trabajo, no había motivos para la prisa. Escribía con deliberación, y cada letra era igual a la anterior. Al leer por encima, Rory notó la forma repetitiva en que formaba las A. No las cruzaba horizontalmente, por lo que parecían sencillamente una V invertida y sobresalían de la página en cada palabra que las contenía.

YO, THOMAS MITCHELL, ELIJO COMO MI ABOGADO A FRANK MOORE PARA QUE ESTÉ PRESENTE Y HABLE POR MÍ EN MI AUDIENCIA DE LIBERTAD CONDICIONAL.

Esa letra tan particular le produjo náuseas, como si el cruce horizontal faltante representara la ausencia siniestra de algo importante en el alma del hombre. Hizo a un lado las cartas y se concentró en la última pila de papeles. Estaban sujetos con una banda elástica y en la hoja superior estaba escrito con la letra de su padre: *Angela Mitchell.*

Rory contuvo la respiración. En las hojas que tenía delante estaba lo que parecía ser la investigación que había hecho su padre sobre la vida de Angela Mitchell, su familia, amigos y conocidos. Una larga lista de nombres, con tildes y notas junto a cada uno. Reconoció el nombre de Catherine Blackwell. Movió el dedo por la página y leyó los demás uno por uno.

—Tu amigo me dijo que podría encontrarte aquí.

La voz la tomó por sorpresa y Rory dejó escapar un gritito. Levantó la vista y vio a Celia en la puerta. Se llevó una mano al pecho.

—¡Celia, por Dios, me diste un susto tremendo!

—Perdón. Golpeé a la puerta, pero no obtuve respuesta. Vi tu coche afuera.

Rory ordenó los papeles.

—¿Qué haces por aquí, Celia?

—No me volviste a llamar. Fui a tu casa esta mañana y tu amigo me dijo que te buscara aquí.

Rory recordaba vagamente una llamada ebria a Lane la noche anterior, mientras revisaba la computadora de su padre.

—Uh, discúlpame —dijo—. Es que tengo tantas cosas en la cabeza. —Vio algo en la expresión de Celia y añadió—: ¿Pasó algo?

—Creo que tu padre me ha dejado una carga que es demasiado para mí. —Celia le mostró un objeto pequeño que tenía en la mano—. Me la dio hace mucho tiempo. Me dijo que no se la diera a nadie.

Rory entornó los ojos; los lentes de contacto se le habían secado por haber dormido sin quitárselos y no distinguía lo que Celia tenía en la mano.

—¿Qué es?

—La llave de su caja de seguridad.

CHICAGO

Noviembre de 1981

FRANK DETUVO EL COCHE EN el comienzo del largo camino de entrada. A la distancia se veía la casa de campo. Las sombras de los arces se extendían por la propiedad en la luz de la tarde. Giró el volante y avanzó por el camino. Aparecieron los perros desde detrás de la casa y persiguieron el vehículo, entusiasmados ante la visita. Frank temía que intuyeran el miedo que había sentido la última vez, cuando apenas había logrado zambullirse dentro del coche antes de que lo despedazaran.

No pensaba abrir la puerta, de manera que apagó el motor y esperó mientras los perros ladraban y anunciaban su presencia. Al cabo de un minuto, la mujer apareció en el porche de la casa y les gritó. Los perros desaparecieron por donde habían venido. Frank descendió lentamente del coche.

—Venga, pase —lo invitó la mujer.

Frank subió los escalones del porche delantero. La mujer abrió la puerta de tela metálica y él la siguió al interior de la casa. Se dirigieron a la sala que estaba a un lado del vestíbulo. Una gran ventana saliente miraba al campo detrás de la propiedad. Ahora que Frank la veía de cerca, la mujer parecía mayor, algo demacrada, como si la vida hubiese sido dura con ella. Se pasó una mano por el áspero cabello canoso mientras se sentaba en el sofá.

Frank estaba preparado para hablar de nimiedades, hasta tenía una historia preparada, pero no tuvo que utilizarla.

—¿Por qué está haciendo averiguaciones sobre Angela?

La franqueza de la pregunta lo tomó por sorpresa y sintió la necesidad de decir la verdad. Hacía meses que mentía sobre lo que estaba haciendo. Hacía meses que inventaba engaños, buscando hilos útiles que lo llevaran a encontrar a una mujer que cada día se le antojaba más viva. Pero, por algún motivo, sintió que la mujer que tenía delante no creería ninguna de sus historias.

—Me contrataron para averiguar si Angela está... —se debatió, buscando las palabras exactas.

—¿Si está qué?

—Viva.

La mujer sacudió la cabeza.

—Me advirtió que él la vendría a buscar.

Frank se estremeció y sintió un zumbido en su interior.

—¿Quién le advirtió?

—Angela.

Frank sintió que caía al vacío. El aire le abandonó los pulmones y cuando logró hablar, lo hizo con un hilo de voz.

—¿Ella le advirtió que quién la vendría a buscar?

A la mujer también le tembló la voz al responder.

—Thomas. Me dijo que él nunca dejaría de buscarla.

CAPÍTULO 25

Chicago, 30 de octubre de 2019

—¿Dónde la encontraste? —preguntó Rory al ver la llave en la mano de Celia. Había revisado cada centímetro de la oficina de su padre y no había visto esa llave.

—Amaba a tu padre —explicó Celia, en voz ahogada por el llanto—. Estábamos enamorados, Rory. No te contamos porque Frank pensó que te pondrías mal al saber que estábamos juntos.

Rory se enderezó en la silla, y al llevarse la mano a la frente para acomodarse los lentes, se dio cuenta de que estaban sobre la mesa baja junto al sofá donde había dormido. Su gorro también estaba allí. Se puso de pie, descalza, pues sus borceguíes estaban en el suelo junto a la mesa. Sin ninguna de sus prendas de protección, escuchó cómo Celia confesaba la relación con su padre.

—Fue un año o más después de la muerte de tu madre. Frank temía que pensaras que estábamos juntos desde antes. Pero no, Rory. Yo jamás haría una cosa así. Tu padre estaba destrozado después de la muerte de Marla. Mi esposo había muerto unos años antes y simplemente nos encontramos el uno al otro y nos enamoramos.

—Bien —dijo Rory, levantando las manos—. No quiero saber más detalles, Celia. No en este momento.

La cabeza le dolía por demasiada cerveza, pero a pesar del dolor, Rory pudo atar cabos. La relación explicaba las emociones desbocadas de Celia en el funeral y su abrazo lloroso cuando Rory se había reunido con ella para comenzar el proceso de disolución del bufete legal. Sintió una profunda tristeza al pensar en los últimos años de la vida de su padre. Frank se había sumido en una dolorosa y honda depresión después de la muerte de su esposa. Y en el último año, Rory había tenido la impresión de que había estado muy estresado. Tal vez era porque había encontrado la felicidad con otra mujer y no podía compartirla con su hija. Frank se había dedicado siempre a protegerla y a asegurarse de que ella no sufriera por nada de lo que él hacía. Ahora Rory acababa de descubrir una parte de su vida que podrían haber disfrutado juntos. El llanto que había logrado evitar la noche anterior la golpeó sin aviso, impidiéndole controlar las lágrimas que le llenaron los ojos.

—Lamento decírtelo de este modo, Rory. Desde la muerte de Frank que me debato con esto. Pensé en no contarte nada; tal vez habría sido la solución más fácil, de no ser por esto. —Celia se acercó y empujó la llave por encima del escritorio—. Tu padre tenía una caja de seguridad en el banco. Me dijo que si algo le sucedía alguna vez, yo tenía que tomar lo que había en la caja y guardarlo.

Rory se compuso y tomó la llave.

—¿Qué hay en la caja?

—No tengo idea. Pienso que puede haber dinero, pero no me sentiría bien quedándome con él. Frank prometió que siempre cuidaría de mí… económicamente, sabes. Pero si dejó dinero, te pertenece a ti.

Rory tomó la llave y pasó los dedos por las muescas; un frío le subió por la espalda, haciéndole zumbar los oídos y erizándole el pelo de la nuca. Miró el montón de papeles que acababa de descubrir en la caja fuerte de su padre y comprendió que no era dinero lo que él quería que Celia mantuviera oculto.

Detuvo el coche en el aparcamiento del banco justo antes de las nueve de la mañana. Celia estaba a su lado, en el asiento del pasajero. Rory seguía con dolor de cabeza por el exceso de cerveza y tenía la boca como algodón seco. Se había puesto todo su equipo de protección: gorro, lentes, abrigo gris y borceguíes.

En el trayecto desde la casa, Celia explicó que un año después de que comenzaron a estar juntos, Frank le había pedido que firmara los papeles que la nombraban cotitular de la caja de seguridad. Celia nunca hizo preguntas sobre el contenido; solo sabía que a Frank lo había angustiado mucho pedirle que lo tuviera a su cuidado. Mientras aguardaban en el coche, Rory notó que Celia la estaba mirando. Quería hablar de su relación con Frank, pero lo que Rory necesitaba era una Coca Light y un poco de privacidad. Afortunadamente, un empleado del banco abrió las puertas de entrada justo cuando el reloj digital del coche parpadeó en las 09:00 horas.

Rory señaló por la ventanilla.

—Abrió el banco.

Descendieron del coche y atravesaron el aparcamiento. Dentro del banco, tomaron el ascensor hasta el subsuelo y se acercaron a la empleada de recepción, que les sonrió. Rory dejó que Celia comandara la situación.

—Necesitamos acceso a la Caja 411.

—¿Son cotitulares? —preguntó la mujer.

—No —dijo Celia—. Solo yo.

—Solo los titulares registrados pueden entrar en la bóveda, pero usted puede esperar en la zona de recepción que está justo afuera.

—Perfecto —dijo Rory—. Gracias.

Celia le entregó su documento de identidad y firmó una tarjeta. La empleada hizo una fotocopia, comparó la firma de Celia con la que tenía registrada y buscó la llave maestra en un gabinete cerrado sobre la pared trasera. Desapareció unos instantes para dar la vuelta y abrió la puerta del sector donde esperaban Celia y Rory.

—Pasen por aquí —indicó la mujer.

Cruzaron la habitación hasta donde pesadas barras de metal separaban la zona de recepción de la bóveda donde estaban las cajas de seguridad. La reja había sido abierta más temprano, al igual que la puerta de la bóveda. La mujer señaló una zona de espera con mesas altas, redondas. Rory fue hasta allí y vio cómo Celia entraba con la mujer en la bóveda. Instantes más tarde, Celia reapareció con una delgada caja de metal en las manos.

—Avísenme cuando hayan terminado —dijo la empleada con una sonrisa.

Celia colocó la caja sobre una de las mesas altas.

—Te dejaré sola —dijo a Rory.

Rory asintió, con la vista fija en la caja. Cuando estuvo sola, levantó la tapa y echó un vistazo al contenido. Dentro había unas hojas sueltas. Tomó las que estaban más cerca, que eran el testamento de su padre. Volteó las páginas lentamente, no vio nada extraño y lo dejó a un costado. Cuando se puso a examinar el siguiente documento, la habitación comenzó a dar vueltas, lentamente al principio, pero luego cada vez más rápido. Colocó las manos sobre la mesa para afirmarse mientras levantaba la hoja para leerla.

La habitación giraba tan rápido que Rory se llevó una mano a la sien; el movimiento hizo que los lentes cayeran al suelo. Extrajo el último objeto del fondo de la caja, otro documento, y al leerlo, cayó hacia atrás hasta chocar contra la pared. El gorro cayó de su cabeza sudorosa al suelo, y Rory se dejó caer, también, con la vista fija en el papel.

CHICAGO

Noviembre de 1981

—¿ANGELA LE ADVIRTIÓ QUE SU marido la vendría a buscar? preguntó Frank—. ¿Entonces Angela está viva?

La mujer permaneció en silencio.

—¿Entonces Angela está viva?

Margaret miró por la ventana, hacia la gran extensión de tierra detrás de la casa.

—¿Cómo me encontró?

Frank aceptó la evasiva sin presionarla. Sabía que estaba al borde de un descubrimiento monumental.

—Usted figura en los registros de la clínica Bayer como la persona que recogió a Angela el día en que cumplió dieciocho años y abandonó el lugar.

—Diablos —respondió—. Pensamos mucho en cualquier rastro que pudiera llevar hacia mí. Cualquier cosa que pudiera relacionarnos. Pensamos que estábamos a salvo. —Apartó la vista de la ventana—. Bien, ya sé cómo me encontró. Ahora dígame por qué la está buscando. ¿Lo envió su esposo?

Frank tragó saliva. Una sensación siniestra flotaba en el ambiente y, de pronto, su conexión con Thomas Mitchell le pareció horrenda.

—Hay personas que... creen que Angela está viva. Que desapareció para liberarse de su esposo. La policía estaba convencida de que él la mató y el fiscal de distrito armó un caso lo suficientemente convincente como para condenarlo. Pero me pregunto si no estaban equivocados.

—¿Él lo envió? —insistió ella.

Frank intuyó que estaba al borde de un cambio sísmico. Había hecho el viaje para ayudar a su cliente, pero ahora sentía que estaba poniendo vidas en peligro. Asintió.

—Sí —respondió por fin—. Thomas Mitchell me contrató para encontrar a su mujer.

Los ojos de la mujer se agrandaron por el temor.

—No puede contarle nunca lo que descubrió. ¿Me entiende? No tiene que encontrarme nunca.

—¿Entonces estaban equivocados la policía y el fiscal de distrito? ¿Thomas Mitchell no mató a su esposa?

—No —respondió Margaret—. Pero mató a muchas otras mujeres.

—¿Dónde está Angela?

—Mató a todas esas mujeres, como dijo Angela. Y ella me dijo que vendría a buscarla, que contrataría gente para encontrarla. Pasaron dos años, pero Angela tenía razón.

Frank no mencionó que ya había hablado de la pista de Margaret con su cliente, algo de lo que ahora se arrepentía. Algo le decía que había cometido un grave error.

—Cuénteme qué sucedió —dijo a Margaret—. Si necesita ayuda, le prometo que encontraré la forma de hacerlo.

Desde otra habitación, en otro extremo de la amplia casa de campo, se oyó un chillido. Frank miró hacia el vestíbulo. Lo escuchó de nuevo, más fuerte cada vez. Era llanto.

—Venga conmigo —dijo la mujer.

Se puso de pie, atravesó el vestíbulo y subió por las escaleras. Sintiendo cómo le corría el sudor por las sientes, Frank la siguió hasta la base de la escalera. Tuvo una extraña premonición de que, si subía con ella, su vida nunca volvería a ser la misma. Pero la atracción de Angela Mitchell, el fantasma al que había estado persiguiendo, era demasiado fuerte como para permanecer inmóvil. Los escalones crujieron bajo su peso cuando siguió a Margaret hacia el primer piso. Con cada paso, el llanto se volvía más fuerte. Más que llanto, eran gritos.

Al llegar al descanso, la mujer de pelo canoso entró en una habitación. Frank se detuvo al llegar al último escalón y miró hacia abajo por la escalera que acababa de subir. La baranda de madera y los escalones se le tornaron borrosos. El vestíbulo en la planta abaja, la puerta de entrada y la última luz de la tarde que entraba por la ventana se unieron en una imagen deformada. Todavía estaba a tiempo, todavía tenía una oportunidad. Podía bajar corriendo y salir, subirse al coche y no volver nunca más. Podía decirle a su cliente que la pista no había llevado a nada. Podía mentir.

Pero no lo hizo. Giró y entró por la puerta por la que lo había precedido la mujer. En un rincón había un cochecito de bebé. El llanto provenía de una criatura que estaba de pie en la cuna, con el rostro enrojecido por el llanto. Los gritos eran tan viscerales que Frank sintió el impulso de cubrirse los oídos, pero la curiosidad lo hizo adentrarse en la habitación. El llanto cesó cuando la mujer levantó al bebé en brazos.

Cuando Frank entró en la habitación, sintió que miles de ojos lo observaban. De pronto comprendió por qué. Tres de las cuatro paredes de la habitación infantil contenían estanterías empotradas. Todos los estantes estaban ocupados por muñecas de porcelana antiguas, ordenadas en hileras perfectas, de a tres por estante. Brillaban, inmaculadas, bajo la luz, con los ojos fijos en él.

—Él no puede encontrarla nunca —suplicó la mujer.

PARTE III
LA CASA DE CAMPO

CHICAGO

Mayo de 1982

Frank Moore aceleró por la carretera bordeada por campos de maíz recién sembrados. Su esposa iba junto a él, en el asiento del pasajero. El sol estaba detrás de ellos en esa mañana de sábado y la sombra del coche se extendía, ladeada, sobre el pavimento delante de ellos. Había llovido casi todo el mes de abril, pero hasta el momento mayo se estaba comportando muy bien, anunciando la primavera con días soleados y flores. Para Frank y Marla Moore, el cambio de estación traía esperanzas también.

—¿Cómo encontraste a esta familia? —preguntó Marla.

—Es una historia larga —respondió Frank—. Pero estuve buscando desde que nos enteramos de que la lista de espera era tan larga. La semana pasada recibí un llamado.

—¿Viniste a verlos sin mí?

—Solo para asegurarme de que fuera todo verdad. Ya sufriste tanto con… —La voz de Frank se apagó. Quería evitar hablar de los abortos espontáneos, que siempre sumían a Marla en períodos de depresión. Hoy tenía que ser un día de júbilo, aun si estaba cargado de mentiras—. Hay muchas historias de gente que fue estafada por no recurrir a los servicios de una agencia formal —dijo Frank—. Quería asegurarme de que todo esto fuera legítimo antes de que te entusiasmaras.

—¿Y lo es?

Frank hizo una pausa.

—Sí, es todo legítimo.

—¿Estás seguro del paso que vamos a dar? —preguntó su esposa.

Frank la miró a los ojos.

—Sí, estoy seguro.

Frank vio sonreír a Marla por primera vez en muchos meses. Una hora más tarde, detuvieron el coche junto al acceso a la casa de campo. Una cerca de madera blanca rodeaba la propiedad y se extendía por varias hectáreas.

—¿Estás lista? —preguntó.

—¿Esto está sucediendo de verdad, entonces?

Frank asintió lentamente.

—Así es.

Tomó por el camino de entrada y detuvo el coche donde siempre lo hacía. Habían pasado seis meses desde la primera vez que había estado en esa casa. Ya no recordaba las veces que había venido desde que había hecho el descubrimiento. Deseó haberse tomado más tiempo para organizar todo, pero aun si lo hubiera hecho, el plan nunca sería perfecto: siempre contendría un elemento de peligro. O hasta de desastre. El plan era cualquier cosa menos perfecto, a decir verdad.

En los pocos años que llevaban casados, nunca le había ocultado algo a Marla y había entrado en la relación con la idea de no tener secretos. Pero la vida a veces brinda oportunidades inesperadas. Llamados que vuelven atractivas ciertas transgresiones si se mira el plan integral, cuando la vida nos pide más de lo que alguna vez pensamos que podíamos dar.

Los perros ya lo conocían a esta altura, y se mostraron juguetones y amistosos cuando avanzó hacia el porche con su esposa de la mano.

La puerta se abrió y la mujer sonrió.

—¿Marla?

La esposa de Frank tragó saliva y asintió.

—¿Margaret?

—No, no. Solo mi abuela me llamaba así. Llámame Greta, por favor. —Abrió la puerta de tela metálica—. Ven, pasa. No veo la hora de que la conozcas.

CAPÍTULO 26

Rory llevó la muñeca Kestner al asilo de ancianos. Encontró a Greta sentada en su sillón. Era la primera vez en semanas, desde antes de que su padre muriera, que Rory la veía fuera de la cama. Tuvo una extraña sensación al mirar a su tía. Una vida de recuerdos le pasó por la mente: imágenes de fines de semana largos pasados en la casa de campo, restaurando las muñecas de porcelana con Greta. La satisfacción que sentía cuando le permitía colocar una muñeca terminada en un estante de la habitación era superior a todo lo que había experimentado. A los seis años le habían diagnosticado un trastorno obsesivo-compulsivo que le había amenazado la infancia. Pero de algún modo, en la habitación de arriba de la casa de la tía Greta, Rory podía aplacar las necesidades de su mente.

Ocuparse de las muñecas purgaba las intensas exigencias de su cerebro. Cuando trabajaba con su tía, sus hábitos y la obsesión por la perfección no solo no recibían crítica alguna ni causaban preocupación a nadie, sino que el tiempo que pasaba en esa habitación *exigía* que Rory llevara a cabo todas las acciones meticulosas y redundantes que eran un fastidio no deseado en el resto de su vida diaria. En cuanto Rory descubrió esta forma de descarga, el resto de sus días quedó a salvo. Al llegar a la adultez, comenzó su propia colección y aplicó todos los conocimientos que Greta le había enseñado. Cuando su salud comenzó a fallar, Greta dejó bien en claro que la habitación de arriba en la casa de campo le pertenecía a Rory y que la colección quedaba a cargo de ella. Esas eran las muñecas que ahora adornaban los estantes del estudio de Rory.

Pero ahora veía su niñez de modo diferente. Nada era lo mismo desde que había abierto esa caja de seguridad y encontrado un certificado de nacimiento que decía que Greta era su madre biológica, y documentos que establecían a Frank y Marla Moore como sus padres adoptivos. Era tanto lo que Rory no comprendía y tantas las respuestas que necesitaba.

—Hola, ancianita —saludó a Greta.

Greta miró a Rory y volvió a fijar los ojos en el televisor sin sonido.

—Traté de salvarte. Había demasiada sangre.

Rory respiró hondo, furiosa consigo misma por la repentina impaciencia que sintió. Hizo una pausa y recordó que Greta tenía tan poco control sobre los pensamientos aleatorios que le pasaban por la mente y las palabras que le salían de la boca como Rory sobre un estornudo.

—Él va a venir. Me lo advertiste. Pero hay demasiada sangre.

—Bueno, bueno, ya está —la tranquilizó Rory—. Ya está todo bien.

—Va a venir a buscarte. Pero tenemos que parar la hemorragia.

Rory cerró los ojos por un instante. Hacía años que no le pedía nada a su tía. De hecho, se habían invertido los roles. Greta, la que antiguamente calmaba los miedos y la ansiedad de su sobrina, era ahora la paciente, y Rory, la que la calmaba durante períodos de angustia como este. Que hoy Rory quisiera respuestas que solo Greta podía darle no era una excusa para abandonarla cuando estaba sufriendo.

Exhaló y se acercó al sillón. Sabía cuál era el mejor remedio para el conflicto de Greta. El mismo que la había salvado a ella, Rory, de niña.

—Tenemos que terminar esta muñeca —dijo—. El dueño se está impacientando. Me prometiste que con una capa más quedaría lista.

Greta parpadeó al ver la muñeca, como si esta la arrastrara por los años, alejándola de los torturantes recuerdos del pasado y trayéndola de nuevo al presente. Hizo un ademán para que Rory se la entregara. Rory miró fijamente a la mujer a la que había creído su tía abuela durante toda su vida. Hasta que la novia de su difunto padre le entregó la llave de una caja de seguridad que le había revelado otra cosa. Extrajo la muñeca de Camille Byrd de la caja y la colocó con cuidado sobre el regazo de Greta. Buscó en el armario las pinturas y esmaltes que había traído unas noches atrás, las colocó sobre la mesa rodante y la acercó al sillón de Greta.

—Con la luz del sol —dijo Rory, señalando la mejilla izquierda—, la tonalidad luce perfecta, pero la luz incandescente muestra los defectos y las fluorescentes la blanquean demasiado.

—Una capa más —dijo Greta—. Y voy a lustrar el lado sano para amalgamar todo.

Rory se sentó sobre el borde de la cama para observarla trabajar. Ver a Greta restaurando una muñeca la transportaba de nuevo a la casa de campo, a los largos días de verano, a las noches apacibles. Todos los veranos de su vida los había pasado allí. Durante el año escolar, si comenzaba a manifestarse un brote obsesivo-compulsivo, sus padres la buscaban en la escuela temprano los viernes y la llevaban a pasar un fin de semana largo en la casa de campo. Era el mejor remedio para ella. Ahora, al mirar a Greta, la calma que siempre había sentido dejaba lugar a miles de preguntas.

—¿Estás trabajando? —quiso saber Greta, trayéndola de nuevo al presente.

—Sí —respondió Rory.

—Cuéntame.

Rory hizo una pausa. No había tenido una conversación lógica con Greta en semanas. Hoy parecía haber una ventana de lucidez en la que su tía podía interactuar con coherencia.

—Esta muñeca… pertenece a una chica muerta.

El pincel en la mano de Greta se inmovilizó. La anciana miró a Rory.

—La mataron el año pasado. Su padre me pidió que investigue.

—¿Qué le pasó?

Rory parpadeó varias veces, sintiéndose culpable por la poca atención que le había prestado al caso. Sentía un poco de preocupación por decepcionar a Ron Davidson, pero más le preocupaba Walter Byrd, que había confiado en que ella encontraría justicia para su hija. Pero la que más pena le causaba era la propia Camille, cuyo espíritu aguardaba que Rory lo encontrara, lo rescatara y lo ayudara a hallar su sitio de descanso. Que lo sacara de su tumba helada en Grant Park y lo pusiera donde correspondía, para que la pobre chica encontrara la paz eterna.

Recordó otro sueño que había tenido con Camille: otra vez había estado caminando por Grant Park y luego sacudiendo el hombro congelado de Camille para despertarla. Rory enfocó la mirada y emergió del abismo de sus pensamientos. Greta la miraba fijamente.

—No lo sé, todavía.

Greta siguió mirándola unos instantes, luego volvió a su trabajo. Una hora más tarde, había terminado de lijar y lustrar la mejilla y la frente. Lustró el rostro de la muñeca por última vez hasta que quedó impecable.

—Greta —suspiró Rory—. ¡Está perfecta! —Recordó la profunda fisura en la cavidad ocular cuando vio la muñeca por primera vez en la biblioteca. Al recostar la muñeca, el ojo izquierdo se cerró en perfecta sincronización con el derecho. Las mejillas estaban idénticas y la rajadura que comenzaba a la altura del cabello y llegaba hasta el mentón había desaparecido.

—Hasta aquí llegamos, ya está. El padre de la chica se alegrará con el trabajo que has hecho.

—El que has hecho tú también.

Greta miraba la muñeca. Rory temía que se hubiera sumido de nuevo en una laguna y que ya no volviera a salir de ella. Los abruptos cambios de actitud se sucedían con tanta frecuencia ahora que ya no la desconcertaban: Greta podía estar presente y alerta de pronto, y al minuto siguiente, completamente perdida.

Greta habló mientras revisaba la muñeca.

—Me recuerda tu infancia —dijo.

Rory asintió.

—A mí también —concordó.

Greta sonrió.

—A veces me parece que esos veranos fueron ayer.

—Greta —dijo Rory, poniéndose de pie y acercándose a la cama—, ¿por qué mis padres me llevaban a tu casa tan seguido? ¿Por qué pasaba todos los veranos de mi infancia en tu casa?

Se hizo un largo silencio hasta que, por fin, Greta levantó la vista de la muñeca y miró a Rory.

—Eras una niña nerviosa, pero siempre encontrabas la paz en mi casa.

Rory no podía discutirlo. La ansiedad y los temores, que flotaban sobre su mente como niebla sobre un lago, se disipaban cuando estaba en casa de Greta. Pero ahora sabía que existía otro motivo por el que pasaba tanto tiempo allí.

—Greta, el tiempo que pasaba contigo ¿era parte de un arreglo? ¿Un arreglo entre tú, Frank y Marla?

Greta parpadeó, pero no respondió. Bajó la vista hacia la muñeca que estaba en su regazo.

—Greta, encontré los papeles. Papá los tenía guardados en una caja de seguridad. Mi certificado de nacimiento. Y los papeles de adopción.

Rory se quedó mirando a la tía Greta durante un largo instante, sin hablar, permitiendo que la confesión de su descubrimiento se asentara entre ambas. Quería obtener respuestas. Quería escuchar la verdad de boca de la única persona viva que podía darle esas respuestas. Pero vio cómo los ojos de Greta retrocedían a ese lugar lejano, tal vez intencionalmente, aunque lo más probable era que el breve período de coherencia se hubiera agotado y la demencia de Greta hubiera vuelto a apoderarse de ella.

Al mirar a Greta, intuyó que la mujer a la que había conocido toda su vida experimentaba una profunda nostalgia. La mujer que le había salvado la infancia de lo que podían haber sido años de tormento y burlas. Una mujer a la que siempre había considerado una tía lejana, pero cuya identidad ahora se había hecho pedazos, como cuando se vuelca una mesa perfectamente puesta para cenar y todo cae al suelo. Los trozos de vajilla quedan demasiado desparramados como para reordenarlos. Rory lo vio en la mirada de ella: una especie de angustia porque la restauración de la muñeca había terminado. La muñeca había sido un vehículo hacia el pasado. A los veranos y fines de semana en los que una niña, luego una joven, había forjado una amistad y un vínculo inquebrantable con una mujer de mediana edad a la que conocía como su tía.

—Ojalá hubiera podido salvarte con la facilidad con la que Rory y yo salvamos a las muñecas —dijo Greta, con la mirada vacía, fija en el televisor.

—Pero… yo soy Rory. —Se agazapó junto al sillón—. ¿Greta? ¿Me escuchas? Yo soy Rory.

—Sí, te ocultaremos. Vendrá a buscarte, como dijiste. Traté de salvarte, pero la sangre era demasiada.

Rory cerró los ojos por un instante. Greta se había ido. La visita había terminado.

Se puso de pie, tomó la muñeca del regazo de Greta y la guardó cuidadosamente dentro de la caja.

CHICAGO

Mayo de 1982

FRANK Y MARLA ESTABAN SENTADOS lado a lado sobre el sofá. Durante el último mes, las visitas se habían llevado a cabo todos los fines de semana. Ellos viajaban a Peoria los sábados y domingos a pasar los días en la casa de campo de Greta Schreiber y conocer a la niñita, que ahora dormía. Marla acababa de leer *Buenas noches, Luna*, con la niña en brazos. Frank se daba cuenta de que era un ritual que le encantaba. Marla no había querido soltar a la niña y lo había hecho solamente cuando Greta sugirió que hablaran del futuro.

Frank era consciente de que la primera parte de su plan estaba funcionando. Su esposa se estaba vinculando emocionalmente con la niñita, lo que constituía una parte fundamental de su estrategia. La roca firme que había que colocar para poder sostener todo el resto. Ahora, mientras la niña dormía, Frank se preparaba para presentarle la propuesta a su esposa, y estaba seguro de que los detalles le resultarían por un lado demasiado buenos para ser ciertos y, por otro, demasiado escandalosos como para ser posibles.

—Para que esto funcione —le había dicho Frank a Greta—, Marla tiene que estar al tanto de todo. Si vamos a hacerlo, no pueden existir secretos. Te ayudaremos de todas las formas en que podamos, te doy mi palabra. Conozco gran parte de la historia, pero no toda, y quiero que mi esposa lo sepa todo. Por favor, comienza desde el principio así todos estamos en la misma página.

Greta asintió. El pelo parecía habérsele encanecido más aún desde que Frank había llegado a la casa por primera vez en el otoño pasado. Claramente, el peso que cargaba sobre los hombros la estaba aplastando.

—Soy enfermera —explicó Greta, hablándole a Marla, pues Frank ya había escuchado esa parte de la historia—. Trabajo en el hospital local como partera. Hago visitas a domicilio para asistir a pacientes que eligen un parto más natural en su casa. También soy consejera de mujeres jóvenes en la Bayer.

Frank se volvió hacia Marla.

—La Clínica Psiquiátrica Juvenil Bayer. —La vio asentir, aunque era evidente que nada de lo que decían tenía sentido para ella. Frank sabía que solo pensaba en la niña y la posibilidad de que pudiera convertirse en hija de ellos.

—Trabajo con las jóvenes de la clínica Bayer que están o estuvieron embarazadas. Las aconsejo sobre el futuro. Lo he estado haciendo hace muchos años y, mientras trabajaba allí, conocí a Angela, que tenía diecisiete años en aquel entonces.

Marla levantó la vista de la cuna.

—¿A quién?

—A Angela Mitchell —explicó Frank.

Marla miró a su esposo con los ojos entornados y el ceño fruncido.

—¿La joven que mataron hace unos años? ¿La chica del verano de 1979?

—Sí —asintió Frank.

Marla ladeó la cabeza.

—Tu empresa representa a Thomas Mitchell —dijo—. Te ocupas de las apelaciones.

—Así es —corroboró Frank, tomándola de la mano—. Te dije que era preciso comprender toda la historia antes de avanzar. Por eso estamos aquí. —Frank observó largamente a su esposa para asegurarse de que comprendía lo que acababa de decirle. Al cabo de unos segundos, Marla asintió y ambos volvieron los ojos hacia Greta.

—Angela estuvo en la clínica Bayer durante varios meses cuando tenía diecisiete años. Fue en 1967. —Greta meneó la cabeza—. Me cuesta creer que ya pasaron quince años. Cada vez que iba a la clínica para hablar con mis pacientes, veía a esta joven introvertida siempre sola en un rincón. Un día me acerqué, no como enfermera ni consejera, sino solamente porque me preocupaba. Quería que no se sintiera tan sola.

* * *

—*Hola* —*dijo Greta y se sentó frente a la chica tímida que siempre estaba sola.*

La joven no la miró ni dio señales de haber notado su presencia.

—*Soy Greta, trabajo aquí como enfermera.*

Esto hizo que la joven le dirigiera una mirada rápida y luego bajara los ojos otra vez.

—*No voy a tomar la medicación* —*dijo*—. *No me importa quién eres ni que trates de hacerte la buena.*

—*No, no, no soy enfermera psiquiátrica. Trabajo con algunas de las chicas internadas aquí; hablamos sobre su futuro.* —*Greta se inclinó hacia ella*—. *¿Te están dando medicación que no quieres tomar?*

—*Sí* —*respondió la muchacha.*

Greta echó una mirada a la sala de recreación. El televisor estaba encendido y había un par de chicas sentadas en el sofá delante del aparato, pero nadie más.

—¿Qué te están dando? Tal vez podría hablar con alguien…

La muchacha la miró. Greta vio el miedo en sus ojos y también un rayo de esperanza ante la idea de que tal vez ella pudiera ayudarla.

—Litio. Solo me hace dormir y me da pesadillas horribles. A veces hasta las tengo cuando estoy despierta.

—Se llaman alucinaciones y es un efecto colateral del litio. —Greta acercó su silla a la muchacha—. ¿Se lo contaste a tu médico?

—Sí, pero no le importa. Lo único que quieren es mantenerme dormida y sedada.

—Cuándo dices "quieren", ¿a quién te refieres?

—A mis padres y a los médicos. —La joven miró a Greta—. ¿Me vas a ayudar? Nadie me quiere ayudar aquí.

Greta extendió el brazo y le tomó la mano. Sintió que ella daba un respingo, pero unos instantes después, la joven se la apretó.

—¿Cómo te llamas, querida?

—Angela.

—Voy a ayudarte, Angela. Encontraré la forma de ayudarte.

CAPÍTULO 27

Chicago, 1 de noviembre de 2019

RORY ESTABA SENTADA EN SU oficina, con la foto de Camille Byrd mirándola desde la placa de corcho. Sobre el escritorio delante de ella tenía los documentos que había recuperado de la caja de seguridad de su padre. Se quedó mirando los papeles de adopción hasta que se le nubló la vista. Comenzaba a sentir que estaba al borde de los comportamientos peligrosos que siempre se esforzaba por evitar. Los pensamientos redundantes que le impedían pensar con claridad habían comenzado a acecharla y, como un animal acorralado, se defendía con desesperación, pues conocía las consecuencias de sucumbir a ellos. Hizo a un lado el tormento y dejó caer los papeles al suelo. Volvió entonces a las hojas que había encontrado en la caja fuerte del escritorio de su padre y se concentró en las cartas de la junta de libertad condicional. Leyó los años de apelaciones hechas por su padre cuando era un joven abogado en Garrison Ford. Sus argumentos abrían agujeros en la acusación de la fiscalía que, según Frank, se basaba solamente en evidencia circunstancial. Leyó la descripción cruel que él había hecho de Angela: una mujer autista sobremedicada que no encajaba en la sociedad y que no tenía comprensión plena de la realidad. Rory intentó convencerse de que lo que tenía delante era solamente el intento de su padre de cumplir el juramento que había hecho de proteger a todos aquellos que buscaran su ayuda. Pero había algo en la investigación que narraba una historia diferente.

Lo que luchaba por salir a la superficie de su mente era algo sutil y elusivo, algo que Rory estaba segura de que nadie más había visto. Había un cambio en el tono. Lo notó al leer las cartas de apelación. El tenor de los argumentos cambiaba con el correr de los años, aun si el contenido y los hechos se mantenían iguales. Tal vez, pensó Rory, después de años de fracasar, su padre había perdido la pasión para defender a Thomas Mitchell. Tal vez después de dos décadas de hacer lo mismo una y otra vez, se había rendido y ya no pensaba que las apelaciones pudieran servir de algo. Pero Rory no podía dejar de pensar que tal vez se tratara de algo diferente, que las cartas de Frank tenían otro motivo: tal vez ya no deseaba que Thomas Mitchell fuera puesto en libertad.

Se sirvió otra cerveza Dark Lord y siguió leyendo.

CHICAGO

Mayo de 1982

LA NIÑITA SIGUIÓ DURMIENDO MIENTRAS Greta relataba la historia sobre cómo ella y Angela Mitchell se habían conocido y les servía café a Frank y Marla Moore, que la escuchaban desde el sofá.

—El día que nos conocimos le di a Angela mi número de teléfono. Estaba sola en el mundo, sin apoyo de nadie, ni siquiera de sus padres. Tenía que ayudarla. Hablé con su médico y con el director de la clínica. En aquel entonces mi jefe del hospital era amigo del director médico de la clínica y, con un poco de presión, pude lograr que los padres de Angela se involucraran más e interrumpieran el tratamiento con litio. Todo eso tomó unas semanas y, durante el proceso, me reuní periódicamente con Angela. Nada formal, solamente como… bueno, como amigas, digamos.

Greta se sentó en el sofá y bebió un trago de café. Miró a Frank.

—Y así fue cómo me encontraste. Por mi amistad con Angela. Cuando ella cumplió dieciocho años, la clínica Bayer ya no pudo tenerla internada sin su consentimiento. Y ella decidió marcharse. Me llamó para que pasara a buscarla. Le pedí que hablara con sus padres, pero la relación estaba demasiado dañada como para poder repararla. Así que hice lo que me pidió. Ella se dio de alta de la clínica, pero mi nombre quedó registrado como la persona que fue a buscarla. Por lo que veo, fue nuestro único error. Traje a Angela a esta casa. Se quedó un año, trabajando y ahorrando hasta que tuvo lo suficiente como para arreglarse. A los diecinueve años, se fue a la ciudad. Eso fue en 1968. Consiguió trabajo y armó su vida. Me llamaba de tanto en tanto. En una oportunidad me llamó para contarme que había conocido a un hombre —recordó Greta—. Lamentablemente, era Thomas Mitchell.

Bebió otro trago de café.

Marla y Frank estaban sentados en el borde del sofá. Marla escuchaba con atención y Frank se dio cuenta de que le faltaba poco para hacer la conexión final.

—¿Entonces Angela y tú siguieron en contacto? —preguntó Frank, para que la conversación siguiera fluyendo.

—No mucho —respondió Greta—. Es decir, por un tiempo, sí. Durante unos años, me llamaba cada tanto para contarme cómo estaba. Me contó que sus padres se habían mudado a St. Louis, que ella tenía un empleo y que se había mudado a un apartamento por su cuenta. Yo siempre la alentaba en todo y le decía que podía venir de visita cuando quisiera. Pero después conoció a Thomas y dejó de llamar. Pasaron los años y no supe nada más de ella.

Greta hizo otra pausa para beber un trago de café. Dejó la taza sobre el platito y miró a Frank y Marla.

—Y entonces, en el verano de 1979, me enteré de las noticias.

—¿Que Angela había desaparecido? —preguntó Marla.

—Sí. Se me partió el corazón cuando vi su imagen en la televisión. Y cuando salió en las noticias que su esposo era el responsable de todas esas desapariciones y muertes, sentí que le había fallado. Me esforcé tanto por ayudarla cuando la vi tan sola en la clínica Bayer, y forjamos un vínculo muy fuerte durante el año que estuvo aquí. Pero después... simplemente la dejé irse, la dejé entrar sola en el mundo. Cuando escuché lo que le había sucedido, me sentí terriblemente culpable por no haber hecho más para guiarla en su vida. Durante esos dos días, sentí un dolor que nunca antes había experimentado.

—¿Dos días? ¿Cuáles dos días? —quiso saber Marla.

Greta miró a Frank, que asintió. Moore quería que su esposa se enterara de todo.

* * *

Greta Schreiber estaba sentada ante su mesa de trabajo en la habitación del piso superior. La estantería de la pared contenía un gran número de muñecas de porcelana ordenadas en hileras perfectas. Había comenzado una nueva restauración hacía dos días, justo después de enterarse de lo sucedido en Chicago. Angela, la joven con la que había entablado una amistad en la clínica Bayer años antes y que había vivido en su casa durante un año, había desaparecido y se sospechaba que era la última víctima del hombre al que las autoridades llamaban El Ladrón. La sorprendente revelación de que este era el esposo de Angela había mantenido a Greta despierta de noche, caminando de un lado a otro por la habitación. Pero ahora, la muñeca dañada que tenía delante le brindaba la distracción necesaria. La fractura que iba desde el cráneo, bajaba por la oreja y llegaba hasta la mandíbula, requería de toda su atención, por lo que, mientras trabajaba, no pensó en la jovencita que había tenido a su cargo.

Un ruido repentino interrumpió su concentración y el trabajo. Oyó las ruedas de un coche sobre el camino de grava que subía desde la carretera hasta la casa. Greta se puso de pie, fue hasta la ventana y espió por un lado de las cortinas. Vio que un coche gris plateado se acercaba despacio por el camino, levantando una polvareda. Tubs y Harold ladraban y saltaban cerca del vehículo.

Greta permaneció en la ventana, observando el coche y no fue hasta que estuvo detenido (aunque sin señales de que el conductor fuera a descender) que dio media vuelta y bajó las escaleras. Instantes después, abrió la puerta delantera y salió al porche. El coche estaba estacionado frente a la casa y quien conducía seguía detrás del volante. El parabrisas reflejaba el cielo azul y los arces, lo que le impedía a Greta ver con claridad a la persona. Greta aguardó hasta que por fin se abrió la puerta y una mujer delgada descendió del coche, enfundada en una sudadera con capucha que le quedaba grande. Se llevó las manos a la cabeza y se bajó la capucha hasta la nariz.

—¡Dios Todopoderoso! —exclamó Greta. De un salto bajó los escalones del porche, se acercó a la mujer y la abrazó con fuerza.

La mujer le susurró al oído.

—Necesito tu ayuda.

Greta retrocedió y tomó el rostro de Angela entre sus manos. Tenía el aspecto de una paciente con alopecia. Le faltaban las cejas y gran parte de las pestañas. Las marcas de rasguños le subían por el cuello y sobresalían por encima de la camiseta. Greta recordó que cuando había conocido a Angela en la clínica Bayer *tenía un aspecto similar, pero la versión de hoy era mucho más pronunciada.*

—Tenemos que llamar a la policía. Todos creen que estás muerta.

—¡No, no podemos llamar a la policía! No podemos llamar a nadie, no me puede encontrar, ¡nunca! Prométemelo, Greta. ¡Prométeme que no dejarás que nos encuentre!

CAPÍTULO 28

Chicago, 1 de noviembre de 2019

RORY HIZO A UN LADO las cartas de las apelaciones y se acercó la pila de papeles etiquetada con el nombre de Angela Mitchell. Las hojas eran una crónica de la búsqueda de su padre después de la desaparición de Angela en 1979. Rory había estado leyendo los nombres de las personas con quienes él se había puesto en contacto el día en que Celia había aparecido en el despacho con la llave de la caja de seguridad.

Alejó todo lo demás de su mente —la idea de que su padre intentaba sutilmente que Thomas Mitchell permaneciera preso— y se concentró solamente en lo que tenía delante. En cierto modo le resultaba ominoso ver pruebas de que Frank había estado buscando a Angela Mitchell. Las notas de Catherine Blackwell no dejaban dudas de que era cierto, pero en algún punto Rory se había negado a creerlo. Ahora, sentada ante las anotaciones de su padre, ya no había forma de negarlo. La mujer estaba viva en algún sitio.

Leyó sobre el viaje de Frank a St. Louis para hablar con los padres de Angela. Leyó sobre su visita a Catherine Blackwell en la zona norte de Chicago. Leyó sobre un viaje a una clínica psiquiátrica donde Angela había estado en tratamiento durante su adolescencia. Rory se concentró en la investigación de su padre con sed de detalles, volteando las páginas con fervor y ansiedad hasta que se topó con el nombre de una enfermera, la que se había llevado a Angela Mitchell de la clínica cuando cumplió la mayoría de edad. Cuando vio el nombre de la mujer, su visión se distorsionó y vio un extraño caleidoscopio de imágenes ante sus ojos: *Margaret Schreiber*.

Comenzó a sentir dificultades para respirar; el pánico y la confusión le paralizaban los pulmones, impidiéndole expandirse o contraerse. Su padre había estado buscando a Angela Mitchell, retrocediendo en el pasado hasta una clínica psiquiátrica juvenil… donde ella se había hecho amiga de la mujer a la que Rory había considerado una tía toda la vida, pero cuya identidad se había borroneado con el descubrimiento de los documentos de adopción y el certificado de nacimiento. La mente de Rory no podía asimilarlo. El desconcierto y la ansiedad que experimentaba podían deberse al estado de negación en que se encontraba, pero sabía que no se trataba solamente de eso. Estaba entrenada para ver cosas que otros no veían. Para buscar entre los detalles de los casos y reconstruir una imagen de los sucesos que otros no podían ver. Pero haber descubierto una conexión entre Greta y Angela le había provocado un torbellino en la mente. Sentía un dolor profundo debajo del esternón que se iba elevando como borbotones de lava en un volcán que ha estado inactivo durante años. Rory ya no recordaba el último ataque de pánico que había tenido. Seguramente había sido de niña, antes de descubrir el poder sanador de la casa de Greta.

Bebió el último trago de cerveza, deseando que la bebida le licuara el miedo y que el alcohol le entumeciera los sentidos. Corrió al refrigerador y abrió otra botella; se la llevó a la boca, de pie en la cocina oscura. Tragó la mitad en varios sorbos. Mareada, se tambaleó hasta el estudio y encendió las luces. Contempló las muñecas que decoraban las paredes.

La habitación era una réplica de la de Greta, y Rory tenía esperanzas de que ver las muñecas restauradas le aplacara el pánico que le subía por el cuerpo.

Necesitaba ocupar la mente con algo que no fueran Greta ni sus padres, ni la relación que podían haber tenido con Angela Mitchell. Como ya había terminado la muñeca de Camille Byrd, no tenía un proyecto empezado. Abrió el baúl que estaba en una esquina y extrajo una muñeca que había comprado en una subasta. Estaba maltratada y estropeada y restaurarla requeriría de mucha concentración y pericia. Rory se sentó a la mesa de trabajo e intentó analizar los daños, pero su cerebro no mordió la carnada. El atractivo habitual que le causaba comenzar una restauración se veía opacado por el descubrimiento de que Greta había conocido a Angela. El método que tantas veces había usado para evitar un ataque de pánico estaba fallando.

Abandonó el estudio, buscó otra cerveza y salió corriendo hacia el coche. Se alejó, iluminando las calles oscuras y vacías de Chicago con las luces altas. Condujo sin pensar: sabía la dirección de memoria pues la había visto en la carpeta. Era en la zona norte de la ciudad. Tomó por calles laterales, esforzándose por controlar la velocidad; era consciente de que no estaba en condiciones de conducir debido a demasiadas cervezas y también porque había perdido la cabeza. Veinte minutos más tarde, pasó junto a la casa de estilo bungalow donde Angela Mitchell había vivido en 1979. Las casas vecinas estaban muy cerca unas de otras; todas estaban a oscuras y en silencio, solamente con las luces de los porches iluminando la oscuridad.

Rory contempló el frente de la casa durante unos sintiendo la poderosa conexión que había experimentado con Angela Mitchell desde que se había enterado de su existencia. Entre ella y Angela se había forjado una relación, como sucedía con las víctimas de los crímenes que reconstruía.

Rory sentía la obligación de encontrar a la mujer, de hacerle saber que existía alguien que comprendía su lucha y su sufrimiento.

Pasó junto a la casa, dobló en la esquina y entró en el callejón trasero. Una cerca de alambre protegía el pequeño jardín de la antigua casa de Angela. Un garaje independiente daba al callejón. Rory descendió del coche y se detuvo delante del garaje, contemplando la parte posterior de la casa. Se preguntó qué había pasado allí tantos años antes y qué relación había con las personas de su vida.

Las luces del coche alargaban la sombra de Rory sobre el pavimento; sus piernas formaban una V invertida. Al mirar la sombra, Rory sintió que algo en su mente le reclamaba su atención. No pudo discernir qué era ni comprender por qué el hecho de ver su sombra le había resultado escalofriante, hasta que vio que la silueta en el pavimento era idéntica a la forma en que Thomas Mitchell dibujaba las A en su pulcra letra de imprenta, sin cruzarlas en el centro. Y entonces lo entendió: no había venido solamente a la casa de Angela, sino también a la de Thomas Mitchell. La revelación le provocó ahogo y comenzó a hiperventilar, pero no había forma de que pudiera comprender el motivo de su malestar. Estaba de pie en el mismo sitio donde, cuarenta años antes, Angela Mitchell había querido descubrir qué les había sucedido a todas esas mujeres con la misma intensidad con la que Rory lo deseaba actualmente.

Se encendió la luz de la galería trasera y Rory se sobresaltó. La ventana de la cocina se iluminó desde adentro y se abrió la puerta trasera.

—¿La puedo ayudar con algo? —gritó un hombre desde la puerta—. ¿O llamo a la policía para que la ayuden ellos? ¡O quizá salga yo mismo y utilice los derechos que me confiere la Segunda Enmienda para lidiar con personas que se meten sin permiso en mi propiedad!

Agitada por la repentina confrontación, Rory giró y corrió hasta el coche; su sombra desapareció.

—¡Fuera de aquí! —oyó que gritaba el hombre mientras ella subía y se ponía al volante. Salió del callejón, golpeando un contenedor de residuos en el apuro.

CHICAGO

Mayo de 1982

FRANK Y MARLA PERMANECIERON SENTADOS mientras Greta narraba su historia. Marla se inclinó hacia adelante al hacer la siguiente pregunta.

—¿Entonces Angela no murió a manos de su esposo?

—No —respondió Greta—. Pero la habría matado si ella no hubiese huido.

Marla miró brevemente a su esposo, luego de nuevo a Greta.

—¿Y qué le sucedió a ella?

Greta vaciló.

—¿Dónde está, Greta? ¿Y qué tiene que ver con nuestra adopción?

Greta negó con la cabeza y miró luego a Frank.

Frank asintió.

—Tenemos que saberlo todo, Greta. Prometí que te ayudaría, pero tenemos que conocer toda la historia.

Greta bebió otro trago de café y dejó la taza sobre el platito.

—Una vez que Angela me lo contó, supe que ya no habría vuelta atrás.

* * *

Dos días después de que Angela apareció en su casa, Greta condujo el coche hasta el embalse que estaba a dos kilómetros de la casa. Angela la siguió en su propio coche. Esperaron hasta el atardecer, cuando el cielo del verano se tiñó de lavanda y las nubes se ruborizaron con los últimos rayos del poniente. Estaba lo suficientemente oscuro como para que no las descubrieran, pero la luz alcanzaba para poder ver lo que hacían. Greta estacionó a cien metros del embalse y luego subió al asiento del pasajero del coche de Angela para recorrer el último tramo del trayecto. Angela condujo por el pastizal hasta el borde de la caída que llevaba al agua y ambas descendieron.

Greta miró a su alrededor para asegurarse de que estuvieran solas; luego verificó por la ventanilla que el coche estuviera en punto muerto. Ambas se pusieron detrás del paragolpes trasero, hundieron los talones contra el suelo y empujaron. Cuando las ruedas delanteras pasaron el desnivel, la gravedad se encargó del resto. Greta y Angela vieron como el coche caía al embalse y desaparecía debajo del agua. Aguardaron diez minutos, mientras el agua burbujeaba con el aire que brotaba del vehículo. Cuando oscureció y ya no pudieron ver la superficie, volvieron al coche de Greta.

En camino de regreso a la casa, Greta miró a Angela y preguntó:

—¿De cuántos meses estás?

—No lo sé del todo.

—¿Has estado vomitando?

—Sí —respondió Angela—, durante un par de semanas. Pensé que eran los nervios, hasta que recibí el llamado del médico.

—Bien —dijo Greta—. Probablemente estés de un mes o dos, lo que significa que nacerá en la primavera. Tendrás el parto en mi casa, no hay problema, lo he hecho docenas de veces. El problema va a ser mantenerlos ocultos a ti y al bebé. Tendremos que inscribir al niño, y aun si nos salteáramos ese proceso, con el tiempo habrá que pensar en una escuela y en la vida en general. Te puedo mantener escondida, al menos por un tiempo. Todos piensan que estás muerta. Pero cuando tengas el bebé, habrá que pensar en un plan a largo plazo. Ocultar a un niño es prácticamente imposible.

—Thomas no puede saber nunca que tiene un hijo, Greta. Prométeme que encontrarás la forma de ocultarlo.

Greta asintió lentamente. No tenía idea de cómo podía dar su consentimiento a algo imposible de hacer, pero respondió:

—Te lo prometo.

CAPÍTULO 29

Chicago, 1 de noviembre de 2019

Rory estacionó el coche delante de su casa con torpeza, haciendo rebotar un neumático contra el borde de la acera. Se tambaleó por los escalones, abrió la puerta y subió al dormitorio. Hacía años, desde que era niña, que no experimentaba un ataque de pánico tan potente; comprendía el efecto devastador que podía tener si no lo controlaba. Se arrojó sobre la cama. Por encima de todos los ruidos en su mente, más fuertes que la revelación de que sus padres le habían ocultado la adopción, más fuertes que la idea de que la tía Greta no era la persona que ella había creído que era durante toda su vida y más fuertes aún que la noción de que mañana debía presentarse con Thomas Mitchell ante el juez Boyle y la junta de libertad condicional, la aturdían los llamados de Angela Mitchell.

Por encima del pánico estaba la atracción que sentía hacia una mujer misteriosa que de alguna manera estaba relacionada con todas las personas a las que Rory había amado en su vida. Era algo que no podía ignorar. Le recordaba a su infancia, cuando una sensación similar se había apoderado de ella. Se colocó la almohada sobre la cabeza y la apretó contra los oídos, para aquietar los susurros que la invadían.

Comenzó a controlar la respiración; cerró los ojos y vació la mente. Existía un proceso, una forma de dominar los ataques. Trató de recordar los trucos, las técnicas de respiración que siempre la llevaban a una encrucijada en el camino: hacia un lado la esperaba una noche de ansiedad en la que sus pensamientos alocados no se aplacarían y la mantendrían despierta. Hacia el otro lado estaban el sueño y la posibilidad de desconectarse y permitir que los sueños corrieran libremente por su cerebro.

Se concentró durante media hora en la respiración, vaciando la mente de todo lo que no fuera una imagen de los pulmones expandiéndose y contrayéndose. Finalmente logró tomar el camino de la serenidad y al cabo de un rato su respiración se volvió profunda y rítmica.

* * *

Rory se despertó en el dormitorio de la vieja casa de campo. Le sucedía de tanto en tanto durante los veranos. La tía Greta volvía a ponerla a dormir, la arropaba y apagaba las luces.

—Recuerda —le decía, de pie en la puerta de la habitación—. Nada te puede asustar a menos que tú se lo permitas.

Greta cerraba luego la puerta y Rory volvía a dormirse en paz, como sucedía siempre que estaba en esa casa, donde la angustia y las preocupaciones nunca la encontraban. Por lo general, dormía de un tirón hasta la mañana. Pero esa era una de las noches en que se había despertado a altas horas, con el cuerpo lleno de una energía que le hacía vibrar el pecho y la cabeza, y le provocaba hormigueo en los dedos de las manos y los pies. Vibraba, literalmente, de vigor, inundada por un deseo de explorar, y la sensación la hacía dar vueltas y vueltas en la cama. Las primeras veces en que se había sentido así, Rory había luchado contra el fenómeno, pateando las sábanas y reacomodando las almohadas hasta que el sol de la mañana penetraba por entre las cortinas para liberarla de las ansias de adentrarse en la noche y descubrir el origen de su ansiedad.

Nunca le había mencionado esto a nadie. Sus padres la enviaban a casa de la tía Greta para escapar de la ansiedad que la carcomía en la vida diaria —o disiparla, en realidad— y si se enteraban de que padecía estos ocasionales brotes nocturnos podrían decidir que las visitas ya no tenían sentido. Rory amaba los fines de semana largos y los veranos en este sitio apacible, de manera que mantuvo el insomnio en secreto. No solo por eso, sino porque describirlo como ansiedad no estaba bien. Cuando se despertaba de ese modo en mitad de la noche, no era preocupación lo que sentía, sino solo una necesidad de salir de la cama y explorar fuera de la casa qué significaba esa sensación.

La noche en que decidió sucumbir a la tentación tenía diez años. Cuando despertó, completamente alerta y sin rastros de somnolencia, el reloj de la mesa de noche le indicó que eran las 02:04 de la mañana. El pecho le vibraba con la curiosidad con la que ya se había familiarizado después de tantos veranos en la casa de campo de su tía. Hizo a un lado las sábanas y descendió de la cama, siguiendo un impulso irresistible. Abrió la puerta del dormitorio y las bisagras chirriaron. Pasó silenciosamente junto al dormitorio de la tía Greta, luego junto a la puerta que llevaba al taller, donde estaban las muñecas en la estantería, y bajó por las escaleras. Abrió la puerta trasera y salió a la noche. Las estrellas brillaban en el cielo, oscurecidas de tanto en tanto por ligeras nubes que parecían plateadas a la luz de la luna. Muy lejos, en la distancia, una tormenta eléctrica iluminaba intermitentemente el cielo e instantes después, los truenos reverberaban por lo bajo.

De pie en la galería trasera, Rory se entregó a la necesidad que sentía en su interior. Sus pies caminaban solos como imanes atraídos por un metal distante. Atravesó sin esfuerzo la pradera detrás de la casa, se encontró con la cerca que marcaba el límite de la propiedad y la siguió, deslizando la mano por la superficie suave mientras caminaba. En la parte posterior de la propiedad, donde la cerca hacía esquina y giraba en ángulo de noventa grados, Rory descubrió lo que la estaba llamando. En el suelo, vio las flores que había visto juntar a la tía Greta durante el día.

Todas las mañanas, veía cómo Greta recogía flores del jardín. A Rory le tocaba la tarea de armar un ramillete con la bandita elástica. Siempre le preguntaba a su tía sobre las flores y ese día lo había hecho también. Le preguntaba qué hacía con las flores y adónde iban a parar. Las respuestas eran siempre vagas. Esa noche, sin embargo, las había encontrado. Las rosas estaban en el suelo apiladas, aisladas y solas en un rincón de la propiedad.

El horizonte se iluminó con un relámpago lejano y la tenue luz dio vida a los pétalos rojos. Rory se agazapó, tomó una rosa del ramillete, se la llevó a la nariz y olió la dulzura del perfume. El zumbido en su pecho se aplacó y la invadió una calma repentina. Siempre iba a casa de su tía en busca de esa tranquilidad. Esa noche, bajo el brillo empañado de la luna, encontró la serenidad en la rosa que tenía contra la nariz.

Cuando otro relámpago distante iluminó la zona, Rory volvió a dejar la rosa en la pila, se volvió y corrió de regreso a la casa. Se metió en la cama y se durmió de inmediato. Durante el resto de su infancia y los veranos de la adolescencia que pasó en casa de Greta, no volvió a tener problemas de insomnio en la mitad de la noche.

CHICAGO

Mayo de 1982

—Voy a dejar mi trabajo —anunció Frank—. Necesito irme de Garrison Ford.

—¿Para alejarte de él? —preguntó Marla, con los ojos enrojecidos por el llanto.

—No. Para traerlo conmigo. Necesito mantener a Thomas Mitchell lo más cerca posible si queremos que esto salga bien. Es preciso que yo sea el único al que contrate para buscar a Angela, el único en quien confíe.

—No dejará de buscarla nunca —declaró Greta—. Ella lo dijo desde el primer día. Lo hará con o sin Frank.

—Tengo que poder controlar la información que recibe —prosiguió Frank—. Es preciso que crea que estoy avanzando. Buscaré algo para darle durante un tiempo, pero finalmente mi búsqueda resultará infructuosa. Haré que me crea. Lo importante es que piense que la estoy buscando. Mientras lo crea, no se pondrá a buscar él mismo, ni contratará a nadie más. Él confía en mí, y mi intención es aumentar y mantener esa confianza.

—¿Durante cuánto tiempo?

—Durante toda la vida de la niña —respondió Frank.

Marla apartó los ojos y su mirada se dirigió a las escaleras. Frank se dio cuenta de que pensaba en la niñita que dormía en la cuna.

—¿Y cómo haremos con el dinero, Frank? ¿Cómo nos mantendremos?

—Me pondré mi propio bufete. Ya tengo experiencia suficiente como para establecerme por mi cuenta. Y él está dispuesto a pagarme por mis servicios, además.

—¿Quién, Thomas Mitchell?

—Sí. Necesita un abogado que le presente las apelaciones y le maneje las finanzas. Y me pagará aparte para continuar con la búsqueda. Será mi primer cliente.

—Frank —replicó Marla—, esto no es… no es lo que imaginé.

—Por favor —suplicó Greta, mirando a Marla—. Necesito tu ayuda. Las dos necesitamos tu ayuda. Son la pareja perfecta para amar a esta niña. Imaginen qué tipo de vida tendría si se supiera la verdad. Si el público se entera de que Thomas tiene una hija con la esposa a la que supuestamente mató y por la que está en prisión. ¿Cómo haría para tener una vida normal, sabiendo que su padre mató a muchas mujeres?

Marla se echó a llorar de nuevo. Los tres estaban metidos en una situación imposible. Los tres pensaban en la niñita que dormía pacíficamente en la cuna. Una niña inocente que no merecía nada de lo que le aguardaba en la vida. Marla posó la mirada en Greta.

—¿Pero dónde está ella? ¿Dónde está Angela?

Greta exhaló largamente y luego fue ella la que rompió en llanto.

—Traté de salvarla. Pero la sangre fue demasiada.

* * *

Algo no estaba bien. Greta examinó la pelvis de Angela y vio que el sangrado era intenso y constante. La aparición de pree-clampsia la había forzado a guardar reposo durante las últimas semanas y las pérdidas habían preocupado a Greta. Pero Angela había insistido en que Greta la tratara sin recurrir a un médico. Era demasiado peligroso, sostenía. Y Greta no podía negar que cualquiera reconocería a Angela después de que su rostro había estado en las noticias durante el juicio de Thomas. De modo que Greta la trató por la hipertensión, la obligó a guardar cama y la vigiló como un halcón. Pero esa noche Angela se había despertado con la bolsa amniótica rota y ahora tenía una hemorragia seria. Se había desencadenado el trabajo de parto.

—¡Puja, Angela, puja!

—¡No puedo! —masculló Angela.

Estaba tendida sobre la cama, bañada en sudor. Una bata quirúrgica colgaba delante de ella y bloqueaba la vista de la parte inferior de su cuerpo. La cabeza de Greta se tornaba visible de a ratos, mientras se esforzaba por traer el bebé al mundo.

—Sé que duele, pero ¡tienes que hacer un esfuerzo, Angela!

—¡No puedo, no puedo! ¡Te aseguro que no puedo!

—Bien —dijo Greta meneando la cabeza—. Nos vamos al hospital, tesoro. Algo no está bien, hay demasiada sangre.

—¡No! ¡Al hospital, no! Lo van a liberar y se enterará del bebé. ¡Por favor!

Greta bajó la mirada de nuevo. El sangrado se había intensificado. Tragó el miedo que se le elevaba por la garganta y asintió. Estaba preocupada por el bebé, pero más por Angela. La casa, a pesar de los equipos que había ido recolectando en los últimos meses, no estaba preparada para un parto tan complicado. Greta, tampoco.

—Entonces necesito que pujes. ¿Me escuchas?

Angela la escuchaba. Y pujó y pujó.

PARTE IV
LA DECISIÓN

CAPÍTULO 30

Chicago, 2 de noviembre de 2019

La audiencia en el tribunal era una formalidad, algo completamente innecesario, y el último lugar donde Rory quería estar esa mañana. Golpeada por el ataque de pánico, con resaca debido al exceso de cervezas y con la mente tomada por el sueño enigmático que había tenido la noche anterior, no veía la hora de poder ir al asilo de ancianos a preguntarle a Greta sobre su conexión con Angela Mitchell. Pero Frank Moore había accedido a esta audiencia hacía meses, para dar a los miembros de la junta la oportunidad de emitir una opinión final antes de dejar que este hombre saliera en libertad dos décadas antes de cumplir con su sentencia. Además de Rory, estaban presentes en el tribunal los seis miembros de la junta de libertad condicional, un representante del fiscal de distrito que parecía recién salido de la facultad de derecho y un empleado del tribunal. También estaban Naomi Brown y Ezra Parker, la asistente social y el oficial de libertad condicional que habían ido con Rory a la cabaña de Starved Rock. Todos estaban vestidos adecuadamente para una audiencia en el tribunal, menos Rory: con jeans grises y camiseta oscura, parecía más una presidiaria que una abogada. Como no podía utilizar el gorro en la sala, llevaba el ondeado cabello castaño sobre el rostro como dos cortinas separadas por la raya al medio. Tenía puestos los lentes y al entrar en la sala, el ruido de los borceguíes contra el suelo había llamado la atención de todos los presentes. Le había advertido al juez Boyle que ella no era material para una sala de tribunal. En condiciones normales, las miradas que recibió le habrían provocado pánico, pero había extenuado todos sus recursos en el ataque de la noche anterior, cuando había ido ebria a la antigua casa de Angela Michell. Y de Thomas Mitchell también, pensó justo cuando la puerta lateral del tribunal se abrió y entraron dos oficiales escoltando al prisionero. Lo llevaron hasta los asientos y lo ubicaron junto a Rory. El juez Boyle se materializó por una puerta diferente y ocupó su lugar.

—Buenos días —dijo. Su voz potente reverberó en el salón casi vacío—. Esta audiencia será breve.

El juez mantuvo la mirada en los papeles que tenía delante y en ningún momento miró a los participantes. Se lo veía tan entusiasmado con el procedimiento como Rory.

—Señorita Moore, he informado a la junta sobre el fallecimiento del anterior abogado del señor Mitchell y que usted, como su nueva representante, accedió a todos los requerimientos estipulados.

Hablaron nuevamente del alojamiento, la comunicación con el oficial de libertad condicional, las restricciones de drogas y alcohol y todo lo demás.

—Sí, señor. Sí, señora —respondía Thomas cada vez que un miembro de la junta se dirigía a él.

Las formalidades tomaron quince minutos. Cuando todos estuvieron satisfechos, el juez ordenó sus papeles.

—Señor Mitchell, su liberación de mañana será complicada —dijo—. Hay mucha atención mediática sobre su caso y la señorita Moore y yo hemos hablado de la importancia de que se mantenga anónimo. La gacetilla de prensa anuncia su liberación para las diez de la mañana. Me gustaría dejar eso como la hora oficial informada, pero lo liberaremos a las cuatro de la madrugada, cuando todavía esté oscuro. El director de la prisión está de acuerdo. Saldrá por una puerta lateral. Pienso que es la mejor forma de mantener la discreción y permitirle llegar a su lugar de residencia sin inconvenientes.

No se mencionó que su abogado lo sacaría de prisión, aunque era algo que había sido acordado hacía mucho tiempo. No tenía a nadie más en su vida. Y ahora, Thomas Mitchell tampoco tenía a Frank Moore.

El juez Boyle miró a Rory.

—¿El tema del transporte está resuelto?

Rory asintió.

—Señor Mitchell: ha sido usted un prisionero ejemplar. El estado decreta en este acto que será liberado a las cuatro de la mañana del tres de noviembre, o sea mañana. Espero que le dé sentido a su vida a partir de este momento. Buena suerte.

—Gracias, su señoría —respondió Thomas.

El juez golpeó el martillo, se levantó y desapareció, con la toga revoloteando en el aire detrás de él.

Thomas miró a los miembros de la junta, inclinó la cabeza y dijo:

—Gracias.

Se mostraba cortés y agradable. Un perfecto caballero. Rehabilitado y listo para reinsertarse en la sociedad.

CAPÍTULO 31

Chicago, 3 de noviembre de 2019

Con Lane a su lado en la cama, Rory contempló el avance del reloj: tic, toc, tic, toc, minuto tras minuto, hasta que se hicieron las tres. No había pegado un ojo. Pensó en hacer una visita nocturna a la tía Greta. Era la persona indicada, en circunstancias normales, para calmarle la ansiedad y el temor de tener que estar en el coche a solas con Thomas Mitchell. Pero Rory sabía que si iba a ver a Greta, aprovecharía cualquier ventana de lucidez disponible para preguntarle por Angela. Necesitaría ser muy clara y concisa y, para lograrlo, tenía que calmarse y poder pensar. En las horas oscuras de la noche, mientras Lane dormía a su lado, decidió sacarse de encima la tarea de llevar a Thomas Mitchell hasta su cabaña en Starved Rock antes de visitar a Greta. A las 03:15 de la mañana, hizo a un lado las sábanas y se levantó de la cama.

El chorro de agua caliente le golpeó la cabeza. Pasó más tiempo de lo habitual bajo la ducha hasta que por fin cerró el grifo y se preparó para lo que la esperaba. Veinte minutos más tarde, estaba vestida con su uniforme habitual de combate. Se ató los borceguíes y se dispuso a dirigirse hacia la puerta principal cuando vio a Lane vestido y esperando en la sala.

Estaba sentado con las piernas cruzadas y el brazo sobre el respaldo del sofá, contemplando el hogar apagado.

—¿Qué haces aquí?

Lane se volvió al oír la voz de ella.

—No hay forma de que te deje ir sola.

—Pero, Lane… —comenzó a objetar Rory, pero él se puso de pie y salió de la casa. Instantes después, Rory oyó cómo se cerraba la puerta del coche.

—Gracias a Dios —se dijo.

A las cuatro y quince estacionaron junto al portón este del Centro Correccional de Stateville, Illinois, y esperaron. Las luces del coche iluminaban la cerca de alambre. A las cuatro y media en punto, la puerta lateral se abrió y una luz amarilla iluminó la penumbra de la madrugada. Aparecieron unas figuras recortadas contra la claridad interior, que proyectaba fantasmagóricas sombras largas. La escena hizo pensar a Rory en la noche reciente en que había estado en el callejón de la casa de Angela —y de Thomas— delante de las luces de su coche, proyectando una sombra parecida.

El grupo avanzó hasta la cerca de alambre, que se abrió, y una figura siguió caminando. Rory sintió dolor en el esternón al ver cómo Thomas Mitchell atravesaba la oscuridad, abría la puerta y se subía al asiento trasero.

El trayecto hasta Starved Rock tomó poco más de una hora. No hubo conversación alguna; solamente se oía el zumbido del motor mientras el coche volaba sobre la autopista I-80, siguiendo la luz de los faroles. Rory tomó la salida indicada y se adentró por los caminos internos con la ayuda del GPS de Lane. Aminoró la marcha cuando estaban cerca de la entrada casi oculta que llevaba hasta la cabaña.

—Vaya —dijo Thomas desde el asiento trasero, contemplando por la ventanilla. La primera luz de la madrugada empujaba la oscuridad en el horizonte, sustituyéndola por una tenue luz azul—. Ha pasado mucho tiempo.

Rory no comprendió si se refería a la cabaña o al amanecer. No preguntó, y tomó por el camino de entrada. Condujo despacio por el terreno irregular y finalmente salió al claro donde estaba la cabaña alpina en la luz azulada del amanecer. Detuvo el coche al llegar al final, se volvió y pasó el brazo derecho sobre el respaldo del asiento, rozando el hombro de Lane.

Le entregó una llave por arriba del asiento.

—Solamente encontré una llave en la oficina de mi padre.

Thomas la tomó y descendió del vehículo. En la mano tenía una bolsa de plástico con cierre que le habían dado los guardias, con todo lo que poseía en el mundo. Rory descendió, abrió el maletero y extrajo una mochila pequeña. Ambos caminaron hacia el porche de entrada.

—No hay provisiones —dijo Rory. Su padre sin duda le hubiera llenado el refrigerador. A Rory no se le había cruzado por la mente hacerlo—. Hay una despensa a un kilómetro de aquí, por el camino principal.

—Sí, lo recuerdo —asintió Thomas.

Rory le entregó un sobre con dinero que había extraído de la cuenta, utilizando la contraseña que había establecido su padre.

—Aquí tiene algo de dinero para comenzar. También una tarjeta de cajero automático con acceso a una de sus cuentas. La contraseña está en un papel adhesivo. ¿Sabe cómo se utilizan los cajeros automáticos?

Él asintió.

—En la prisión había un sistema parecido. Ya le encontraré la vuelta.

—En la tienda hay un cajero. Lo primero que va a necesitar es ropa y comida. —Le entregó la mochila—. Aquí tiene algo. Servirá hasta que le consigamos un vehículo. Pero antes tendrá que obtener la licencia de conducir. Tendremos que ocuparnos de todo eso. ¿Cree que puede sobrevivir con ropa para una semana y lo que haya en el almacén hasta que resolvamos todo lo demás?

—Sí, me las arreglaré. Gracias. —Abrió la puerta y entró. Echó un rápido vistazo y volvió a la puerta—. Gracias por traerme.

—Si suena el teléfono, responda. Su oficial de libertad condicional lo llamará para darle instrucciones. Se llama Ezra Parker. Tiene que hablar con él todos los días.

—Lo haré.

—Aquí está la tarjeta de Ezra, guárdela cerca del teléfono. —Él tomó la tarjeta de la mano de Rory.

—Comprendido.

Rory asintió.

—Nos mantendremos en contacto.

La claridad había aumentado cuando regresó al coche y el tímido brillo del sol entre los árboles la hizo sentir que emergía de un viaje peligroso.

Unos minutos después de las ocho, Rory y Lane llegaron a casa. Rory estaba nerviosa, sin dormir y agotada. Lane le pasó el brazo alrededor de los hombros mientras subían los escalones hacia el porche. Sin su padre y con Greta demasiado anciana como para abrazarla, Lane era la única persona con quien el contacto físico le resultaba placentero. Apoyó la cabeza sobre su hombro y se dirigieron a la puerta.

—¿Preparo café? —dijo Rory.

—No tomas café.

—Abro un par de Cocas Light, entonces.

—No —dijo Lane—. Tengo una clase esta mañana; llego tarde. Deberías dormir. Estuviste despierta toda la noche.

—Tengo que ir a ver a la tía Greta.

—¿Ahora?

—Sí, tengo que hablar con ella; surgió algo importante.

—Tienes que dormir. Esta noche tengo una cena en la

universidad y tengo que dar el discurso principal. Pero cuando termine, me escaparé para venir a verte.

Rory dejó que la besara.

—¿Te parece bien? —dijo Lane.

Rory asintió. Se le cerraban los ojos de cansancio.

—Sí, muy bien.

Dio media vuelta y entró en la casa. Después de que se cerró la puerta, Lane bajó la mirada al suelo del porche, que estaba cubierto de polvo anaranjado. Vio las pisadas rojas de las botas de Rory, que subían desde la calle hasta allí.

CAPÍTULO 32

THOMAS MITCHELL CERRÓ LA PUERTA de la cabaña y observó por la ventana cómo la hija de Frank Moore tomaba por la rotonda alrededor de la casa y desaparecía por el boscoso camino de entrada por el que habían venido. Una vez que estuvo solo, inspeccionó su nuevo hogar, recorriendo cada habitación. Salió de nuevo al porche delantero en el amanecer. Era la primera vez en cuarenta años que veía salir el sol. Inspiró la fragancia de los pinos y su cerebro lo engañó al principio haciéndole creer que era el habitual líquido antiséptico que había olido en las últimas décadas. Pero no: eran los aromas de la mañana, de la libertad, de las oportunidades.

Tantas cosas habían sucedido en este sitio. Tenía historia aquí, en la cabaña de su tío en el bosque. Y más por venir. El capítulo final de su vida lo iba a escribir aquí. Planeaba encontrarla. Traerla aquí, como debió haber hecho años atrás.

Se tomó un momento para disfrutar del amanecer antes de regresar adentro. Se sentó en el sofá y desparramó sobre la mesa baja el contenido de la bolsa de plástico que le había dado el guardia cuando franqueó el portón del Centro Correccional de Stateville y salió al precipicio de la vida.

Había dejado en la celda los objetos y posesiones que había acumulado durante la vida en prisión. Sabía que los guardias se las quedarían y las venderían a sus fanáticos, pues El Ladrón todavía tenía seguidores. Pero lo único que le importaba eran sus papeles. Las anotaciones tediosas y meticulosas que había hecho en todos esos años. Eran una lista textual de todas las cosas que había hablado con Frank Moore. Había anotado cada pista que el abogado le había mencionado durante la búsqueda de su esposa. Todas las personas con las que Frank se había puesto en contacto. Años de planes habían reducido la lista a unos pocos nombres esenciales. Thomas sabía dónde comenzar, y no pensaba perder el tiempo. Cuarenta años de espera estaban por terminar.

Horas más tarde, el sol estaba alto en el cielo y la piel blanca de Thomas ardía bajo los rayos desconocidos. Con la camisa empapada de sudor, pisó la pala por enésima vez. La montaña de tierra le llegaba al muslo y bajar al fondo de la fosa ya requería de un paso bien largo. Pasó otra hora ensanchando la fosa y otra más marcando las esquinas. Había pasado tanto tiempo desde que había cavado una tumba que casi no recordaba la excitación que le producía. Sabía que La Euforia se aproximaba.

Sintió una oleada de adrenalina. Se pasó el antebrazo por la frente para secarse el sudor y luego clavó la pala en la tierra otra vez. Y otra vez. Y otra vez.

CAPÍTULO 33

Chicago, 3 de noviembre de 2019

Un zumbido despertó a Rory de un sueño profundo. Las ventanas del dormitorio mostraban el cielo rojizo del atardecer. La combinación de su primer ataque de pánico en tres décadas, más veinticuatro horas sin dormir y la perturbadora tarea de tener que transportar a Thomas Mitchell hasta su casa la habían dejado completamente extenuada, y se sintió desorientada al despertar. Volvió a escuchar el zumbido. Buscó el origen hasta que, al escucharlo otra vez, reconoció que era el teléfono que vibraba. Lo tomó de la mesa de noche, pensando que vería el número de Lane. Pero no era él. Reconoció los números de inmediato. Deslizó el dedo hacia la derecha por la pantalla y se llevó el teléfono a la oreja.

—¿Señor Byrd?

—Hola, sí. ¿Rory?

Rory aguardó, aturdida y de pronto comprendió que sonaba dormida.

—Perdón, ¿te desperté?

—No —respondió ella. Hubo una larga pausa mientras se levantaba y se dirigía a la ventana. Eran más de las cinco de la tarde y el sol se había puesto. Había dormido todo el día.

—¿Hola?

—Sí —respondió Rory—. Estoy aquí.

—Llamaba para saber noticias del caso, para ver si habías avanzado algo.

Rory parpadeó para despejarse la mente y los ojos de sueño.

—Lamentablemente no. Es decir, todavía no he podido dedicarme a eso. Pero le prometo que lo haré. Mientras tanto, terminé la muñeca de Camille. Me faltan los últimos toques. Lo llamaré la semana que viene para encontrarnos, así se la doy.

Hubo otra pausa.

—Muy bien.

Rory cortó la llamada. Revisó los mensajes de texto, pero no encontró ninguno. Intentó llamar a Lane, pero no respondió. La clase había terminado hacía horas, seguramente estaría en camino a la cena y no regresaría por un par de horas. Se metió de nuevo en la cama a esperarlo. Necesitaba cerrar los ojos solamente un ratito más. Cuando lo hizo, en pocos segundos se durmió profundamente otra vez.

CAPÍTULO 34

Chicago, 3 de noviembre de 2019

CATHERINE BLACKWELL TERMINÓ DE MIRAR las noticias de las diez y apagó el televisor. La historia principal había sido la liberación de Thomas Mitchell, conocido como El Ladrón, del Centro Correccional de Stateville ese día. Los reporteros no tenían filmación de la liberación, por lo que especulaban que habría sido liberado temprano por la mañana, en la oscuridad, o que se habría retrasado su salida. Ni las autoridades ni los voceros de la prisión brindaban información, y no era probable que lo hicieran hasta el día siguiente. Aun así, los periodistas hacían vigilia fuera del edificio, esperando ser los primeros en dar la primicia de que El Ladrón había salido caminando de la cárcel hacia las luces de las cámaras.

Qué vergüenza que lo hayan liberado, pensó Catherine. *Qué vergüenza*.

Se dirigió a la cocina, extrajo una botella de leche del refrigerador y la sirvió en un tazón que estaba en el suelo. El sonido atrajo al gato desde debajo de la cama en la otra habitación; se acercó al recipiente y comenzó a beber la leche fría. Catherine fue hasta el fregadero y colocó la botella en el cesto de basura, ató la bolsa con fuerza y la llevó a la puerta trasera, con el gato siguiéndola de cerca.

—¿Quieres salir a explorar, no es así? —dijo Catherine—. Ven, vamos. —Abrió la puerta y el gato salió despedido a la noche. Catherine fue hasta el callejón detrás de la casa y levantó la tapa del contenedor de residuos para arrojar la bolsa dentro. El gato volvió a acurrucarse a sus pies.

—¿Qué sucede, no estás aventurero esta noche? Vamos, ve a buscarte un ratón. —Pero el gato se mantenía junto a ella, cosa que no sucedía nunca. Catherine tuvo un presentimiento ominoso. El gato siseó.

—¿Qué pasa, qué ves?

El gato volvió a sisear y luego desapareció en la noche. Mientras escudriñaba la oscuridad, Catherine sintió pasos detrás de ella. Se volvió rápidamente, asustada. Sus ojos se encontraron y ella emitió un grito que la mano de él sofocó de inmediato.

CAPÍTULO 35

Chicago, 3 de noviembre de 2019

GRETA SCHREIBER ESTABA EN LA cama, con los ojos cerrados, completamente perdida en su demencia. En su mente relampagueaban imágenes del pasado, espejismos coloridos de una vida anterior.

—¿Dónde está? —dijo una voz en la oscuridad.

—Traté de salvarte —respondió Greta—. Pero la sangre fue demasiada.

La casa de campo apareció un instante en su mente. La sala de partos improvisada. Angela tendida en la cama. La hemorragia. Las dudas. El terror.

Greta sintió el pecho oprimido por la preocupación, como aquel día.

—¿Dónde está ella? —repitió la voz.

—Tenemos que ir al hospital —dijo Greta—. Algo anda mal, hay demasiada sangre.

—Te lo voy a preguntar una última vez —dijo la voz desde la oscuridad—. La pasaste a buscar por la clínica psiquiátrica. Sé que te pidió ayuda. ¿Dónde está ahora?

Greta abrió los ojos. La casa de campo desapareció, y se encontró de nuevo en la habitación del asilo, con el brillo azul del televisor encendido y una figura oscura de pie junto a la cama. La figura se le acercó hasta que el rostro estuvo a centímetros del suyo.

—Dime dónde está.

Greta parpadeó. La mente se le aclaró y reconoció el rostro que tenía delante. Lo había visto en la televisión hace años. Estaba más viejo que cuando había visto en las noticias las actualizaciones sobre su condena, con Angela sentada a su lado. Más viejo que en las fotos que habían salido en los periódicos. Pero estaba segura de que era él. No le resultaba sorprendente ni inesperado que estuviera aquí. Frank había temido este día durante años y se lo había dicho a Greta muchas veces.

—Por última vez —dijo el hombre—. ¿Dónde está…?

—En ninguna parte. —La voz de Greta sonó ronca, casi inaudible.

El hombre se acercó más, hasta casi apoyar la oreja contra la boca de ella, y bloqueó el brillo azul de la televisión.

—Dilo otra vez —ordenó.

—Está en un lugar donde nunca la encontrarás y adonde nunca irás.

La luz azul de la televisión volvió a entrar en el rango de visión de Greta cuando el hombre se irguió. Luego, volvió a desaparecer. Greta sintió la presión de la almohada contra el rostro. Mantuvo los brazos a los lados del cuerpo y no intentó resistirse. Su mente comenzó a nublarse.

Traté de salvarte. Pero la sangre era demasiada.

CAPÍTULO 36

Chicago, 4 de noviembre de 2019

Habían pasado más de cuarenta y ocho horas desde el ataque de pánico y Rory comenzaba a sentir que su cuerpo volvía a encontrar el equilibrio. Las horas de sueño habían ayudado mucho y ahora estaba lista para enfrentarse con la fuente de su angustia.

Greta estaba relacionada con Angela Mitchell y Rory se dirigía al asilo para pedirle una explicación. Sobre el asiento del pasajero estaba la muñeca Kestner de Camille Byrd. Sería una buena forma de obtener respuestas a las preguntas difíciles que Rory planeaba hacerle. Hoy no iba a permitirle evadirse, hoy necesitaba respuestas. Necesitaba comprender el velo misterioso que había caído sobre su vida, como una telaraña que conectaba a todos sus seres queridos con una mujer que supuestamente había muerto hacía cuarenta años.

Al entrar en el aparcamiento, vio las luces de una ambulancia y de un camión de bomberos estacionados delante del edificio. Hacía mucho que Greta era paciente allí y Rory ya se había acostumbrado a ver luces rojas y sirenas. Casi todos los pacientes sufrían crisis que requerían de un viaje al hospital, y los vehículos de emergencias eran una rutina diaria.

Rory estacionó delante del camión hidrante, que tenía el motor encendido. En el vestíbulo, garabateó su nombre en el libro de visitas y luego completó el nombre de Greta y el número de su habitación antes de firmar en la última columna. Lo había hecho tantas veces en los últimos años que el proceso ya le resultaba tan familiar como la imagen de su tía anciana sentada en la habitación, mirando la luz azul del televisor. Pero algo le llamó la atención cuando miró el registro de visitas. Un presentimiento vago, inconsciente, la hizo dudar mientras firmaba. Antes de que pudiera concentrarse en esa sensación extraña, vio por el rabillo del ojo que se acercaba la enfermera de Greta, con paso presuroso y urgente. Levantó la vista de la planilla y dejó caer la lapicera al suelo. Todo se ralentizó: la enfermera se movía como si estuviera debajo del agua, con el pelo flotándole sobre los hombros en cámara lenta.

Sintió que la enfermera le tomaba la mano y la miraba con pena profunda.

—Rory, tu tía falleció.

Rory parpadeó y el mundo volvió a tiempo real. Oyó los ruidos del vestíbulo. La gente se movía con normalidad. Las luces rojas seguían relampagueando afuera.

—Estaba lo más bien cuando se fue a dormir anoche —explicó la enfermera. La encontramos esta mañana. Falleció durante la noche, en paz, sin sufrir.

Rory permaneció inmóvil, sin hablar, con la muñeca Kestner debajo del brazo.

—¿Quieres verla?

Rory asintió. Claro que quería verla.

CAPÍTULO 37

Chicago, 4 de noviembre de 2019

RECOSTADA EN LA CAMA, RORY no podía dejar de pensar en la bolsa plástica negra cerrándose y haciendo desaparecer el rostro de la tía Greta. Con ella se había ido una parte de Rory, también. Había luchado contra la emoción cuando Celia había llamado un mes atrás para informarle de la muerte de su padre. Y había luchado también al entrar en su casa de la infancia y sentir una oleada de recuerdos. Intentó resistirse al llanto otra vez ahora, pero no pudo contener las lágrimas. Lloró como no recordaba haber llorado de niña y como nunca lo había hecho de adulta.

No era que fuera incapaz de sentir dolor o tristeza, pues los sentía. Pero la afectaban de modo diferente que a la mayoría de las personas. Esas emociones le alteraban el estado de ánimo y la forma de pensar. Le impedían las interacciones y la llevaban a ocultarse del mundo, a estar sola. Muy de vez en cuando, el dolor le provocaba la reacción socialmente aceptada: llanto violento. Hoy era una de esas ocasiones. Tendida de lado, con la cabeza hundida contra la almohada, Rory lloró.

Había perdido tantas cosas: Greta era su último familiar con vida. Además de Lane Phillips, no había nadie en el mundo a quien Rory quisiera. Pero la angustia que sentía ahora también tenía otra causa. Además de haber perdido a todos sus familiares, también se había quedado sin la oportunidad de obtener respuestas sobre los papeles de adopción. Sobre Frank y Marla Moore. Sobre los veranos en la casa de campo. Sobre su verdadera relación con Greta. Y sobre el vínculo entre Greta y Angela Mitchell. Desde que Rory había comenzado a reconstruir su muerte, la misteriosa mujer parecía haberse metido en todos los aspectos de su vida. Era una conexión que parecía sobrenatural, más fuerte que el vínculo que solía forjar con las víctimas de los crímenes que reconstruía. Por eso, la noche en que Greta murió, ella solo pudo pensar en Angela Mitchell.

Sumida en su pesar, Rory cerró los ojos y dejó que las lágrimas corrieran y empaparan la almohada; el sueño comenzó a apoderarse de ella. Rory se rindió sin oposición, pues con el sueño llegaba otra cosa: esa necesidad de investigar que la había acosado de niña, la tentación que la había obligado a levantarse de la cama y salir al campo detrás de la casa, donde había encontrado paz tantos años antes. Esa noche, mientras sus ojos se movían debajo de los párpados cerrados, intuyó que algo distinto llamaba a su mente. El llamado era irresistible.

***

Estaba oscuro y silencioso cuando Rory entró en Grant Park. Los edificios de Chicago brillaban en la distancia y las ventanas iluminadas de los rascacielos se recortaban contra la negrura del cielo. Rory se esforzaba por ver en la oscuridad. Pasó junto a la fuente Buckingham y tomó el sendero de adoquines flanqueado por abedules hasta que llegó al claro donde habían encontrado el cuerpo de Camille Byrd casi dos años antes. Allí estaba Camille ahora, sentada sola sobre el montículo de césped. La lámpara halógena de un poste de luz iluminaba su cuerpo. Detrás de ella, una pared de ladrillo atrapaba su sombra. Se la veía serena, con las piernas cruzadas en posición de yoga, y una manta sobre los hombros. Levantó una mano cuando Rory se acercó, en un saludo amable que llenó el corazón de Rory de paz, pero también de pesar.

Camille tenía algo sobre el regazo y, al acercarse a ella, Rory pudo ver lo que era: la muñeca de porcelana. Camille pasó la mano por el pelo enmarañado de la muñeca. Rory escudriñó la oscuridad y vio la fractura en el lado izquierdo del rostro del juguete, la cavidad ocular abierta como una castaña.

—Perdóname por no haberme dedicado a tu caso —se disculpó—. Siento mucho haberte ignorado.

La joven sonrió. Una sonrisa radiante que creaba una atmósfera serena en la zona donde alguien había arrojado su cadáver. No había enojo ni desilusión en su mirada.

—No me ignoraste —repuso Camille—. Pensaste en mí más que ninguna otra persona.

—Te prometo que me dedicaré a tu caso. Te prometo que encontraré a la persona que te hizo esto.

—Sé que volverás a mí.

Rory se acercó un paso más. La muñeca Kestner estaba destrozada como el día en que Walter Byrd se la había dado.

—Te conectas con las personas cuyos casos reconstruyes. Siempre lo hiciste. Por eso resuelves lo que nadie más ve. Y podrás resolver tu propio enigma. Todas las respuestas están delante de ti. Todo lo que te preocupa, todo lo que no tiene sentido... —Camille pasó la mano por el rostro de la muñeca—. Es muy fácil pasar por alto la verdad, aun cuando la tenemos delante de las narices. —Camille cambió a la muñeca de posición y le miró los ojos—. Tú y Greta hicieron un trabajo fantástico.

Ante la mención de ese nombre, la mente de Rory se llenó de imágenes de Greta desvariando en la habitación cuando ella la iba a visitar, confundida y abrumada por la presencia de Rory.

—*Traté de salvarte. La sangre era demasiada.*

Rory recordó el miedo en los ojos de Greta cada vez que la visitaba. La angustia que duraba unos segundos desesperados hasta que Greta lograba separarse de los torturantes recuerdos del pasado.

—*Ojalá hubiera podido salvarte como Rory y yo salvamos a las muñecas.*

El mundo comenzó a girar cuando Rory recordó esa compulsión que había sentido a los diez años, la que la había llevado a la pradera detrás de la casa. Todo se borroneó a su alrededor; pensó en las rosas apiladas sobre el suelo, en el perfume dulce que la había inundado cuando las había olido, en la paz que había sentido.

Con la misma velocidad con la que había comenzado a girar, el mundo se detuvo. Rory estaba sola. Camille Byrd había desaparecido. En su lugar, sobre el montículo verde, había un ramillete de rosas y estaba la muñeca Kestner, restaurada a la perfección. La voz de Greta resonó en sus oídos:

—*Traté de salvarte, pero la sangre era demasiada.*

—*Estás sangrando demasiado. Tenemos que ir al hospital.*

—*Él va a venir. Me lo advertiste. Te va a venir a buscar.*

Luego la voz de Camille Byrd:

—*Es fácil no ver la verdad, aun cuando la tenemos delante de las narices.*

Para Rory, de pie junto al montículo verde de Grant Park, de pronto todo cobró sentido. La conexión que sentía con Angela Mitchell y todas las similitudes que había entre ambas, las cartas de apelación de su padre que dejaban ver que tenía motivos para no querer que Thomas Mitchell saliera de prisión, la conexión de Greta con Angela, su oficio de partera, la adopción de Frank y Marla Moore, el estrés de su padre en el año final de su vida por no haber podido impedir la liberación de Thomas Mitchell.

Y había otra cosa dentro de ella que pugnaba por salir. Ya estaba cerca de la superficie, y cuanto más intentaba recuperarla, más se movía en la cama. Rory gimió, tratando de escabullirse del sueño. Cuando trató de huir, oyó la voz de Camille Byrd. Se volvió y la vio de pie en el césped, con la manta sobre los hombros. La luz proyectaba su sombra contra la pared que tenía detrás y la imagen activó la mente de Rory. Comprendió lo que la había estado eludiendo y supo que había sido Camille la que la había ayudado con la revelación.

—Gracias por restaurar mi muñeca. Es muy importante para mi padre.

Cuando Rory miró, la muñeca en brazos de Camille estaba impecable. La joven la saludó con la mano; Rory corrió y corrió.

CAPÍTULO 38

Chicago, 5 de noviembre de 2019

SE DESPERTÓ SOBRESALTADA; ESTABA ENREDADA en las sábanas y le tomó unos instantes liberarse. Empapada en sudor, recordó vívidamente su sueño. Al pensar en la imagen de la sombra de Camille Byrd contra la pared de ladrillos, Rory se levantó de la cama de un salto. Se vistió con un par de jeans y una camiseta y se calzó los borceguíes. Se puso el gorro de lana cubriéndole lo más posible el rostro y salió a toda prisa por la puerta principal para subirse al coche.

Era pasada la medianoche, no había tránsito y llegó al asilo de ancianos en quince minutos. Entró a buena velocidad en la rotonda de entrada donde habían estado la ambulancia y el camión hidrante el día anterior, dejó el coche en marcha y la puerta abierta, y corrió hacia la recepción.

Rory había hecho muchas visitas nocturnas en los últimos años y sabía que todos estarían durmiendo. Había un joven a cargo del escritorio de la recepción cuando entró anunciando su llegada con el ruido de los borceguíes.

—Hola —saludó el hombre en un susurro que buscaba transmitir la serenidad del lugar a esa hora—. ¿Vienes a ver a un residente?

—Necesito ver el registro de visitas de ayer.

—¿Quieres registrarte?

—No, solo quiero ver el registro de ayer.

—¿Buscas un residente en particular?

Rory inspiró hondo. Podía tomar dos caminos: forzar la cuestión amenazando con hacer venir a Ron Davidson del Departamento de Policía de Chicago en unos minutos para conseguirle el registro... o jugar el naipe de la empatía. Eligió este último.

—Mi tía murió ayer. Su mejor amiga vino a verla justo antes de morir y no puedo recordar su nombre. Estoy segura de que se registró, así que tenía esperanzas de poder encontrar el nombre aquí.

—Ay, lo siento. —El joven quedó inmediatamente indefenso—. Sí, claro.

Abrió un cajón detrás del escritorio y extrajo una carpeta gruesa de tres anillos. La colocó sobre el mostrador, la giró para que quedara frente a Rory y la abrió. Ordenadas prolijamente, estaban las planillas de registros de visitantes del año. La del día anterior estaba encima de todo. Rory colocó el dedo sobre el primer renglón de la hoja y bajó rápidamente por los nombres hasta que lo encontró.

Su mente afilada le transmitió imágenes nítidas de la caligrafía de Thomas Mitchell, grabada en su memoria por haber leído las cartas que había escrito a su padre. El Ladrón era muy detallista, escribía en imprenta mayúscula con letras perfectas. Rory recordó la original forma en que dibujaba las A, como V invertidas.

La letra sobresalía de la hoja en cada palabra donde estaba presente. Al recordar esa forma tan particular, el asilo de ancianos comenzó a girar, igual que en su sueño. Recordó la imagen de Camille Byrd, con la sombra proyectada en la pared. Le trajo a la mente la noche en que ella había estado en el callejón detrás de la casa de Angela Mitchell y sus piernas habían formado esa misma V invertida. Recordó también la escalofriante sensación que había tenido esa noche. La había vuelto a tener el día anterior, cuando había firmado el registro de visitas, una premonición que no había logrado reconocer. Algo le había llamado la atención justo antes de que apareciera la enfermera para informarle de la muerte de Greta. Ahora, gracias al empujón que le había dado Camille Byrd, Rory comprendía todo. La letra de Thomas Mitchell aparecía en la página delante de ella. Las mismas V invertidas.

La persona que había visitado a la residente de la habitación 121 había escrito el nombre de Greta en clara caligrafía imprenta mayúscula:

MARGARET SCHREIBER

CAPÍTULO 39

Starved Rock, Illinois, 5 de noviembre de 2019

ERAN CASI LAS DOS DE la mañana cuando Rory tomó la salida de la autopista. La I-80 había estado vacía, con excepción de unas luces ocasionales de coches, y ahora Rory se encontraba completamente sola en los caminos de campo que llevaban hacia el parque Starved Rock y la cabaña en el bosque. Había hecho el trayecto dos veces con anterioridad y ya conocía el camino de memoria. No vaciló en los cruces ni dudó cuándo tenía que girar. Se le había grabado en la mente como le sucedía con todas las cosas. Con todos los detalles de su vida, que su mente almacenaba y catalogaba.

Rory no era plenamente consciente de todo lo que notaba o registraba y tampoco comprendía del todo el volumen enorme de material que almacenaba en la memoria. Pero desde que había soñado con Camille Byrd en Grant Park, todas las cosas que le habían resultado crípticas de su infancia y la casa de campo —la relación entre Greta y sus padres, las visitas al asilo y las muñecas que restauraba, los desvaríos aparentes de Greta, la atracción misteriosa que la había llevado a la pradera detrás de la casa cuando era una niña, la empatía instantánea que había sentido hacia Angela Mitchell y los síntomas casi idénticos que compartían, tales como fobia social y trastornos obsesivo-compulsivos— se habían acomodado en su cabeza con prístina claridad. Comprendía ahora todo lo que eso significaba. Finalmente había entendido ese elemento elusivo de su existencia que había estado fuera de su alcance tanto tiempo y que ahora había alcanzado, gracias al empujón del espíritu de una chica muerta que aguardaba su ayuda.

"Es fácil pasar por alto la verdad, aun cuando la tenemos delante de las narices".

La epifanía de Rory la había llevado hasta allí esta noche. Estaba al borde de un precipicio de oscuridad que le rasgaba el alma. No sabía si sería posible corregir esa mutación que cargaba en el centro de su existencia, pero la ira la impulsaba a intentarlo. Tomó la última curva del trayecto. Las luces del coche eran la única fuente de iluminación en la noche negra. Las apagó y quedó a merced de la luna, que no tenía demasiado para ofrecer. Aparcó el coche al lado del camino y apagó el motor. Doscientos metros más adelante estaba el sendero de entrada que llevaba a la cabaña de Thomas Mitchell.

Tomó el teléfono por enésima vez y contempló la pantalla iluminada. Había estado a punto de llamar a Lane varias veces mientras conducía hasta Starved Rock, pero no lo había hecho. Lo mismo que con Ron Davidson, cuyo número había estado tentada de marcar más de una vez. Llamar a cualquiera de los dos hombres de su vida hubiera evitado que hiciera lo que estaba por hacer. Decidió que esta noche solo un hombre sería parte de su existencia, aquel que había desempeñado un papel silencioso y desconocido. El hombre que, tal vez, había formado su personalidad. El que le había quitado más de lo que ella podría recuperar esa noche.

Mientras descendía del coche y cerraba la puerta con suavidad, se preguntó si extinguir la fuente de un fuego podría apagar las llamas que ardían en estructuras adyacentes. El silencio de la noche no le ofreció ayuda para responder a su propia pregunta. Se dirigió hacia la entrada de la cabaña. A mitad de camino desde el coche estacionado, descubrió un sendero que llevaba al bosque. Encendió la linterna del teléfono y siguió esa senda. Unos doscientos metros más adelante, oyó el sonido del agua y comprendió que estaba llegando al río. Al alcanzar un claro, lo tuvo delante de ella; se extendía en ambas direcciones, como una serpiente mítica arrastrándose en la noche, y reflejaba la luz de la luna. Siguió por la orilla unos doscientos metros más hasta que se encontró con el muelle que había visto en la primera visita a la cabaña con Lane y la trabajadora social, Naomi Brown. Una escalera desvencijada llevaba desde el agua hasta la cima del terraplén. Subió con cuidado, sintiendo que la sangre se le iba a la cabeza y el esternón comenzaba a vibrarle.

Al terminar de subir la escalera, vio la cabaña en el centro del terreno, rodeada del bosque. Comenzó a caminar hacia ella, acompañada solo por una tenue sombra causada por el resplandor de la luna.

CAPÍTULO 40

Starved Rock, Illinois, 5 de noviembre de 2019

Se acercó a la casa por la parte de atrás. Las ventanas estaban oscuras; parecían agujeros negros. Caminó despacio desde el borde del bosque, por el pastizal detrás de la casa, sin ayuda de la linterna. El suelo debajo de los borceguíes se sentía nivelado y liso. Pero cuando faltaban unos cincuenta metros para la cabaña, dio un paso y no encontró apoyo para el pie. Cayó hacia delante y hacia abajo, unos noventa centímetros hasta que aterrizó de cara contra el suelo. Para entonces, ya no pudo enderezarse. Sintió el olor de la tierra húmeda en la nariz.

Permaneció inmóvil unos instantes, tratando de orientarse. Manoteó en busca del teléfono, que se le había caído con el impacto. Cuando lo encontró, encendió la linterna. Miró a su alrededor y comprendió que estaba dentro de una fosa recién cavada. Por encima de ella había una montaña de tierra a un lado. Rory se puso primero de rodillas, y luego, de pie. El pozo le llegaba hasta la cintura. Respirando agitadamente, miró en dirección a la cabaña, que seguía oscura y silenciosa.

Trepó fuera del pozo, apagó el teléfono y echó a andar otra vez. Cuando llegó al camino de grava que daba toda la vuelta a la casa, recordó haberlo tomado con el coche hacía dos días y lo siguió hacia la parte delantera de la cabaña, orientándose mentalmente. Metió la mano en el bolsillo, buscando la única arma que se le había ocurrido traer: la navaja suiza que Kip le había regalado.

Abrió la navaja mientras cruzaba el camino hacia la casa; las botas hacían crujir el pedregullo y la arcilla del suelo. Cuando subió el escalón del porche, el crujido de la madera bajo su peso sonó, en la noche silenciosa, como el disparo de un cañón. Después de un instante, Rory dio un paso más, luego otro, hasta que se encontró delante de la puerta principal de la cabaña. Si se detenía ahora, perdería el valor. Tomó la manija y abrió. La puerta se abrió sin oponer resistencia, con un leve chirrido de bisagras. Esperó treinta segundos, sintiendo un temblor en los dedos. Luego ingresó en el interior a oscuras.

Recordaba el plano de la casa de la vez que la había visitado con la asistenta social y el oficial de libertad condicional. A pesar de la oscuridad, sabía que había tres habitaciones en la planta baja: la sala, la cocina con comedor y una galería en la parte trasera. A la izquierda de la puerta principal, una escalera llevaba a dos dormitorios y un baño en el corredor. Él estaría arriba, seguramente. Durmiendo, como lo había estado Greta cuando él había entrado en su habitación.

Los dormitorios estaban vacíos. Las camas, sin sábanas ni mantas. Rory descendió la escalera, encendió la linterna del teléfono e iluminó la sala delantera. Sobre la mesa baja había papeles desparramados. Tomó una de las hojas y vio en la caligrafía perfecta de Thomas la crónica de la búsqueda de su esposa. Sintió que algo le burbujeaba debajo del esternón. Sin poder resistirse, Rory se sentó en el sofá, dejó la navaja sobre la mesa y hojeó los papeles. Le habría resultado muy fácil perderse en las palabras, ceder al impulso de reconstruir el camino de tantos años y ver hasta dónde lo había llevado la búsqueda. Y habría cedido a la tentación si no se hubiera encontrado con el mapa dibujado a mano.

Rory trató de comprender lo que estaba diagramado y escrito con las características letras de imprenta mayúscula y las V invertidas que aparecían por todas partes. Parecía ser un mapa de la propiedad, un plano arquitectónico de la cabaña, el terreno alrededor. Sobre el diagrama formal, Thomas Mitchell había dibujado a mano cajas rectangulares. Estaban organizadas en cuadrícula y abarcaban el terreno detrás de la cabaña. En cada uno de los rectángulos había un nombre escrito a mano. Rory reconoció de inmediato los nombres de las mujeres que habían desaparecido en 1979. Dejó caer el papel al suelo al comprender que se trataba de un cementerio casero y que ella acababa de caerse dentro de una tumba recién cavada.

CAPÍTULO 41

Starved Rock, Illinois, 5 de noviembre de 2019

PERMANECIÓ EN LA SALA DE la cabaña, con el mapa del cementerio junto a sus pies, sintiendo que le subía la temperatura del cuerpo. La nuca comenzaba a sudarle y experimentaba dificultades para inhalar. Había pasado por un episodio similar hacía algunas noches cuando intentaba comprender los descubrimientos sobre Greta y Angela. Y ahora, otra vez, estaba al borde de un ataque de pánico.

Se quitó el gorro de la cabeza y manoteó los botones superiores del abrigo. Con el pulso latiéndole alocadamente, se abrió el abrigo y sintió algo de aire fresco en el cuello. Eso le dio un momento de claridad mental y experimentó una necesidad abrumadora de salir de la cabaña. Le dolían los pulmones, pero intentó respirar profundamente de todas maneras. Con la linterna del teléfono encendida, tomó la navaja de la mesa y atravesó la sala y la cocina. Abrió la puerta que daba a la galería trasera, con la intención de correr por la parte de atrás de la propiedad hasta el río y el coche. Pero al salir al porche se evaporaron todos sus planes de huida. Vio una mujer desmoronada en una silla, con un lazo alrededor del cuello y las manos atadas detrás de la espalda. Temblando, se acercó a la silla y vio que se trataba de Catherine Blackwell.

El lazo alrededor de su cuello estaba atado a una cuerda que subía hacia un macizo aparato de madera amurado al techo de la galería. Rory lo iluminó con la linterna. La cuerda pasaba por tres poleas, hacia arriba, hacia abajo, de nuevo hacia arriba, de nuevo hacia abajo, y el otro extremo de la cuerda colgaba hacia el suelo a unos metros de Catherine. El aparato tenía la forma de una M y Rory recordó de inmediato haberlo visto en los diagramas de Angela, que había encontrado uno similar en el depósito de su esposo.

Bajó la luz de la linterna y corrió hacia Catherine.

—¿Catherine, me oyes?

En cuanto pronunció las palabras, supo que eran inútiles. Catherine tenía los ojos cerrados y su cuerpo estaba frío. Rory deslizó el dedo por la pantalla del teléfono, pero le temblaban tanto las manos que tuvo que intentarlo tres veces. Cuando logró desbloquear el teléfono, vaciló un instante, pensando si debía llamar a Ron Davidson o al 911. En el segundo de duda, vio una luz en la distancia, una luz movediza en el fondo de la propiedad. El haz de una linterna cortaba la oscuridad y rebotaba con cadencia rítmica mientras la persona que la sostenía avanzaba hacia la casa.

Rory recordó la visión de la cabaña de cuando había subido la escalera del muelle y se dio cuenta de que la luz de su teléfono se tornaría visible en la oscuridad. Cubrió la pantalla con la mano y la apretó contra el pecho. Agazapada junto al cuerpo de Catherine, apagó la linterna y guardó el aparato en el bolsillo. Luego dio media vuelta y entró corriendo en la cocina.

Mientras cerraba la puerta sin hacer ruido, vio que la luz de la linterna se aproximaba. Ya había recorrido la mitad de la distancia y tal vez estuviera a treinta segundos de la cabaña. Buscó en la oscuridad un sitio donde ocultarse. Notó que había dejado de respirar y la angustió la idea de tener que obligarse a inhalar. En la pared adyacente al porche, se encontró con la manija de la puerta de la despensa. La abrió y se introdujo en el pequeño espacio justo cuando escuchó que se abría la puerta trasera.

—¿Tienes energía para otra ronda? Seguro que sí.

Temblando dentro de la despensa, Rory reconoció la voz de Thomas Mitchell.

CAPÍTULO 42

Starved Rock, Illinois, 5 de noviembre de 2019

RORY TRATÓ DE CONTROLAR LA respiración; el espacio era pequeño y había cerrado la puerta contra su nariz, como si fuera la tapa de un féretro. Sentía la humedad y el polvo en las fosas nasales y las lágrimas le borroneaban la visión. Podía ver por una rendija entre la puerta y el marco. Le dolía el esternón y los oídos le zumbaban por la circulación de la sangre. Thomas Mitchell, mientras tanto, se preparó una cena en la cocina. A menos de dos metros de ella, se puso a mezclar comida en un recipiente de metal y luego comió de pie, ajeno al disfrute del sabor, interesado solamente en el hecho de alimentarse.

Había encendido las luces al entrar en la cabaña, lo que daba a Rory una clara visión de la cocina y el porche. Mientras paseaba la mirada por la habitación, notó las pisadas rojas que había dejado en el suelo y que llevaban directamente a la puerta de la despensa y se arremolinaban donde se había deslizado al entrar. La invadió el pánico; se concentró en respirar lenta y regularmente. Sentía que el aire entraba en sus pulmones como pasando por una corneta y que en cualquier momento Thomas se dirigiría a la despensa, abriría la puerta y se encontraría con su premio. Estaba preparada para arañar, pegar y defenderse, para morder cualquier parte de anatomía que tuviera cerca. La única cosa que no iba a hacer era morir a manos de este hombre. Ya lo habían hecho demasiadas mujeres. Ese era el motivo por el que estaba espiándolo ahora desde detrás de una puerta cuando podría haber estado corriendo por el camino de salida hasta su coche. Recién ahora lo comprendía.

Como siempre, su mente tardaba un poco en comprender lo que su inconsciente registraba con mucha más velocidad. Pero ahora entendía por qué no había huido por la puerta principal cuando tuvo la oportunidad. O por qué había apagado el teléfono en lugar de llamar al 911. De la misma forma en que el espíritu de Camille Byrd le había hablado unas horas antes, había otras que necesitaban su ayuda. Otras que esperaban alcanzar la paz y dar un cierre digno a sus vidas. Estaban enterradas detrás de esta cabaña, donde habían permanecido, sufrientes, durante cuarenta años. No podía darles la espalda ahora, del mismo modo que no podía darle la espalda a Camille Byrd. No necesitaba a Lane ni a Ron ni a nadie para ayudar a las mujeres que la estaban esperando. Las que necesitaban a Rory eran ellas, y estaba decidida a ayudarlas.

En el momento en que esos pensamientos se materializaban en su cabeza, Thomas dejó el recipiente de metal del que había estado comiendo sobre la barra y caminó hacia ella. Rory retrocedió unos centímetros, todo lo que pudo en el espacio reducido, metiéndose en la oscuridad de la despensa. Le costaba tanto respirar que estaba segura de que sus esfuerzos habrían delatado el escondite. Cerró los ojos, esperando que el hilo de luz que entraba por la rendija estallara cuando Thomas abriera la puerta. La claridad sería la señal de ataque. Lucharía como una fiera. Por ella, por Catherine y por las almas perdidas detrás de la cabaña. Tensó los músculos y se preparó para lanzarse hacia adelante. Pero de pronto, la música ahogó su respiración entrecortada.

Abrió los ojos y volvió a espiar por entre la puerta y el marco. Paseó la mirada por la cocina, pero él había desaparecido. La música del *Requiem* de Mozart llenó la cabaña, suave al principio, luego cada vez más fuerte. Por fin, apareció él. Pasó junto a la puerta de la despensa y salió al porche.

CAPÍTULO 43

Starved Rock, Illinois, 5 de noviembre de 2019

LA MÚSICA ERA ENSORDECEDORA DENTRO de la cabaña, pero aquí, en el porche, el volumen era perfecto. Esperaba que fuera lo suficientemente alto para animarla, para traerla de vuelta. Deseaba que el coro lírico del *Requiem* la despertara y le anunciara lo que vendría. Apenas si había sobrevivido a la última ronda, y ni siquiera sabía si seguía viva. No iba a verificarlo, tampoco. No quería saber si estaba viva o muerta. Había echado de menos La Euforia más de lo imaginado y la deseaba intensamente.

Ninguna de las dos informantes le había resultado útil: una era demasiado anciana como para ofrecerle algo de interés, aunque sospechaba que sabía la verdad. Pero no tenía el tiempo necesario para obligarla a confesar. Pensó que tendría más suerte con la que tenía enfrente ahora, pero había resultado igualmente irrelevante para la búsqueda de Angela. Y cuando no supo qué hacer después, sucumbió a la necesidad de La Euforia, que había reprimido durante tanto tiempo. Ahora, mientras la música de Mozart dedicada a las almas perdidas brotaba desde la cabaña y le llenaba los oídos, Thomas trepó a la banqueta a menos de dos metros de Catherine Blackwell. Se colocó el lazo de nailon alrededor del cuello y sintió de inmediato la oleada de endorfinas en el cuerpo. Ajustó el nudo y lentamente se dejó caer de la banqueta, viendo cómo ella se elevaba de la silla y levitaba en el aire. Era un espectáculo glorioso. Impulsado por el encanto de la música y el pico de adrenalina que le corría por el cuerpo, Thomas Mitchell se entregó a La Euforia.

Cerró los ojos por un instante. A pesar de que estaba fuera de práctica, recordaba los peligros de excederse. La Euforia era una práctica críptica. Brindaba lo más parecido que había al éxtasis absoluto, lo agitaba como una zanahoria delante de él y le suplicaba que fuera a buscarlo. Pero sabía que la que sostenía esa zanahoria era La Parca, y que excederse con La Euforia o prolongarla demasiado significaría el final. Tal vez ese fuera el atractivo. El éxtasis y la muerte separados por una línea tan fina.

Estaba allí ahora, en éxtasis, con el cuerpo tembloroso de Euforia. Entreabrió los ojos, para ver a la mujer flotando delante de él, colgando en el aire como por arte de magia. Era magnífico, perfecto. Hasta que de pronto, dejó de serlo. Algo apareció en su visión periférica y lo sobresaltó. Abrió los ojos y llevó las manos al lazo alrededor de su cuello, buscando la banqueta con el pie.

CAPÍTULO 44

Starved Rock, Illinois, 5 de noviembre de 2019

RORY OBSERVÓ DESDE LA DESPENSA cómo Thomas llevaba una banqueta hacia el centro del porche y acomodaba algo en la cuerda con el lazo corredizo que colgaba del techo. Luego subió a la banqueta, se colocó el lazo de nailon alrededor del cuello y lentamente se dejó caer de la banqueta mientras, en forma simultánea, Catherine se elevaba en el aire frente a él, como si se tratara de un truco de magia. El espectáculo dejó a Rory sin el poco aliento que le quedaba.

Espió por la rendija de la puerta lo que sucedía delante de ella. Había reconstruido casos que involucraban la deleznable práctica de la asfixia autoerótica y había leído artículos sobre los pervertidos que alcanzaban la gratificación sexual mediante esa práctica. Pero lo que sucedía ante sus ojos era algo completamente diferente. No era de naturaleza sexual, sino una perversión mucho más perturbadora. La excitación que experimentaba Thomas Mitchell no provenía de ningún uso perverso del sexo, sino del placer de ver morir a otra persona.

Rory vio cómo colgaban lánguidamente las piernas de Catherine mientras se elevaba su cuerpo debido a la fuerza ejercida por el peso de Thomas del otro lado del sistema de poleas que la levantaba. Recordó el esquema doble de poleas que Angela había dibujado en las anotaciones que había realizado sobre sus descubrimientos en el depósito de Thomas. Él había recreado ese sistema aquí en la cabaña y frente a él ahora tenía a la única amiga de su esposa; seguramente creía que Catherine la había ayudado a desaparecer cuarenta años antes. Qué horrenda equivocación la suya, pensó Rory.

Thomas se impulsó de la banqueta con movimientos lentos y guiados, pero mantuvo un pie sobre ella como medida de seguridad, para poder volver a cargar el peso sobre ese pie cuando la tensión se volviera demasiado intensa y corriera el riesgo de perder el sentido. Cuando volvía a pisar la banqueta, él se elevaba, y Catherine descendía al suelo. Rory observó el siniestro juego de subibaja al son atronador de la música clásica.

Cuando vio que Thomas volvía quitar el peso de la banqueta y se descolgaba suavemente, hasta quedar a unos cuarenta centímetros del suelo, con el lazo ajustado alrededor del cuello y la cara enrojecida, sintió un llamado en el interior del pecho, tan fuerte como el de aquella noche en la casa de Greta. Abrió la puerta de la despensa; la música impidió que se oyera el ruido. Buscó dentro del bolsillo de su abrigo la navaja suiza. La abrió, y la hoja de cuchillo resplandeció bajo el reflejo de la luz del porche. Sus movimientos, cuando avanzó hacia Thomas, lo sorprendieron y él intentó desesperadamente volver a apoyarse sobre la banqueta. El tono rojo intenso de su rostro se había oscurecido y se estaba tornando violáceo.

Se esforzó por balancearse para llegar a la banqueta, agitando las piernas hasta que con el pie derecho tocó la superficie. Con unos segundos más, habría podido apoyarse bien y aflojar la presión del lazo en su cuello. Pero Rory se aseguró de quitarle esos segundos. Caminó lentamente hacia él y sus miradas se encontraron: la de ella, serena y decidida; la de Thomas, desorbitada y aterrada. Por una vez en su vida, Rory no sintió deseos de evitar el contacto visual. Pensó en la tía Greta, a solas en su habitación la noche en que Thomas la había ido a buscar. Pensó en las mujeres sepultadas detrás de la cabaña. Pensó en Catherine. Y en Angela.

Cerró la navaja suiza. No iba a necesitarla, después de todo. Justo cuando Thomas logró apoyar el pie sobre la banqueta, Rory le dio un puntapié y la alejó de debajo de él. El cuerpo de Thomas cayó unos centímetros y rebotó debido al tirón de la cuerda. Rory miró cómo se llevaba las manos al cuello e intentaba en vano introducir los dedos entre el lazo y la piel. Mientras él se revolvía desesperadamente, Rory se tomó un largo momento para mirarlo a los ojos antes de acercarse y susurrarle algo en el oído. Los ojos desorbitados de Thomas parecieron agrandarse aún más. Luego, Rory se volvió para ocuparse de Catherine.

No podía dejarla colgando como una res. Le tomó varios minutos poder dejar su cuerpo descansando pacíficamente sobre el suelo del porche. Luego, con Thomas todavía colgando en el aire, se dirigió a la cocina y levantó el teléfono. La tarjeta del oficial de libertad condicional estaba insertada en una rendija entre el aparato de teléfono y la pared. Rory marcó el número, aguardó a que una voz respondiera y luego, en silencio, dejó el teléfono apoyado sobre la mesa de la cocina.

Cuando finalmente abandonó la cabaña, dejó la puerta principal abierta. Al llegar al coche, todavía podía oír las notas del *Requiem* de Mozart.

CAPÍTULO 45

ERAN LAS SEIS DE LA mañana cuando aparcó junto a la acera fuera de su casa. Subió descalza hasta la puerta y abrió con la llave. Una vez dentro, fue directamente a la sala, tomó hojas de periódico del contenedor junto al hogar y las colocó debajo de los troncos sin encender. Prendió un fósforo y lo acercó al papel, luego atizó las llamas cuidadosamente hasta que el fuego comenzó a arder con fuerza. Puso más troncos encima, asegurándose de dejar un espacio en el centro donde el calor ardiera al máximo.

Luego se desvistió y arrojó la ropa al fuego. Primero los jeans y la camiseta; luego el abrigo y el gorro. Aguardó unos instantes a que las llamas incendiaran la tela. El fuego se agrandó y comenzó a tragarse las prendas. Cuando desaparecieron flotando en partículas de ceniza por la chimenea, Rory tomó los borceguíes, cubiertos de polvo rojo por la caminata en el bosque hasta la cabaña, y los echó al fuego.

En ropa interior, vio cómo las botas comenzaban a arder. Subió al primer piso y se metió en la cama.

***

Lane Phillips abrió con su llave la puerta de la casa de Rory. Era cerca del mediodía y ella no había respondido a sus llamadas. Entró en la sala y notó que en el hogar quedaban brasas y trozos de madera de un fuego que estaba por extinguirse.

—¿Rory? —llamó.

No obtuvo respuesta.

Revisó el escritorio de Rory. Estaba vacío. Luego el estudio. También vacío, con excepción de las muñecas en los estantes. Subió al primer piso y la encontró dormida. Rory Moore no era de despertarse temprano, pero dormir hasta el mediodía tampoco era característico de ella. Las sábanas se elevaban y caían con su respiración rítmica; Lane no recordaba haberla visto dormir tan profundamente.

Vio que debajo del cubrecama asomaban papeles. Lo apartó y descubrió una copia gastada de su tesis. Las esquinas estaban dobladas por las frecuentes lecturas y las hojas, arrugadas. Lane hojeó el documento y vio que Rory había hecho anotaciones en el margen de varias páginas. Hacia el final, descubrió una hoja marcada en la sección que analizaba por qué matan los asesinos y cuáles son los mecanismos psicológicos que llevan a un individuo al precipicio de decidir quitarle la vida a otra persona. En la mitad de la hoja, vio que había un extracto marcado con resaltador amarillo: *Hay quienes eligen la oscuridad, otros son elegidos por ella.*

La hoja estaba húmeda, con marcas circulares, como si alguien hubiera dejado caer gotas de agua sobre el papel. "¿Gotas o lágrimas?", se preguntó Lane. Sonó el timbre de la puerta y Lane levantó la vista. Rory no se movió. El timbre volvió a sonar. Dejó el documento sobre la mesa de noche y bajó las escaleras. Abrió la puerta principal y se encontró con Ron Davidson.

CAPÍTULO 46

Chicago, 5 de noviembre de 2019

—¿RORY?

Parpadeó. Volvió a escuchar su nombre.

—Rory.

Abrió los ojos y vio a Lane de pie junto a la cama. Él le acarició la mejilla.

—Oye, ¿te sientes bien?

—Sí —respondió Rory y se sentó en la cama—. Estoy bien.

Su mente cobró vida con fragmentos rápidos de lo sucedido la noche anterior en la cabaña de Starved Rock. De Catherine Blackwell colgando de una cuerda. De Thomas Mitchell sumido en un éxtasis siniestro. De su escondite en la despensa y la rendija entre la puerta y el marco. De la música clásica que seguía atronando en sus oídos.

—¿Qué hora es?

—Es mediodía —respondió Lane—. ¿Escuchaste lo que te dije de Ron?

—No. ¿Qué sucede con Ron?

—Está aquí, abajo en la sala. Dice que necesita hablar contigo de algo urgente.

Rory parpadeó. Vio la copia de la tesis de Lane sobre la mesa de noche. La había estado leyendo antes de caer en un sueño profundo.

Rory se pasó una mano por el cabello y asintió.

—Dile que necesito un par de minutos.

Quince minutos más tarde, estaban los tres en la sala.

—Esta mañana recibí un llamado de la oficina del alguacil del condado de LaSalle —explicó Ron. Estaba sentado sobre el sofá frente al hogar, con Rory y Lane en sillones a cada lado. El hogar estaba a la izquierda de Rory, a la derecha de Lane y justo enfrente del jefe de Homicidios de Chicago. De haber podido elegir, Rory lo habría hecho pasar a la cocina para esta reunión. Pero cuando por fin bajó de la planta superior, Ron y Lane ya estaban sentados en la sala.

—¿Del condado de LaSalle? —repitió Rory.

—Starved Rock —aclaró Ron—. Todavía estamos intentando armar todas las piezas, pero parecería que Thomas Mitchell se suicidó.

Rory mantuvo el rostro impávido. En circunstancias normales, así reaccionaría ante una noticia de este tipo, y hoy quería parecer normal.

—¿Cómo? —preguntó.

—Al parecer, se ahorcó. Pero todavía estamos investigando. Hablé solamente unos minutos con el detective a cargo. Había otro cuerpo en la cabaña, el de una mujer. Parecería que la torturó de alguna manera. Los muchachos todavía están reconstruyendo la escena del crimen.

—¿Cómo lo encontraron?

—Esta madrugada llamó al oficial de libertad condicional, a eso de las tres. Dejó el teléfono sobre la mesa y se ahorcó. Al menos, eso es lo que piensan; el equipo forense todavía está trabajando en la escena. Pensé que debía informártelo, ya que es tu cliente. Ahora mismo voy hacia allá.

Rory asintió.

—Gracias. —Miró a Lane, luego de nuevo al detective—. Perdón por parecer poco enfocada, pero estoy tratando de procesar todo.

En realidad, estaba preocupada por haber dejado huellas digitales en el teléfono o en otra parte de la cabaña. O por no haber logrado limpiar las huellas rojas de sus borceguíes al salir.

—Bueno, pues no es lo único que vas a tener que procesar, hay más —dijo Ron.

—¿En serio? ¿Qué más puede haber?

—Los muchachos encontraron un plano de la propiedad que parece un mapa de las tumbas de varias mujeres que desaparecieron en 1979, todas las que se sospechó que habían sido raptadas y asesinadas por Thomas Mitchell.

—¡Santo Cielo! —exclamó Lane.

—Parecería que las raptó en Chicago, las mató y las sepultó detrás de la cabaña de su tío. Cuando el tío murió, le dejó la cabaña. El hijo de puta tal vez sabía lo que Thomas estaba haciendo.

Rory meneó la cabeza.

—No sé qué decir.

—Mi equipo va a ser parte de la investigación, ya que las víctimas eran de Chicago. Los detectives del condado de Cook, también.

—Es lógico —acotó Rory.

—Dime, Gris, ¿cuándo fue la última vez que estuviste en Starved Rock?

Rory se quedó mirándolo.

—Eh... ya sabes, la otra mañana, cuando Lane y yo lo llevamos.

—¿Y usted, doc? ¿Esa fue la última vez que estuvo allí?

—Sí —respondió Lane—. ¿Por qué, qué sucede?

—Nada, solo estoy verificando. Los detectives de LaSalle

seguramente me lo van a preguntar. Quería avisarles que, como ustedes estuvieron en la cabaña, es probable que quieran hacerles preguntas.

—Sí, por supuesto —respondió Lane.

Rory asintió.

—Desde luego —agregó.

Un tronco casi quemado se partió en el hogar con un crujido fuerte que llamó la atención de todos. Rory miró por primera vez hacia el lugar donde había quemado su ropa unas horas antes. Sintió que se le contraía un músculo del cuello cuando vio los restos de uno de sus borceguíes encima de las cenizas. Era la mitad delantera: la punta, unos ocho centímetros de cuero y goma que el fuego no había digerido. La bota asomaba por detrás de unas brasas encendidas como un pez muerto flotando en un acuario. Estaba cubierta del polvo rojo del terreno arcilloso de la cabaña de Red Rock. Miró la zona delante del hogar y notó un montículo de polvo rojo donde había apoyado las botas mientras quemaba la ropa.

En la fracción de segundo después de que el tronco crujió y Rory tuvo tiempo de ver sus errores, vio que Lane se ponía de pie y tomaba el atizador.

—Cualquier cosa que necesites de nosotros —dijo Lane, poniéndose delante del fuego y bloqueándole la visión de las brasas a Ron—, nos avisas. Haremos lo que sea necesario para colaborar con ustedes.

Echó unos leños delgados sobre el fuego, causando un estallido de chispas anaranjadas. La madera se encendió inmediatamente y las llamas cobraron vida. Rory, que podía ver claramente el hogar, observó cómo Lane empujaba con el atizador el resto de su bota enrojecida hacia las llamas, que la derritieron de inmediato.

Lane arrojó otro tronco a las llamas y colgó el atizador en su sitio. Rory vio que movía la alfombra que estaba delante del hogar hacia la izquierda, para que cubriera las marcas de polvo rojo.

—Como imaginarán —prosiguió Ron—, tenemos una bomba entre las manos. Los medios se van a hacer un festín. Teniendo en cuenta que él era tu cliente, los estatales también van a querer hablar contigo, Rory. Voy hacia allá ahora, por si quieres venir conmigo.

De pronto, Rory sintió la urgente necesidad de que Ron se fuera de su casa. Y la cabaña era el último lugar del mundo al que ella deseaba ir.

—Sí, claro —asintió—. Es buena idea.

Lane se había vuelto a sentar en el sillón frente a ella. Él también asintió. Intercambiaron una mirada cargada de volúmenes de conversación muda.

—Sí, es una buena idea —repitió Lane.

—Necesito un minuto y estoy —dijo Rory.

—Por supuesto —asintió Ron, poniéndose de pie—. Llamaré a los muchachos para avisarles que vamos en camino.

Ron se dirigió a la puerta principal, con el teléfono contra la oreja. Rory se quedó mirando a Lane. Quería hablar con él, contarle todo.

—Será mejor que te vistas —le recomendó Lane.

Diez minutos más tarde, Rory se reunió con Ron en el porche. Él levantó un dedo en señal de silencio mientras terminaba la llamada. Cuando guardó el teléfono en el bolsillo unos instantes más tarde, la miró con expresión divertida.

—¿Estás lista? —le preguntó.

—Sí —respondió Rory, acomodándose los lentes—. ¿Por qué, qué sucede?

Ron le miró los pies.

—Nunca te vi sin los borceguíes puestos.

Rory se bajó el gorro de lana sobre la frente. Había encontrado uno de repuesto en el guardarropa. También tenía otro abrigo similar al anterior, que ahora llevaba abotonado hasta el cuello. Pero solamente había tenido un par de borceguíes, de diez años de antigüedad, que habían estado perfectamente amoldados a sus pies, pero ahora eran cenizas.

—Bueno, es que es un asco el polvo que hay allá. No me los quiero arruinar.

Pasó junto a su jefe y subió al asiento delantero del coche policial.

PEORIA, ILLINOIS

5 de diciembre de 2019

EN EL ASIENTO DEL PASAJERO había dos objetos que esperaban a ser entregados. Rory detuvo el coche en el aparcamiento de la Biblioteca Harold Washington. Tomó uno de los objetos, la muñeca de Camille Byrd, y la llevó hasta el vestíbulo. Vio a Walter Byrd de pie casi en el mismo lugar donde lo había conocido hacía unas semanas. Rory se acomodó los lentes.

—Perdón por haber tardado tanto en devolverle la muñeca.

—¿Está terminada? —preguntó el señor Byrd.

Rory señaló las puertas de la biblioteca.

—Entremos. Le mostraré cómo quedó. Creo que le va a gustar.

Ingresaron y fueron a una mesa vacía en la parte posterior. Rory colocó la caja sobre la superficie y la abrió. Extrajo con cuidado la muñeca de Camille y se la entregó al padre. Walter Byrd la tomó, tragó saliva con fuerza y pasó la mano sobre la superficie del rostro. Rory vio que se le llenaron los ojos de lágrimas cuando la miró.

—Gracias —dijo él—. Es realmente asombroso.

Rory bajó los ojos y asintió.

—Quiero que sepa que, a partir de ahora, solo me dedicaré al caso de Camille. Tengo que terminar un asunto más y luego pondré toda mi atención en su hija.

El señor Byrd levantó la vista de la muñeca.

—Gracias —repitió.

Rory quería decirle que su hija la había ayudado de un modo que era imposible de imaginar. Pero era inexplicable, también, y nadie comprendería cómo el alma de una chica muerta que aguardaba la ayuda de Rory la había empujado hasta el borde de su epifanía. De modo que se limitó a decir:

—Siento una conexión fuerte con Camille y la necesidad de ayudarla. Le prometo que lo haré.

Dio media vuelta y salió de la biblioteca, dejando al padre de Camille Byrd con la muñeca en las manos. Fuera, caminó hasta el coche para entregar el segundo objeto que aguardaba en el asiento delantero.

Condujo por la carretera rural en línea recta, junto a campos sin sembrar. Caía la tarde y el sol se acercaba al horizonte delante de ella, en el paisaje llano. El cielo estaba despejado y su color azul se fundía con el rojo del atardecer a medida que se acercaba la noche.

Los cuerpos de todas las mujeres desaparecidas en 1979 habían sido encontrados detrás de la cabaña de Starved Rock. Se las identificó por medio de registros dentales y por fin sus familias pudieron tener un cierre. Tristemente, muchos de sus familiares habían muerto antes del hallazgo. La mayoría de sus padres habían dejado este mundo sin conocer a ciencia cierta el destino de sus hijas. Pero sus hermanos y hermanas estaban vivos y presentes en la conferencia de prensa en la que el detective Davidson explicó el descubrimiento a la prensa. Los medios cubrieron la historia con velocidad frenética. Thomas Mitchell, los sucesos del verano de 1979 y el trágico descubrimiento en la cabaña de Starved Rock cuarenta años después se convertirían en folklore para los adictos a los crímenes reales, y prometían ser material para que algún director de cine los convirtiera en un documental. Cuando eso sucediera, Rory no quería que nadie viniera a golpearle la puerta a hacer preguntas. Quería ser solamente una nota al pie en la saga de Thomas Mitchell: la abogada que lo representó en la audiencia de libertad condicional. Ni siquiera quería que mencionaran eso, pero sabía que no podría evitarlo. Lo que quería ocultar a toda costa era la verdad. La verdad sobre Angela Mitchell, su huida a la casa de Greta y la hija que había tenido antes de morir. Una hija por cuya sangre corría el espeso ADN de Thomas Mitchell.

Caray, pensó Rory, *qué fiesta se harían los locos de Internet con todo eso.*

No era de extrañarse que los que más la habían amado se hubieran esforzado tanto por enterrar los secretos del pasado. Rory pensaba hacer todo lo que estuviera a su alcance para mantenerlos bajo tierra. Sabía que requeriría esfuerzo. La gente seguiría buscando. En Internet, mayormente en salas de conversación *online* y en hilos de Reddit se intercambiaban diálogos sobre una víctima cuyo cuerpo no había sido enterrado en la cabaña de Thomas Mitchell: el de su esposa, Angela, la mujer que había comenzado su propia investigación en 1979 y había llevado a la caída de El Ladrón.

Una parte de la opinión pública lamentaba que, como los restos de Angela no habían sido hallados y ahora Thomas Mitchell estaba muerto, nunca se sabría dónde estaba su cuerpo. La otra parte se deleitaba con teorías conspirativas que sugerían una explicación simple: el cadáver de Angela Mitchell no había sido encontrado en la cabaña porque ella seguía viva. Las teorías conspirativas siempre resultan atractivas, por lo que esa conversación se había tornado cada vez más fuerte y dominante. Los adictos a los crímenes reales se lanzaron a decir que Angela Mitchell andaba por allí y que seguirían buscándola.

Mientras Rory conducía por la solitaria carretera rural, terminó de comprender la verdad en su totalidad. No solamente había reconstruido la muerte de Angela, sino que había armado el rompecabezas de su propia infancia. Los fragmentos faltantes de pronto habían caído en sus lugares de un modo que le resultaba abrumador, pero tranquilizador a la vez. La reconstrucción le había llevado una vida. Después de pensar e investigar durante meses, sabía que ahora era la única que conocía la verdad y no pensaba compartir la información con el resto del mundo.

Por un breve lapso pensó en contarle todo a Ron Davidson. Era probablemente lo que hubiera correspondido hacer. Pero era imposible prever las repercusiones que podía tener esa acción. Si hablaba con Ron, la gente inteligente comenzaría a hacer preguntas y si los investigadores olían algo, empezarían a perseguir la historia. Si alguno de ellos tomaba el camino que había seguido Rory, encontraría el mismo linaje que ella había desenterrado. Era un secreto que pensaba llevarse a la tumba.

Las personas que conocían la verdad habían muerto y ella estaba tranquila con la idea de que, dondequiera que estuvieran en el universo, estarían mirando con orgullo cómo ella hacía este último viaje. Una profunda paz la invadió. Era una reconciliación que nunca había experimentado y que la hacía sentirse libre, viva, liberada de algún modo. Había tomado una decisión y estaba conforme con ella.

Llegó a un cruce en la carretera y tomó a la izquierda. Instantes después, apareció la casa de campo delante de ella. Hacía tiempo que no iba por allí. Hacía varios años que la tía Greta estaba en el asilo de ancianos y, hasta hoy, Rory no había tenido motivos para regresar a la casa. En cuanto la vio, con las tablas de madera pintadas de azul y la galería que la circundaba, tomó conciencia de cuánto la había echado de menos. A su cabeza acudieron todos los veranos que había pasado allí.

Invadida por los recuerdos, tomó por el camino de entrada. Aparcó delante de la casa, donde comenzaba el césped interminable. Aguardó unos instantes a que alguien saliera. No estaba segura de cómo proceder si los nuevos dueños estaban allí. Pero lo que tenía que hacer no permitía demoras, era una necesidad que la consumía. Al ver que nada se movía en la casa ni en el atardecer, se miró en el espejo retrovisor. No se había quitado los gruesos lentes plásticos ni el gorro ni siquiera para conducir hasta allí. Levantó una mano y se despojó de ellos. Hoy, justamente hoy, no podía ocultarse. No quería ocultarse. No necesitaba hacerlo.

Los dejó sobre el asiento del pasajero y tomó el otro objeto que había traído consigo. Abrió la puerta y salió a la penumbra del anochecer. Dio la vuelta a la casa y tomó hacia la parte posterior de la propiedad. La galería trasera estaba a su izquierda y recordaba vívidamente cuando, a los diez años, había sentido la necesidad de llegar a esta pradera en la mitad de la noche. Recordó el brillo esfumado de la luna y la tormenta lejana que había iluminado el horizonte con relampagueos intermitentes. Esta vez, el sol poniente ardía violáceo en el horizonte y el cielo era de un color cobalto oscuro.

Rory buscó la cerca blanca que recorría el límite de la propiedad. La siguió, de la misma forma en que lo había hecho aquella noche en que se había sentido invadida por una paz asombrosa. Treinta años después, comprendía por fin el significado de aquella noche. El magnetismo que la había llevado hasta ese sitio y la paz que la había inundado cuando se había llevado esa rosa a la nariz y había olido la dulzura de su perfume.

Siguió la cerca hasta el extremo trasero de la propiedad, donde giraba en ángulo de noventa grados hacia la izquierda.

Cuando llegó a la esquina de la pradera, bajó la mirada hacia el suelo. La única otra vez en que había estado en este sitio, se había encontrado con las flores que siempre veía recoger a tía Greta del jardín. Las que ella misma ataba en un ramillete.

Que los conspiradores siguieran con sus investigaciones e hilos *online*. Que siguieran con sus locas ideas sobre el paradero de Angela Mitchell. Ninguno sabría nunca la verdad. Nadie la encontraría jamás. Angela no había querido que la encontraran cuarenta años antes ni deseaba que la hallaran hoy. Rory levantó el objeto que había traído con ella en el coche: rosas atadas en un apretado ramillete. Se las llevó a la nariz, cerró los ojos e inhaló el dulce perfume. Luego se inclinó y las dejó en el suelo.

AGRADECIMIENTOS

Quiero agradecer profundamente a las siguientes personas:

A todo el clan de Kensington Publishing, por seguir apoyando mis novelas de un modo que me asombra. En especial, a John Scognamiglio, que peleó por mí más veces de lo que me cuenta.

A Marlene Stringer, amiga y agente literaria, que siempre está dos pasos por delante de mí.

A Amy Donlea, que es el pegamento que sostiene nuestra familia. Sin ti, mi vida sería una colección de partes desparramadas que ni siquiera Rory Moore podría volver a armar.

A Abby y Nolan, por ser mis mayores admiradores, por pedirme sin cesar permiso para leer mis libros (todavía no tienen la edad suficiente) y por las locas ideas que aportan para futuras novelas. ¡Que sigan viniendo!

A Mary Murphy, por tratar de mantener conversaciones coherentes conmigo sobre ideas completamente incoherentes para un manuscrito que estaba escrito solo a medias cuando comencé a molestarte pidiéndote ayuda.

A Chris Murphy, por sus sugerencias para el borrador final y por explicármelo todo sobre la cerveza negra Dark Lord. Que no pase mucho tiempo antes de que nos bebamos una juntos.

A Rich Hill por la idea, aunque creo que distorsioné la sugerencia inicial y la volví mucho más perversa.

A Mike Chmelar y a Jill Barnum por compartir conmigo sus conocimientos legales y ayudarme a liberar a un asesino serial de prisión.

A Thomas Hargrove, fundador y presidente del verdadero Proyecto de Responsabilidad de Asesinatos, por atender mis llamados y explicarme lo que hacen.

Y a todos los lectores que compran mis libros. Les estoy eternamente agradecido.

SI TE HA GUSTADO ESTA NOVELA...

Esperamos que te haya gustado *Hay quienes eligen la oscuridad*, de Charlie Donlea, un verdadero maestro del thriller, ¿no te parece? Quizá ya has leído *La chica que se llevaron*, que fue la primera novela suya que publicamos. Si no lo has hecho, ¡no te la pierdas! Es fantástica, con el mismo toque genial para mantenerte en ascuas y con sorpresa tras sorpresa.

Pero además te recomendamos a otra autora nuestra que es increíble, la sueca Maria Grund. Su novela *Pecados Mortales* es espeluznante. En ese ambiente típicamente nórdico de isla desolada del Báltico, Maria da vida a dos investigadoras policiales, mujeres fuertes, diferentes, con vidas duras y un enorme coraje: Sanna Berling y Eir Pedersen. Deberán desentrañar un caso tremendo que había sido escondido por los habitantes de ese pequeño pueblo de la isla, y que sale a la luz cuando aparece el cadáver de una jovencita en el borde de una cantera. Sus jefes quieren cerrarlo como un suicidio más, pero Sanna no puede abandonar el caso, que de una dolorosa manera, la hace revivir sus recuerdos más dramáticos. Cuando hay niños obligados a guardar secretos terribles, nadie sabe que el daño puede causar algo mucho peor... ¡Esperamos que te guste!

El equipo editorial

 Escanear el código QR
para ver el booktrailer
de *Pecados Mortales*